Yanis Kostas

Der Schatz von Bellapais

Ein neuer Fall für Sofia Perikles

Zypern-Krimi

Atlantik

Atlantik ist ein Imprint des
Hoffmann und Campe Verlags, Hamburg.

2. Auflage 2021

Karten auf Vor- und Nachsatzpapier: Nina Heinke
www.hoffmann-und-campe.de
Umschlaggestaltung: © Hoffmann und Campe
Umschlagabbildung: © Marina Datsenko / 123rf.com
Satz: Pinkuin Satz und Datentechnnik, Berlin
Gesetzt aus der Trump Mediaeval
Druck und Bindung: C. H. Beck, Nördlingen
Printed in Germany
ISBN 978-3-455-01092-3

HOFFMANN
UND CAMPE

Ein Unternehmen der
GANSKE VERLAGSGRUPPE

Für Ulrike
Für ein freies Zypern
Für Frieden auf der schönsten Insel der Welt

Prólogos

Sofia Perikles konnte nicht anders, als immerfort den Kopf zu schütteln. Sie sah an sich herab. Ihre nackten Füße im weißen Sand, die abgeschnittene Jeans, aus der ihre dunkelbraunen Beine schauten, und immer wieder fielen ihr Strähnen ihrer blonden Haare ins Gesicht, die sie umständlich mit ihrem linken Arm wegstrich, den rechten konnte sie immer noch nicht bewegen, weil er so dick verbunden war und außerdem tierisch schmerzte. An diesem Tag. Ausgerechnet.

Es war ganz anders, als sie es sich ausgemalt hatte.

Und sie hatte sich diesen Tag beileibe oft ausgemalt. Nun sah sie aus wie ein zerrupfter Wischmopp. Dazu war ihr so heiß, dass sie zerfloss, und zwar nicht vor Aufregung, sondern weil die Sonne unerbittlich vom Himmel brannte. Klar, die Westküste der Insel bekam immer die meisten Sonnenstunden ab, vor allem die Akamas-Halbinsel, Lara-Beach, der wohl idyllischste Strand, den es gab. Er wurde nur von vereinzelten Felsen und wilden Sträuchern wie der hier überall vorkommenden Macchie flankiert – eine Sichelbucht, auf deren türkisblauem Wasser zarte weiße Schaumkronen tanzten, Zeugen der besonderen Strömung, die das Wasser hier so stark wärmte, wie Sofia es von keinem anderen Ort kannte.

Weit und breit war sonst kein Mensch zu sehen. Kein Urlauber, kein Zypriot. Lara Beach war nur mit dem Geländewagen zu erreichen – oder zu Fuß, wenn man sehr viel Ausdauer hatte, sodass sich nur Eingeweihte hierher verirrten. Es war einer ihrer liebsten Orte auf dieser Insel, ein Kleinod unberührter Natur. Es war die Welt der grünen Meeresschildkröten, die in den Sommermonaten hier nisteten und ihre Eier legten, aus denen zwei, drei Monate später in einer Mondnacht die Jungen schlüpften und ihren ersten Weg ins Meer antraten.

Sie besann sich und ging die wenigen Schritte nach vorne zum Meer, kramte in ihren Gedanken. Etwas hatte sie eben stutzig gemacht: die Hitze. Sie hatte gedacht, dass sie nicht vor Aufregung schwitzte, sondern wegen der Hitze. Warum bloß? Warum war sie nicht aufgeregt, wo war dieses unangenehm heiße Gefühl, das sie bisher immer verspürt hatte, wenn das Leben ihr eine zu große Aufgabe vorgesetzt hatte? Warum war sie ganz ruhig und bei sich – nur mit diesem Kribbeln im Bauch, dass es sich anfühlte, als könnte sie schweben? Fliegen gar …

Sie sah auf und wusste, warum. Weil die Hand sie immer noch hielt, sie den ganzen Weg bis hierher gehalten hatte und nicht losließ. Seine Hand.

Bis sie zusammen dort unten standen, an der Wasserkante, den Blick aufs Meer gerichtet, neben ihnen rechts und links nur wenige Gäste; ihre Eltern waren aus Armenien gekommen und seine Familie, ein paar mehr Leute, zugegeben.

Der griechisch-orthodoxe Priester, der ganz anders aussah als in ihrem Traum, ein junger Mann mit dunklem Haar, der freundlich lächelte, sagte laut und klar: »Wir sind heute hier zusammengekommen …«

Éna – 1

Fünf Tage vorher

Draußen rauschte der Verkehr auf der Makarios Avenue vorbei, die Motorroller knatterten laut. Und hier drinnen stand Sofia auf einem Podest, an der Decke war das indirekte Licht so angebracht, dass es nur sie war, die strahlte – sozusagen am Ziel ihrer Träume.

An der Decke des Geschäfts hingen zwei weiße Kronleuchter, die Tapeten waren aus einem goldenen Brokatverschnitt, und doch wirkte alles so provisorisch, als könne die Inhaberin es in zwei Stunden zusammenpacken, um aus dem Brautmodengeschäft einen Souvlaki-Grill zu machen.

Aber noch war der Laden, was er war – und insgesamt drei Bräute in weißen Kleidern schienen über allem zu schweben. Die beiden Schaufensterpuppen, deren Kleider so ausladend waren, dass sie aussahen wie die Debütantinnen beim Wiener Opernball – und Sofia, die in einem ganz ähnlichen Kleid aus rosafarbenem Damast mit einer langen strassbesetzten Schleppe auf dieser Empore stand.

Ihre Mutter saß zu ihren Füßen, sie hatte schon kurz nach Betreten des Geschäfts begonnen, ihre Jahresreserve an Taschentüchern vollzuweinen und sich vom angebotenen Schaumwein selbsttätig nachzuschenken. Sie hatte noch kein Wort gesagt, nickte nur immerzu, trank und schluchzte abwechselnd, Sofia hätte wahrscheinlich auch einen Kartoffelsack anprobieren können, es hätte keinen Unterschied gemacht. Ihre Mutter trug ein schlichtes schwarzes Kleid und sah der Zeremonie zu, als wohne sie einem Wunder bei.

Ganz im Gegensatz dazu stand die andere Frau, die wie eine angestochene Tarantel durch den Raum jagte, Sofia im Zehnsekundentakt umrundete und nicht aufhörte, abwechselnd an Schleppe und Kleid herumzuzuppeln. Sie trug ein goldfarbenes Kostüm, dessen oberster Knopf von ihrem ausladenden Busen malträtiert wurde. Schon beim Betreten des Geschäfts hatte sie die überaus freundliche Inhaberin auf die stille Treppe bugsiert und die Auswahl der Kleider an sich gerissen. Deshalb stand Sofia nun in diesem Traum von einem Bonbon in der Mitte des Raumes und fühlte sich wie die Giraffen, die im Zoo von Paphos mit Blättern gefüttert wurden.

Die wilde Dame war Carls Mutter, Mrs Martha Evans, die gefürchtete Queen der Londoner High Society, die in ihrem Leben exakt keinen Tag gearbeitet hatte, dafür aber mit ihren unzähligen Clubmitgliedschaften, Benefizaktionen und Tea-and-Scones-Kränzchen beinahe im Alleingang das Vermögen der Familie durchbrachte.

Sie hatte auch den Brautladen für den heutigen Tag ausgewählt, indem sie in der britischen Botschaft angerufen hatte, um sich beim Botschafter persönlich nach dem besten Geschäft zu erkundigen. Allerdings war der Botschafter ein sechzigjähriger Schwuler, der einem Brautgeschäft in seinem Leben so nah gekommen war wie dem Giraffenhaus im Zoo von Paphos, und so standen sie nun in diesem Laden inmitten der Innenstadt von Limassol, der *Constantina Wedding Dress* hieß – ausgerechnet Constantina –, es war ihr, als hätte Adonis' Gattin gleichen Namens ihr Kleid genäht.

»Dreh dich doch mal, Darling«, rief Martha immer wieder, und obwohl sich Sofia der Aufforderung verweigerte, weil ihre Schwiegermutter in spe sie längst vollständig umrundet hatte, fügte sie an: »Wunderbar, ganz wunderbar. So können wir dann auch die Tische in Rosa eindecken, und dann bestelle ich den passenden Blumenschmuck, und es wird ganz großartig, *amazing*.«

»Liebe Martha«, begann Sofia, doch Martha unterbrach sie sofort: »Sag jetzt nichts, Kindchen, ich weiß, es ist ein teures Kleid, aber ich werde es übernehmen. Wirklich. Kein Problem. Du weißt doch: Für dich ist mir nichts zu teuer. Und ihr Zyprioten mit dieser Wirtschaftskrise, wir kriegen die Hochzeit doch hier fast geschenkt. Stell dir vor, wir hätten sie in den Cotswolds organisieren müssen, herrje, da wäre Carl aber arm in die Ehe gegangen.«

Ihr hohes Lachen klang durch den Raum, und Sofia machte sich ernsthaft Sorgen um die Kronleuchter.

»Ähm, Sofia, Schätzchen«, sagte ihre Mutter leise, und ihre Tochter fragte sich, ob sie schon einen leichten Schwips hörte – andererseits: Das halbe Jahr in Eriwan hatte ihre Eltern in Sachen Alkoholkonsum bestens abgehärtet. »Es ist ganz und gar *formidable*«, fuhr sie mit überraschend fester Stimme fort. In ihrer Zeit als Botschaftergattin in Paris hatte sie sich einige französische Ausdrücke angewöhnt, die sie fortwährend in ihre englischen oder griechischen Sätze einstreute, »und doch würde ich noch eines anprobieren – jetzt, wo wir schon mal hier sind und das Ganze ein großer Spaß ist.« Sie zwinkerte ihrer Tochter zu, und die verstand. Ihre Mutter war genial. Sie hatte gemerkt, wie schrecklich Sofia diese Bonbonrobe fand, und hatte zugleich der nervigen Mrs Evans ein Kompliment für ihre Anprobe gemacht – das war mal wieder gelebte Diplomatie.

»Eine phantastische Idee, meine Liebe«, rief Martha Evans und winkte sofort die Inhaberin herbei, die dienstbeflissen herbeilief.

»Ein anderes Kleid, nun los doch!«, fauchte Martha, und

Sofia kletterte umständlich von ihrem Podest, weil das Kleid sich irgendwie verhakt hatte und sie mit dem dicken Reifrock an einer Kante festhing.

»Bitte, kommen Sie«, bat die Inhaberin und führte Sofia wieder in die heiße und stickige Umkleidekabine. »Sie haben aber eine reizende Schwiegermutter«, sagte sie in umständlichem Englisch.

»Wir können gerne griechisch sprechen«, sagte Sofia schnell, »und Sie können mir auch die Wahrheit über meine künftige Schwiegermutter sagen, denn die spricht nur Englisch – und: Ja, sie ist wirklich reizend überdreht.«

Sofort zwinkerte ihr die Inhaberin verschwörerisch zu und lachte: »Na, da bin ich aber froh. Aber hier auf Zypern sagt man: Je schlimmer die Schwiegermutter, desto besser der Ehemann. Von daher dürfen Sie sich freuen«, sie machte eine Geste zum Himmel, »Ihr Zukünftiger muss ja ein Engel auf Erden sein.«

»Das ist er«, sagte Sofia und dachte an Carl, an seine Eleganz, sein gutes Aussehen und seinen Erfolg. Den anderen Gedanken, der sie gleich darauf ereilte, verdrängte sie schnell wieder.

»Also, ich hatte vorhin gar keine Zeit, mich vorzustellen, mein Name ist Constantina – wie der Laden. Und jetzt sagen Sie mir doch mal, was für ein Kleid Sie wollen – dann hole ich es sofort, und Sie müssen nicht wie eine aufgeplusterte Rose zu Ihrer Hochzeit gehen, einverstanden?«

Sofia war gleich Feuer und Flamme – vielleicht würde das hier ja doch noch eine traumhafte Anprobe werden. Sie zog ihr Handy aus der Tasche und suchte in ihrer Galerie nach dem Foto, das sie extra vorbereitet hatte.

»Hier, sehen Sie?« Die Verkäuferin nickte und lächelte.

»Zu mir kommen viele und zeigen mir Prinzessinnen mit ihren Hochzeitskleidern. Sagen wir, es ist nur in den seltensten Fällen möglich. Aber in Ihrem Fall – warten Sie, ich habe da schon eines im Sinn. Wollen Sie zwischendurch ein Glas Champagner? Den gibt es nur für die Braut …«

Sofia nickte, und schon war die Frau verschwunden, kam gleich darauf mit einem Kelch wieder und reichte ihn ihr. Dann schloss sie den Vorhang und eilte davon. Sofia war allein. Sie prostete sich selbst zu und atmete tief durch. Sollte es wirklich wahr werden? Das alles?

Carl Evans. Einer der begehrtesten Junggesellen Englands. Sie hatte ihn in einem angesagten Club in Shoreditch kennengelernt, als sie am Londoner King's College ihr Politikstudium zu Innerer Sicherheit und Terrorabwehr absolviert hatte. Der junge Mann mit dem leicht geöffneten weißen Hemd und der teuren Armbanduhr war ihr gleich aufgefallen. Er hatte sie den ganzen Abend von der Bar aus angelächelt. Irgendwann war sie es gewesen, die den ersten Schritt gemacht hatte. Es folgten Dates in angesagten Restaurants, für die Normalsterbliche ein Jahr im Voraus ihren Tisch reservieren mussten – Carl Evans aber hatte immer am selben Abend Erfolg. Das wiederum war sicher ein Erfolg, der von der londonweiten Furcht der Restaurantbesitzer vor seiner Mutter Martha herrührte.

Er hatte jedes Mal heftig um Sofia geworben, doch sie hatte ihn zappeln lassen. Zwei Wochen später hatte er sie in einem alten Aston Martin, dem Wagen seines Vaters, wie sie später herausfand, nach Cornwall eingeladen, dort hatten sie in einem schicken Hotel am Strand zum ersten Mal die Nacht miteinander verbracht. Hinterher war beiden klar, dass sie nun ein Paar waren. Anderthalb Jahre ging das so, bis Sofia ihr Studium beendet hatte und dem Ruf ihres Vaters gefolgt war, der ihr vorgeschlagen hatte, sich für eine hohe Position im zypriotischen Innenministerium zu bewerben. Die Rückkehr auf die Sonneninsel kam Sofia gerade recht, weil sie die

Nase voll hatte vom britischen Dauerregen, von fettig gebackenem Fisch und von allzu steifen Manieren. Von Carl aber hatte sie die Nase nicht voll, auch wenn sie nicht wusste, ob es klappen würde mit einer Fernbeziehung. Aber ihr Liebster hatte sich zwischenzeitlich so in sein neugegründetes Startup gestürzt, dass ihm ohnehin nur wenig Zeit blieb für seine Beziehung. So flog sie ohne allzu große Skrupel auf ihre Heimatinsel – ohne zu ahnen, dass damit das größte Abenteuer ihres Lebens beginnen würde.

Sie erinnerte sich schmerzhaft an die Ankunft auf dem sonnendurchfluteten Airport von Larnaka. An die E-Mail, die sie auf ihrem Handy vorfand – und die alle Gewissheiten der Sofia Perikles von jetzt auf gleich durcheinanderwirbelte. Trotz ihres Studiums hatte sie nämlich der heimischen Politik keine rechte Beachtung geschenkt. Doch bei den Parlamentswahlen hatten sich statt der Konservativen die Kommunisten durchgesetzt. Das betraf zuerst mal ihren zutiefst konservativen Vater, der auf dem Ticket seiner Partei eine beeindruckende Diplomatenkarriere hingelegt hatte – aber nun wurde er von den verhassten Kommunisten vom glamourösen Paris ins abenteuerliche Eriwan geschickt, der Hauptstadt Armeniens. Doch all die alten Feinde ihres Vaters machten auch vor Sofias Karriereplanung nicht halt – auf Zypern galt noch Sippenhaft. So fand sie sich auf Geheiß des neuen Innenministers nicht in einem klimatisierten Büro in der Hauptstadt Nikosia wieder, sondern sprichwörtlich am Ende der Welt: als Junior Officer der Dorfpolizei von Kato Koutrafas. Einem Kaff, das an einer staubigen Landstraße im Inselinnern lag, kurz vor der Pufferzone und damit kurz vor der Grenze in den türkisch besetzten Norden, der für die *richtigen* Zyprioten nicht mal existierte. Gleich ihr allererster Fall am Ende der Welt brachte Sofia nicht nur in echte Lebensgefahr. Er brachte sie auch um ihren Schlaf und um jegliche Freizeit. Als sie sich drei

Tage am Stück nicht meldete, wurde der sonst so arbeitsame Carl auf einmal rasend eifersüchtig, setzte sich ins Flugzeug nach Zypern und stand auf einmal vor seiner ahnungslosen Freundin, um mit ihr gemeinsam der Lösung des kniffligen Falles beizuwohnen – und dabei selbst fast draufzugehen. Herrgott, wenn sie jetzt daran dachte, klang das alles wie ein atemberaubender Kinofilm.

Doch das Happy End sollte erst noch kommen: Eine Woche nach der Festnahme der Täter trafen sich alle – Polizisten, Angehörige, Zeugen – zu einem feierlichen Abendessen am Strand von Pissouri. Und plötzlich kniete Carl Evans im Sand nieder und machte ihr, Sofia Perikles, den Antrag. Was dann kam … Sofia schüttelte den Kopf und kniff schnell die Augen zu, als könne das helfen, die Bilder dieses Moments zu verscheuchen.

Doch nun war es so weit: In neun Tagen würden sie heiraten. Dass sie ewig kein Kleid ausgesucht hatte, schob Sofia darauf, dass sie auf ihre Mutter und – gottlob – auch ihre Schwiegermutter warten wollte, die erst für die Hochzeitsvorbereitungen auf die Insel kamen. Seit einer Woche waren sie nun im Vollstress und hatten den Besitzer der Hochzeitslocation schon nah an die Einweisung in eine Psychiatrie gebracht – Martha Evans wollte auch noch die kleinste Blütendekoration besprechen.

Während die Trauung in der kleinen anglikanischen Kirche Saint Barnabas in Limassol stattfinden sollte, hatte die Familie Evans für die Feierlichkeiten deutlich größere Geschütze aufgefahren. Sie konnte gar nicht glauben, was für eine Location Carls Eltern gebucht hatten – und doch war Sofia auch ein wenig stolz auf das ganze Tamtam. Schließlich galt all das ihr – natürlich nur, wenn man die Geltungssucht der Schwiegermutter außer Acht ließ.

Doch sie hatte sich längst entschieden, dass dieser große Tag ihrem künftigen Mann und ihr gehören würde, ihnen beiden ganz alleine – dass er ohnehin nur sie ansehen würde, wäre ausgemacht, wenn er sie in dem Kleid sehen würde, das ihr vorschwebte. Auf dem Handy hatte sie der Verkäuferin vorhin ein Foto einer royalen Hochzeit gezeigt, so wie sie, seit ihrer Kindheit, jede Prominentenhochzeit einzig wegen der Kleider verfolgt hatte. Doch für sich selbst hatte sie nicht etwa jenes strenge und klassische Givenchy-Kleid von Meghan Markle ausgewählt, sondern jenes, das die frischgebackene Prinzessin am Abend der Feier getragen hatte, diesen schmal geschnittenen Neckholder-Traum von Stella McCartney.

Eigentlich hatte sie, Sofia, sich in ihren Träumen immer an der Seite von Prinz Harry gesehen, aber so konnte sie sich ihrem Traummann zumindest bei der Hochzeit nah fühlen. So ein Kleid brauchte sie – auch wenn nicht klar war, ob sie hier auf dieser Insel auch nur annähernd so etwas Schönes zustande brächten.

Der Vorhang öffnete sich unvermittelt, und die Verkäuferin trat ein – ihr verschwörerischer Blick sagte Sofia, dass sie in ihr nunmehr eine Komplizin hatte. Sie reichte ihr auf einem Bügel das schneeweiße Kleid, und als die junge Polizistin es erblickte, korrigierte Sofia sich: Constantina war nicht nur ihre Komplizin, sie war ab sofort ihre Freundin. Ihre beste Freundin.

»Ich helfe Ihnen, kommen Sie.«

Sie befreite Sofia von dem rosafarbenen Desaster und half ihr in das neue Kleid. Sofia zog es über den Kopf, und die Inhaberin musste nichts weiter tun, als den Reißverschluss auf der Rückseite zu schließen. Der Blick der beiden fiel in den Spiegel, weil die Umkleidekabine zu klein war, um ein Gesamtbild zu bekommen – und dann: war Stille. Atemlose Stille. Sie beide schauten sprachlos Sofia an, die in diesem Moment wahrhaftig zu einer Prinzessin geworden war.

»Unglaublich«, sagte Constantina die Zweite, »das passiert so gut wie nie. Ich muss nicht mal eine Stecknadel einsetzen, um irgendwas zu verändern. Das passt dir wie angegossen.« Sie war, ohne zu zögern, ins Du umgeschwenkt, Sofia bemerkte es nur am Rande.

»Los, gehen wir hinaus«, sagte Constantina und zog schon den Vorhang auf, Sofia trat noch in dem Nebenraum auf den kleinen Laufsteg und ging gemessenen Schrittes und voller Aufregung in den Hauptraum, es war so leise, dass sie die nicht vorhandene Stecknadel im Kleid hätte hören können.

Sie ging bis an den Rand des Podests, dann drehte sie sich einmal um die eigene Achse, und erst dann – weil sie bisher den Blick gehoben hatte – sah sie ihre Mutter, der der Mund offen stehen geblieben war, und in ihren Augen lag alles: Stolz, Rührung, Unglauben, oder vielmehr Glauben an eine höhere Kraft, die ihr dieses Wunder hier präsentierte. Die Tränen folgten gleich darauf, und sie griff schnell nach den Taschentüchern, ein tiefes Lächeln auf dem Gesicht.

Sofia drehte sich noch einmal, sodass sie sich selbst in der riesigen Spiegelwand sehen konnte, und sie fasste es immer noch nicht: Sie hatte sich noch nie so gut, so glamourös, aber auch so bei sich gefühlt.

Das schneeweiße Kleid schmiegte sich an sie wie eine zweite Haut, es fuhr ihre Körperlinie entlang, saß perfekt am Bauch und glitt dann lang und glatt ihre Beine entlang. Ja, sie sah aus wie eine Prinzessin, aber eben nicht mehr – wie früher als Kind erträumt – wie eine Märchenprinzessin, sondern wie eine selbstbewusste, tatkräftige, zupackende Prinzessin, die mitten im Leben stand – so wie sie heute gesehen werden wollte und sich an guten Tagen auch selber sah.

Sie hatte beim Anblick der Braut Sofia im Spiegel ganz vergessen, wo sie sich befand, bis sie das bekannte Räuspern hörte, Marthas Räuspern. Ihre Schwiegermutter, die in den letzten Sekunden auch stumm geblieben war, ob vor Neid oder Rührung war nicht auszumachen, jedenfalls ruderte sie nun mit den Armen in der Luft, als müsse sie eine Mücke verscheuchen, dann sagte sie mit brüchiger Stimme: »Na, das ist ja auch ganz hübsch, obwohl mein Favorit das andere …«, doch dann fing sie den Blick der anderen drei Frauen im Raum auf und sagte leise: »Nun, dieses hier ist mein Favorit, gut, packen Sie es ein, es muss ja nichts dran gemacht werden, na ja, vielleicht ist es ein wenig eng am Bauch …«

Sofia konnte nicht sagen, ob es erst in diesem Moment passierte oder ob sich die unangenehme Wärme schon vorher verbreitet hatte, Sekunden oder gar Minuten vorher. Sie spürte nur, wie das Bändchen um ihren Nacken immer enger wurde und der Reißverschluss an ihrem Rücken zerrte und der Stoff am Bauch ihr den Atem nahm. Sie sah, wie sich das Gesicht ihrer Mutter zu einer sorgenvollen Miene verzog, sie sah Martha Evans vor sich, die auf sie zueilen wollte, um wieder an ihr herumzuzuppeln, und irgendwie war sie in diesem Moment wieder am Strand, kurz nach dem Antrag, denn sie sah sein Gesicht, sein schönes, freundliches, liebevolles Gesicht – und gerade, als sie versuchte, sich irgendwie den Reißverschluss zu öffnen, weil sie keine Luft mehr bekam, stöhnte sie noch kurz auf: »Lasst mich raus hier, raus hier …«, und dann schwanden Sofia Perikles die Sinne.

Dío – 2

Der Schleier lüftete sich nur langsam, als Sofia erwachte. Sie musste erst mal aktiv den Blick scharf stellen, um sich zu besinnen, doch bevor sie überhaupt etwas sah, hörte sie Marthas spitze Stimme.

»Das ist doch jetzt schon das zweite Mal in wenigen Wochen. Herrgott, das Kind muss mehr essen. Es hilft ihr ja nichts, das Kleid noch eine Größe kleiner nehmen zu können, wenn sie dann kurz vorm Jawort umkippt.«

»Ich glaube, sie kommt langsam zu sich«, sagte eine andere weibliche Stimme, und Sofia erkannte Constantina, die zu ihren Füßen hockte, die auf einem grau bezogenen Hocker lagen. Sie selbst lag auf dem Fußboden. Sie wendete langsam den Kopf und blickte in das besorgte Gesicht ihrer Mutter.

»Geht es wieder, mein Liebling?«, fragte sie leise und beugte sich hinab, um ihr über die Haare zu streichen.

»Es ist einfach zu heiß«, bemühte sich Sofia zu sagen, doch die Worte kamen so zäh aus ihrem Mund, als würde sie drei Kaugummis gleichzeitig kauen.

»Zu heiß, hach, ich muss doch noch mal mit Carl reden, dieses Mädchen hat einfach eine schlechte Konstitution«, zischte Martha, und Sofia richtete sich mühsam auf.

»Hallo, ich bin hier«, sagte sie wütend.

»Mach langsam, *chérie*«, sagte ihre Mutter, »die Ambulanz kommt gleich.«

»Was? Wieso das denn?«, fragte sie mit weit aufgerissenen Augen.

»Na, es war ja schon das zweite Mal innerhalb kurzer Zeit, dass du umkippst«, sagte ihre Mutter, »und da hat Martha eben den Notruf gewählt, ich konnte sie nicht davon abhalten.«

»Ach, das ist doch nicht nötig, ich habe nur …«, sie stützte sich mit den Händen ab, und Constantina half ihr, sich aufzurichten. Immer noch trug sie ihr Hochzeitskleid, doch jemand hatte den Neckholder gelöst, sodass sie wieder besser Luft bekam. Irgendwas in diesem Traumkleid hatte ihr die Luft abgeschnürt, sie konnte nur nicht sagen, was es war. In der Ferne erklangen Sirenen.

»So, meine liebe Sofia«, sagte Martha, »du lässt dich jetzt mal gründlich durchchecken, und wir organisieren den Rest. Mach dir keine Sorgen, es läuft ohnehin schneller, wenn wir nicht ständig auf deine Entscheidungen warten müssen. Und du siehst zu, dass du bei der Hochzeit nicht wieder umfällst, das ist jetzt das Wichtigste.« Sie schloss die Augen und schlug die Hände vor dem Gesicht zusammen. »Nicht auszudenken, was das für ein Skandal wäre.«

Sofias Mutter rollte mit den Augen, und Sofia selbst wäre Martha gerne an die Gurgel gegangen, aber irgendwie fühlte sie, dass sie noch zu schwach war für eine starke Geste des Widerstands.

Die Klänge der Sirenen kamen näher, das scharfe Heulen durchfuhr den Sommertag. Doch es war nicht einer dieser gelben Rettungswagen mit blauen Rundumleuchten, der vor dem Hochzeitsausstatter auf der belebten Makarios Avenue hielt. Nein, Sofias Überraschung hätte nicht größer sein können, als sie den Vauxhall Corsa sah, mit der abgeplatzten blauen Schrift auf weißem Grund und der winzigen blauen Leuchte auf dem Dach. *Police* stand auf dem klapprigen Kleinwagen, der ihr wunderbar bekannt vorkam. Als sich die Tür öffnete und hinter dem Steuer eine schmale Gestalt zum Vorschein kam, musste sie lächeln.

»Ist das nicht ...?«, fragte ihre Mutter, doch dann riss er schon die Tür des Ladens auf, und die warme Luft drang herein. Ganz entgegen seiner Gewohnheit trug er seine Uniformjacke und dazu ein sauberes weißes Hemd. Die Dienstwaffe der zypriotischen Polizei baumelte an seiner dunkelblauen Hose. Als er Sofia sah, verzog er das Gesicht, so als sei er erschrocken, doch als er dann sprach, ließ er sich nichts anmerken.

»Endlich finde ich dich, Tausendschön. Das ist der verdammte dritte Brautladen, bei dem ich's versuche, ich kann keine weißen Kleider mehr sehen. Aber Lady Gladstone hatte vergessen, in welchen du gehen wolltest.«

»Aber Kostas«, sagte Sofia, der die Überraschung immer noch ins Gesicht geschrieben stand. Sie strich ihr Kleid glatt, irgendwie war ihr nicht wohl damit, in diesem Aufzug vor ihm zu stehen. Was für eine merkwürdige Situation. »Was machst du denn hier?«

»Na, was wohl? Wir haben einen Einsatz. Meine Damen, Sie müssen verzeihen, aber der Dienst geht vor. Ist ja auch noch etwas Zeit bis zum großen Tag. Los, auf geht's, Tausendschön.«

»Du willst jetzt einfach hier rausmarschieren, Sofia?«, fragte Martha, »wir haben uns alle Zeit genommen ...«

»Du hast ihn doch gehört, meine Teure«, sagte ihre Mutter mit fester Stimme. »Außerdem wäre Sofia doch ansonsten eh ins Krankenhaus gefahren. Und ich glaube, sie hat sich ohnehin längst entschieden.«

In diesem Moment bremste der Rettungswagen mit quietschenden Reifen vor dem Brautmodengeschäft, und zwei Sanitäter sprangen heraus, öffneten die hinteren Türen und kamen mit einer Trage ins Geschäft gerannt.

»Ambulanz von Limassol!«, rief der eine. »Wo ist denn …?«

Wie angewurzelt blieben sie vor der merkwürdigen Versammlung stehen.

»Sorry, Jungs, der Einsatz hat sich schon erledigt, der Patientin geht es wieder gut«, sagte Sofia schulterzuckend. Der Ältere der beiden sah sie in ihrem weißen Kleid, eben im Begriff, mit Kostas das Geschäft zu verlassen, fragend an. »Wo ist denn die Patientin?«, beharrte er und ließ die Trage langsam sinken, »wir müssen uns doch vergewissern.«

»Na, hier«, gab Sofia zurück. »Und jetzt bin ich im Einsatz.«

»Ihr Ernst?«

»Leider ja. Aber danke, dass Sie so schnell hier waren.«

»Sofia, wir müssen«, drängelte Kostas. »Deine Uniform ist im Wagen. Kannst dich dort umziehen, ich guck auch weg.«

»Constantina«, sagte Sofia schnell, »kann ich das Kleid …«

»Natürlich, meine Liebe. Es ist deins. Und da wir nichts mehr umnähen müssen … viel Glück Ihnen beiden!«

Und damit raste Sofia hinter ihrem Chef her, der prompt den Laden verließ und um den Wagen herumging.

Sie stieg auf der Beifahrerseite ein, schlug die Tür zu, und Kostas wendete sofort, sodass sie im Geschäft noch die fassungslosen Blicke der beiden Sanitäter sah – und den offenen Mund ihrer Schwiegermutter. Doch am meisten freute sie der Stolz auf dem Gesicht ihrer Mutter.

»Schnall dich an, Tausendschön. Da, wo wir jetzt hinfahren, kommt jeder Rettungswagen zu spät.«

Tría – 3

»Wohin fahren wir?«, fragte Sofia, als sie die nördlichen Wohngebiete von Limassol hinter sich ließen und die Autobahn 1 unterquerten, um dann die kurvige B8 in Richtung Alassa zu nehmen. Vor ihnen lagen die ersten Ausläufer des Troodos-Gebirges als dunkle Schatten unter dem blauen Himmel. Kostas fuhr wie ein Besengter, nahm jede Kurve mit quietschenden Reifen, die die altersschwache Sirene mühelos übertönten. »Und warum fährst du ausgerechnet mit dieser Karre? Was ist mit deinem Auto?« Eigentlich mied der Chief Inspector den mickrigen Dienstwagen der zypriotischen Polizei wie der Teufel das Weihwasser. Er fuhr lieber mit seinem privaten Pick-up durch die Gegend, der vollgepackt war mit Jagdwaffen, Angelzeug und Tausenden von Hundehaaren, wobei ihn Sofia noch nie mit einem Hund gesehen hatte.

»Kleine Panne heute Morgen, war wohl zu heiß für den Kühler. Ich war gerade in Nikosia, als der Anruf kam, und da dachte ich, ich hole dich vorher ab. Vier Augen sehen schließlich mehr als zwei – selbst wenn die zusätzlichen Augen deine sind.«

Immer weiter ging es hinauf in die Berge, die Vegetation wurde immer karger. In der Ferne ragte der Olympos auf, mit 1952 Metern der höchste Berg der Insel.

»Du solltest dich wirklich noch umziehen. Das schöne Kleid. Wir fahren nämlich nach Skouriotissa.«

Er sprach den Namen aus, als müsse Sofia daraufhin zusammenzucken. Doch sie blickte ihn einfach an, weil sie immer noch darauf wartete, dass er weitersprach. Ja, sie hatte den Namen schon einmal gehört, aber sie kam nicht drauf, in welchem Zusammenhang.

»Kostas, ich weiß ja, dass du nicht viel Erfahrung im Umgang mit Menschen hast«, sagte sie und versuchte, sich ihre Ungeduld nicht anmerken zu lassen, »aber jetzt, wo ich deine Partnerin bin, bitte ich dich, mir einfach alles so zu erklären, dass auch eine total unerfahrene Polizeianfängerin dich versteht.«

Der Chief Inspector murrte. »Also gut, Tausendschön. Skouriotissa ist die größte Kupfermine der Insel. Angeblich ist sie so riesig, dass man sie aus dem Weltall sehen kann. Ich hab das noch nie überprüfen können, für Google Earth ist das Internet in Kato Koutrafas einfach zu schlecht. Die Mine beginnt ein paar Kilometer westlich unseres Ortes und gehört damit zu unserem Einsatzgebiet.«

»Und was ist dort passiert?«

»Etwas Unschönes«, murmelte er kopfschüttelnd, »etwas sehr Unschönes, sagen die Arbeiter, die die Wasserleiche gefunden haben.«

»Eine Wasserleiche?«, fragte Sofia ungläubig.

»Ja, ein junger Mann, wenn der erste Blick der Augenzeugen nicht getrogen hat. Er lag in dem dazugehörigen Kupfersulfatsee.« Er sagte das ganz ruhig, und sie spürte, dass der Chief Inspector in seinem früheren Leben wohl schon so manchen schrecklichen Anblick weggesteckt hatte.

»Ist denn schon jemand vor Ort? Ich meine … Kollegen?«

»Hm, Tausendschön, du meinst, einer unserer werten Kollegen könnte uns den ersten schlimmen Anblick schon abgenommen haben? Nein, nein, wir werden die ersten Kriminalbeamten am Tatort sein. Nur der Sicherheitsmann der Mine ist bereits vor Ort, er hat den Bereich weiträumig abgesperrt. Wenigstens etwas …«

Eine Zeit lang sagte sie nichts, sie brauchte etwas Zeit, um sich innerlich vorzubereiten.

»Wie lange brauchen wir noch bis dahin?«, fragte sie, nachdem sie den Olympos zu ihrer Linken passiert hatten.

»Na, wenn ich so weiterfahre, höchstens zwanzig Minuten.«

»Kannst du einmal anhalten, Kostas?«

»Was? Musst du pinkeln, oder was?«

»Nein«, sagte sie und sah demonstrativ an sich herunter. »Meinst du, ich würde mich wirklich bei dir im Auto umziehen? Komm schon, halt an.«

Er raste auf den Seitenstreifen, dass der Kies nur so spritzte, und bremste ruckartig. Sie stieg aus, öffnete die beiden Türen auf ihrer Seite und stellte sich in die Lücke.

»Und nun mach die Augen zu.«

»Ist schon etwas her, dass ich zuletzt eine nackte Frau gesehen habe. Aber sei dir sicher, so ein Küken wie dich, da guck ich gar nicht richtig hin.«

»Augen zu! Oder die Wasserleiche schwimmt da noch 'ne Weile länger rum.«

Kostas brummte. Aber dann schloss er die Augen doch und summte eine Melodie, Sofia erkannte ein heiteres zypriotisches Volksliedchen. Sie schälte sich aus dem weißen Kleid und schlüpfte dann schnell in die Uniform, die aus einer dunkelblauen Shorts und einer kurzärmeligen Uniformbluse bestand, den Witterungsbedingungen auf der Insel angemessen. »So, es kann weitergehen.«

Kostas fuhr wieder an, und sie schwiegen, bis er nach der kleinen Kapelle Saint John's nach rechts abbog. Sie ruckelten über eine Straße aus Betonplatten, bis mitten in der Einöde mehrere Hallen und ein großer Parkplatz in den Blick kamen. Über dem gesamten Gelände lag rötlich grauer Staub. Ein großer gelber Radlader kam ihnen entgegen, doch Kostas bremste nicht, er wich dem riesigen Fahrzeug behände aus und fuhr weiter über den Kiesweg, der abrupt einen steilen Hügel hinaufführte.

»Wollen wir nicht fragen, wo die Leiche liegt?«, fragte Sofia.

»Ich war schon oft hier. Ich weiß es«, erwiderte Kostas.

Erst am Rand des Abhangs bremste er, und sie sahen beide einen Moment sprachlos in das Tal, das sich vor ihnen öffnete. Eine gigantische Mulde aus grauem und rotem Stein, schroffe Hänge, die steil herabfielen. Von hier oben sahen die Maserungen aus, als hätte sich ein Gigant mit Bleistift und Zirkel einen Kritzelspaß erlaubt. Wilde rote Muster, von den großen Baggern in den Fels gehauen. Transportbänder liefen über die Hänge wie Rolltreppen eines verlassenen Einkaufszentrums. Im Tal, sicher dreißig oder vierzig Meter unter ihnen, ein rostbrauner See mit silbernem Schimmer. Am Rande dieses Sees stand ein einzelnes Fahrzeug, ein weißer Pick-up mit einem Schriftzug, der von hier oben nicht zu lesen war.

»Willkommen in der größten Umweltkatastrophe des Landes«, sagte Kostas trocken, und nachdenklich sahen sie noch einen Moment auf die große Mine.

»Hier ist doch ringsum nur unberührte Natur«, sagte Sofia schließlich.

»Genau das meine ich«, erwiderte der Chief Inspector. »Aber das hier ist auch der Grund, warum Zypern nicht nur von Tourismus und Halloumi-Käse leben muss. Obwohl mir das lieber wäre.«

Er fuhr wieder an, beschleunigte und nahm die abenteuerlich steile Piste hinab ins Tal, vorbei an den riesigen Arbeitsmaschinen, die aussahen, als könnten sie ganze Dörfer dem Erdboden gleichmachen.

»Ist ja wie auf einem anderen Planeten«, sagte Sofia und

spürte, dass sie in ihrer Stimme das Unbehagen nicht verbergen konnte, das dieser Ort in ihr auslöste.

»Ja, wie eine Marslandschaft. Aber wenn die damit fertig sind, dann ist hier nichts mehr. Dann ist die Landschaft so platt wie meine Witze.«

Sofia sah ihn von der Seite aus an. Dieser Mann war ein Phänomen. Er war knurrig und depressiv, und er bemühte sich stets und meistens erfolgreich, auf jeden Menschen abstoßend zu wirken. Dabei war er tief in seinem Inneren ein sehr nachdenklicher und liebenswerter Mann. Auch wenn er so draufgängerisch Auto fuhr, dass selbst ihr angst und bange wurde. So wie jetzt, als er von siebzig auf null abbremste, indem er das Bremspedal des müden Corsa durchtrat bis aufs Bodenblech und dennoch nur Zentimeter vor dem Pick-up zum Halten kam. Sofia stieg zuerst aus und atmete einmal tief durch. Doch was ihr in die Nase stieg, war nicht die kühle Meeresbrise, die sie noch in Limassol genossen hatte, nein, in der Luft lag ein metallener Gestank, geradeso als hätte sie sich auf die Lippe gebissen und würde ihr eigenes Blut riechen.

»Das ist die Mischung aus Kupfer und Eisen«, sagte Kostas, der nun auch ausgestiegen war und sie schon wieder angrinste. »Nur dass sie das Eisen einfach wegwerfen.«

Sie verstand nicht, was er meinte, aber der Sicherheitsmann, der auf sie zukam, ließ auch kein weiteres Nachdenken zu. Ein stämmiger Glatzkopf Ende fünfzig, kräftige Bizepse lugten aus seinem zu engen Polohemd hervor. Mit der Fliegerbrille hätte er auch an der Tür eines angesagten Clubs in Nikosia stehen können, aber irgendwas an ihm ließ Sofia innerlich zusammenzucken.

»Endlich, Kostas!«, sagte er, gab ihrem Kollegen die Hand und schlug ihm mit der anderen auf die Schulter, eine allzu verbindliche Geste. »Schön, dich wiederzusehen. Wer ist denn die?« Er machte eine Kopfbewegung zu Sofia.

»Nun lass mal nicht den Chauvi raushängen, Ioannou«, sagte Kostas, der von allen Inselbewohnern wohl selbst der größte Chauvi war. »Das ist meine neue Partnerin. Officer Sofia Perikles. Eine Neupolizistin aus dem feinsten Stall der Insel. Sei lieb zu ihr, sonst petzt sie es nach ganz oben.«

Sie zog eine Augenbraue hoch.

»Sehr erfreut«, sagte der Mann, und sein Blick verharrte einen Moment zu lange auf ihr. »Ich bin Ioannou Stakis. Kommt mit, da vorne liegt er.«

»Wer hat ihn gefunden?«, fragte Kostas.

»Zwei Arbeiter. Sie haben ihn von weiter oben im See entdeckt, und dann sind sie runtergefahren, und einer der Männer ist ins Wasser gegangen, es ist ganz flach hier am Rand. Er hat nach dem Fuß gegriffen, und dann hat er ihn rausgezogen. Ihm geht es ... na ja, kannst du dir denken. Die beiden sitzen vorne im Container.«

»Gut, wir sprechen gleich mit ihnen. Können wir jetzt unseren Klienten sehen?«

»Schaffen Sie das?« Der Sicherheitsmann sah Sofia zweifelnd an.

»Mach dir um sie keine Sorgen«, sagte Kostas plötzlich schroff. »Sie ist mehr Mann, als du es je sein wirst.«

»Na, dann kommt mal«, sagte der Koloss achselzuckend.

Sofia hätte Kostas umarmen können, weil er sie derart in Schutz nahm.

Sie gingen über die schroffen Felsen, die merkwürdigen Maserungen aus herausstrebenden Metallen, die wie kleine Würmer über den Boden krochen. Der See war ganz nah, das Wasser glänzte noch silbriger als beim Blick von oben, und nun erkannte Sofia, warum sie den Toten bisher nicht gesehen hatte. Der Sicherheitsmann hatte ihn mit einer hellen Plastikplane abgedeckt. Zusammen mit Kostas hob er die Plane jetzt an, und sie machte unwillkürlich einen Schritt zurück.

Ihre erste Wasserleiche. Sie hatte nur kurz hingesehen, bevor sie den Kopf abgewandt hatte, doch es genügte: Der Tote war vollständig bekleidet, mit einer grauen Jeans und einem braunen T-Shirt, doch es war die Haut, die ihr Übelkeit verursachte: Seine Arme, sein Kopf, beides blass, nein, bleich, aufgequollen, so prall und unnatürlich, wie sie es noch nie gesehen hatte.

Diese sogenannte »Auffindesituation« in einem frühen Semester im Studium durchzunehmen, war die eine Sache. Sie erinnerte sich, dass sie damals beim Anblick der entsprechenden Bilder gefeixt hatten, denn jedem der Studenten am King's College war klar, dass er im echten Leben niemals eine Wasserleiche zu Gesicht bekommen würde, weil der Abschluss an dieser Eliteuni zu einem Job fernab der gruseligen Realität befähigte. Doch nun stand sie hier, und ihr Wissen, dass es eine Mischung aus Fäulnisbakterien, Hitze und permanenter Feuchtigkeit war, die diesen Mann hatte aufquellen lassen, half rein gar nichts. Es war einfach nur gruselig, und sie brauchte keine Wetten darüber abzuschließen, welche Bilder sie in der kommenden Nacht vom Schlafen abhalten würden. Aus dem Augenwinkel sah sie, dass auch Kostas kurz die Augen schloss.

»Wir haben so wenig wie möglich zertrampelt«, sagte Stakis. »Aber irgendwie mussten die Männer ihn ja rausbekommen.«

Kostas trat auf den leblosen Körper zu. »Der lag da schon eine Weile drin, würde ich sagen.« Er kniete sich neben die Leiche, und auch Sofia machte einen mutigen Schritt näher, hielt die Augen aber fürs Erste wieder irgendwo in die Kupferberge gerichtet.

»Kennst du den Mann?«, fragte Kostas den Glatzkopf.

»Hab ich hier noch nie gesehen. Ehrlich.«

Sofia gab sich einen Ruck. Sie war nun Polizistin. Also musste es sein. Wenn irgendeiner ihrer wohlhabenden Freunde sie jetzt sehen könnte – in Staub und Matsch, neben einer Wasserleiche. Herrgott. Dennoch trat sie noch näher heran, ging in die Hocke und richtete ihren Blick zuerst auf Kostas und dann auf das Gesicht des Toten. Erst flimmerte es vor ihren Augen, aber dann verzog sich irgendwas in ihrem Kopf, und sie hielt der Übelkeit und dem Schock stand. Seine Augen waren geschlossen, die Lippen blau. Er hatte einen Dreitagebart und dichtes dunkles Haar, das in der Hitze schnell getrocknet war. Er war gut aussehend gewesen, der Körper schlank und sportlich, so viel stand fest.

»Er ist jung«, sagte sie leise, »vielleicht Mitte zwanzig? Furchtbar …«

»Ja. Was hat er hier gewollt?«, fragte Kostas und fügte an: »Wir brauchen die Spurensicherung aus Nikosia. Die müssen hier alles ganz genau unter die Lupe nehmen.«

»Was ist das?«, fragte Sofia und beugte sich vor, drehte ihren Kopf ein wenig, um den Oberarm des Toten genauer betrachten zu können.

»Ein Tattoo«, sagte Kostas.

»Ja, das sehe ich auch. Aber was soll das sein?«

»Steht da etwas?«

»Nein, das ist keine Schrift. Es ist ein Bild. Aber ich weiß nicht, was es darstellt.«

Das dunkelblaue Tattoo war durch das Wasser und die verzogene Haut nicht mehr richtig zu erkennen. »Irgendein Tier?«, fragte sie mehr sich selbst.

»Der Tote muss in jedem Fall in die Gerichtsmedizin, und zwar schnell, bevor ihn die Sonne noch weiter grillt. Ich rufe da gleich an. Vielleicht gibt er da noch mehr von sich preis.«

Kostas griff in die Hosentaschen des Mannes, doch nach einer gründlichen Durchsuchung schüttelte er den Kopf. »Nichts. Sag mal, steht hier irgendwo ein Auto, das nicht zur Mine gehört?«, fragte er den Sicherheitschef.

»Nicht dass ich wüsste. Aber du weißt ja, wie riesig die Anlage ist. Alles kann ich auch nicht überwachen.«

»Gut, ich möchte, dass du das Gelände abfährst. Wenn dir irgendwas merkwürdig erscheint, dann ruf uns sofort an. Wir werden nachher auch eine Runde machen. Aber erst mal müssen wir auf die Kollegen aus Nikosia warten.« Er machte Sofia ein Zeichen, und die verstand sofort, nahm ihr Handy und wählte die Nummer der Leitstelle des Polizeipräsidiums in der Hauptstadt, eine Dreiviertelstunde Autofahrt entfernt. Eine resolute Frauenstimme meldete sich.

»Ja, hier ist Officer Sofia Perikles von der Polizei in Kato Koutrafas.«

»Kato was?«

Sie war diese Reaktion schon gewohnt, niemand auf dieser verdammten Insel schien das Kaff, aus dem sie kamen, auch nur schon mal aus der Ferne gesehen zu haben.

»Kato Koutrafas. Nahe der Grenze. Wir haben einen Leichenfund in der Kupfermine von Skouriotissa. Wir brauchen dringend die Spurensicherung und die Gerichtsmedizin hier.«

»Verdächtiger Todesfall?«

»Davon gehen wir aus.«

»Dann schicken wir die Mordkommission.«

Sofia flüsterte Kostas das Wort zu. Der aber schüttelte den Kopf und nahm ihr das Handy ab.

»Hier ist Chief Inspector Kostas«, sagte er mit grollender Stimme. »Wir brauchen keine Kollegen, wir brauchen die Gerichtsmedizin und die Spurensicherung – und ich brauche Polizeitaucher. Verstanden?«

Sie verstand nicht, was die Stimme am anderen Ende entgegnete, aber als Kostas Sekunden später auflegte, sah er sehr zufrieden aus. Er gab ihr das Handy zurück.

»Sie kommen.«

Ioannou Stakis stieg gerade in sein Auto und fuhr kurz darauf davon. Sofia und Kostas standen am Rande des Sees und starrten eine Weile auf den toten Mann. Schließlich seufzte Kostas.

»Das ist meine vierte Leiche, seitdem du hier bist. Erst drei in einer Woche – und nun dieses aufgequollene Modell. Vorher hatte ich zwei Jahre am Stück nicht mal 'nen toten Hund. Mann, Sofia, du bist die Garantie dafür, dass mein Leben so kurz vor der Rente in Sachen Unterhaltung noch mal richtig Gas gibt.«

»Wollen wir nicht lieber Christina anrufen?«

»Die Charalambous?«

»Ja, ich meine … ist das hier nicht 'ne Nummer zu groß für uns?«

In Kostas faltigem Gesicht wanderte eine Augenbraue nach oben. »Tausendschön, nur weil ich nach Hinterposemuckel verbannt bin, heißt das doch nicht, das wir zusammen nur noch auf die Hühner von Lady Gladstone aufpassen. Ich habe in meinem Leben so viele Mörder überführt, da werde ich jetzt nicht die hochwohlgeborene Chief Inspector aus Limassol dazubitten.«

Téssera – 4

Erstaunlich schnell waren sie gewesen, die Kollegen aus der Inselhauptstadt. Nur fünfunddreißig Minuten später rollten sie mit einem weißen Kleinbus an die Kante des Sees. Drei Männer, die aussahen wie Außerirdische, eingepackt in ihre weißen Säcke, die sie davor schützen sollten, Spuren zu verwischen. Kostas begrüßte sie ungewohnt freundlich.

»Sucht die Umgebung ab, und dann bringt die Leiche bitte nach Nikosia«, sagte er.

»Der Taucher kommt etwas später dazu«, sagte einer der Männer. »Vielleicht liefert uns der Grund des Sees einen Hinweis. Wir melden uns.«

»Danke«, sagte Kostas, und dann ging er mit Sofia zurück in Richtung des Polizeiwagens.

»Fandst du nicht auch, dass der Sicherheitsmann vorhin etwas zu eifrig war?«, fragte Sofia ihn jetzt.

»Was meinst du?«

»Er hat beinahe sofort betont, dass er den Mann noch nie gesehen hat. Er hat sogar ›ehrlich‹ gesagt, ganz so, als ginge er davon aus, dass wir ihm nicht glauben würden.«

Kostas nickte.

»Ich hatte auch ein merkwürdiges Gefühl bei ihm, aber so konkret hätte ich es nicht benennen können. Sehr gut, Tausendschön. Na, dann werden wir dem Betreiber der Mine mal auf den Zahn fühlen. Warte … Gib mir mal dein Handy.«

Sie reichte es ihm, und er ging zurück zu dem Toten und machte zwei Aufnahmen von seinem Gesicht.

Sie stiegen ins Auto und fuhren langsam den Berg hinauf, vorbei an den riesigen Förderbändern und den ganzen Weg bis zu den Baracken.

»Vorsicht«, rief Sofia plötzlich, und Kostas riss das Steuer herum, weil ein weißer Pick-up hinter der nächsten Kurve hervorgeschossen war und sie noch gerade so ausweichen konnten, ohne den Abhang hinunterzusausen. Eine riesige Staubwolke vernebelte die Luft.

»Das war doch …«

»Der Pick-up des Sicherheitschefs.«

»Macht wohl doch nicht, was du ihm aufgetragen hast.«

Kostas schüttelte finster den Kopf. »Der hatte schon immer seine eigene Agenda.«

»Kennst du ihn gut?«

»Nicht gut, aber schon ewig. Ein windiger Typ, immer nah an der Grenze zur Illegalität, aber eben nicht drüber.«

An der größten Baracke hielt er an. Auf dem Schild über dem Eingang stand *Office* und in abgeplatzten Lettern der Name der Mine: *Lampoutsis Mining.*

»Kennst du den Besitzer?«, fragte Sofia, bevor sie ausstiegen.

»Den vorherigen kannte ich. Aber in der Krise, als unser Staat so klamm war, hat ein Grieche die Mine übernommen. Irgendein Kerl aus Athen. Mal sehen …«

Sie gingen auf die Baracke zu, auch hier war die Luft voller Staub. Noch bevor sie an der Tür angekommen waren, öffnete sich diese, und ein Mann kam heraus, nicht viel älter als Sofia. Seine kurzen Haare hatten einen Stich ins Rötliche, und seine Haut war so hell, als würde er den ganzen Tag in dieser Baracke verbringen.

»Willkommen bei Lampoutsis Mining«, sagte er mit heller Stimme und klang äußerst jovial. »Ich bin Dimitris Lampoutsis, und ich darf Ihnen im Namen der Gesellschaft zusagen, dass wir Sie bei Ihrer Arbeit, wo wir können, unterstützen werden.«

»Na, das geht ja hier wie ein Lauffeuer«, sagte Kostas trocken.

»Nun, natürlich werde ich informiert, was hier vor sich geht«, erwiderte der junge Mann, ohne sich aus der Ruhe bringen zu lassen. »Mit wem spreche ich denn?«

»Mit Chief Inspector Kostas. Das ist Officer Perikles. Wir sind …«

»… aus der Polizeiwache des hübschen Kato Koutrafas.«

»Oh, Sie kennen es?«, fragte Sofia.

»Nie dort gewesen. Ich wohne in Linoú, aber auch erst seitdem ich von Athen herübergekommen bin. Vorletztes Jahr. Aber kommen Sie doch bitte herein, es ist schrecklich heiß auf dieser Insel.«

Sie gingen in die Baracke, an deren Decke eine brandneue Klimaanlage hing, deren extreme Leistungsfähigkeit durch die beißende Kälte unter Beweis gestellt wurde. Das Vorzimmer war spärlich möbliert, und es gab offensichtlich keine Sekretärin. Das angrenzende Zimmer war offenbar das Büro des Direktors, ein riesiger Raum mit einem gläsernen Schreibtisch, einem roten Ledersessel und auf der anderen Seite des Tisches einigen einfachen Holzstühlen. Hinter dem Schreibtisch ging ein Fenster hinaus zur Mine, an der Wand hing ein gemaltes Bild der Akropolis.

»Bitte, nehmen Sie doch Platz. Meine Sekretärin ist leider krank, ich werde Ihnen also persönlich Wasser holen.«

Als er wiederkam und ihnen eingeschenkt hatte, strich er seine anthrazitfarbene Anzughose glatt und ließ sich in seinen Sessel fallen, der sofort ein wenig nachgab. Nur mühsam ruckelte er sich wieder in die Senkrechte und musste unwillkürlich lächeln. Kein Zweifel, dachte Sofia, der Mann war nervös.

»Ihre Arbeiter haben also einen Toten entdeckt. Haben die beiden Männer Sie direkt darüber verständigt?«

»Nein«, sagte der junge Mann fest, »wenn hier etwas passiert, und damit meine ich jetzt nicht Katastrophen wie eine Leiche – nein, eher so Diebstähle, wissen Sie, hier kommt oft mal Werkzeug weg oder dergleichen –, dann sind die Arbeiter angehalten, zuerst meinen Sicherheitschef anzurufen. Giannis. Sie haben ihn schon kennengelernt. Ein sehr fähiger Mann. Er hat mich sofort informiert und ist dann zur Fundstelle gefahren.«

»Und Sie wollten nicht auch dorthin? Sie sagen es ja selbst: Passiert nicht häufig, dass eine Leiche gefunden wird. Will man da als Chef nicht nach dem Rechten sehen?«

»Ich war natürlich bestürzt, aber auf die Idee bin ich nicht gekommen, ehrlich gesagt; ich habe einen Sicherheitschef und muss hier die Stellung halten.«

»Wir bringen die Leiche jetzt in die Gerichtsmedizin und werden gleich den See untersuchen, der Taucher ist schon auf dem Weg.«

Sofia beobachtete das Gesicht des Mannes ganz genau, aber wenn ihn diese Nachricht beunruhigte, ließ er sich nichts anmerken.

»Wissen Sie, wer der Tote ist?«, fragte Dimitris Lampoutsis.

Als Kostas nicht gleich antwortete, schüttelte Sofia den Kopf.

»Er hatte keine Papiere bei sich. Aber wir dachten, dass Sie uns vielleicht weiterhelfen könnten.«

Sie zog ihr Handy aus der Tasche, suchte in der Galerie das Foto und reichte es dem Direktor. Der sah es sich interessiert an, zoomte mit den Fingern näher heran, und erst nachdem er einen Moment lang scheinbar intensiv überlegt hatte, gab er ihr das Gerät zurück.

»Tut mir leid, ich habe diesen Herrn noch nie gesehen. Sie

können mir glauben, dass mich das erleichtert. Ich wollte keiner Familie die Nachricht vom Tod eines Arbeiters dieser Mine überbringen müssen.«

»Wie viele Menschen arbeiten hier?«

»Das schwankt je nach Auftragslage, aber gerade sind es fünfzig.«

»Kennen Sie jeden, der hier arbeitet, persönlich?«

»Aber natürlich, das muss im Bergbau so sein, das ist wie eine Familie.«

»Was macht dann ein fremder Mann in der Mine?«

»Wie ich schon sagte: Jeder weiß, dass hier große Schätze lagern: Baumaterialien, Werkzeuge, zweimal wurde auch schon versucht, einen Bagger zu stehlen. Sie fragen, was die Leute damit wollen? Ich habe keine Ahnung. Aber offenbar kann jeder alles gebrauchen. Ich dachte, hier auf einer Insel ist es besser als drüben bei uns auf dem Festland, aber weit gefehlt. Schön zu sehen, dass Sie aber dennoch auch mal kommen, wenn etwas passiert. Die letzten Diebstähle waren für Ihre Dienststelle ja offenbar nicht interessant genug.« Die freundliche Miene des Mannes war noch da, aber der beißende Spott in seiner Stimme war nicht zu überhören. Sofia warf Kostas einen kurzen Blick zu. Der ließ sich nichts anmerken. Aber es war gut möglich, dass er die Diebstähle auch nicht ansatzweise untersucht hatte, schließlich hatte er bis zu Sofias Ankunft in Kato Koutrafas das Telefon der Dienststelle für gewöhnlich einfach klingeln lassen, weil ihm der Ouzo im Kafenion deutlich interessanter schien als die Polizeiarbeit.

»Kann der Tote ein Lieferant gewesen sein?«

»Glaube ich nicht. Lieferanten müssen sich bei Giannis anmelden – und er kannte den Mann ja nicht.«

»Das wissen Sie also auch schon.«

Dimitris Lampoutsis lächelte freundlich.

»Wie lange hat er denn schon in dem See gelegen?«

»Das untersuchen wir. Mit welchen Sicherheitsvorkehrungen schützen Sie die Mine?«

»Das Tor ist Tag und Nacht geöffnet, weil wir in Schichten arbeiten. Ein Nachtwächter hält dort die Stellung. Außerdem sind an der Hauptzufahrtsstraße Kameras installiert. Aber das Gelände ist riesig, das können wir nicht komplett kontrollieren, selbst wenn wir wollten. Es gibt einen Zaun, jedoch kein Alarmsystem – und nur vereinzelt Kameras. Wer hier reinwill, der kommt auch rein.«

»Was könnte der Mann hier gewollt haben außer stehlen?«, fragte Kostas.

Lampoutsis' Augen verengten sich.

»Ich verstehe nicht ganz …«

»Ich meine: Wenn alle Ihre Geschäfte sauberer Natur sind, dann liegt natürlich der Verdacht nahe, dass der Mann etwas klauen wollte. Wenn aber nicht, dann könnte er ja auch aus anderen Gründen hier gewesen …«

Sofia wusste nicht, worauf genau Kostas hinauswollte, aber es funktionierte. Seine Worte ließen Dimitris Lampoutsis offenbar in Habachtstellung gehen, er setzte sich in seinem Sessel auf, sodass das Leder unter ihm knarzte.

»Hören Sie, Chief Inspector Kostas. Skouriotissa ist die älteste noch arbeitende Mine der Welt. Für meine Familie ist es eine Ehre, dass die Republik Zypern uns diese Mine anvertraut hat. Wir arbeiten hart, um den Wohlstand des Landes zu mehren und die Bodenschätze zum Wohle der Menschen abzubauen.«

»… und doch auch zum Wohle Ihrer Familie.«

»Deshalb gehen Sie doch sicher auch zur Arbeit, oder, Chief Inspector?«

Kostas antwortete nicht und ließ die Frage an sich abperlen. Sofia war beeindruckt. Noch vor wenigen Wochen wäre ihr Kollege sicher ausgerastet, wenn jemand sich erdreistet hätte, sein Privatleben ins Spiel zu bringen. Vielleicht war Lampoutsis' Gegenfrage rein rhetorischer Natur – vielleicht war er aber auch, wie viele Leute in der Region, im Bilde über die tragische Geschichte des Polizisten aus Kato Koutrafas. Ganz Zypern war ein Dorf, und auf dem Dorf klatschte man eben gerne.

»Wie laufen denn die Geschäfte, Herr Lampoutsis?«

»Wir haben die Krise hinter uns gelassen. Die Nachfrage ist wieder hoch, und wir bauen sehr viel Kupfer in herausragender Qualität ab. Die Firma steht auf sehr gesunden Füßen, danke der Nachfrage.«

»Bauen Sie nach wie vor ausschließlich Kupfer ab?«

»Wie Sie wissen, Officer …«

»Perikles … und: Nein, ich weiß es nicht. Deshalb frage ich.«

»Der Boden von Skouriotissa besteht aus Erz«, begann der Mann zu referieren. »Darin enthalten sind nur rund drei Prozent Kupfererz, der Rest sind neben anderen Stoffen hauptsächlich Schwefel und Eisen. Schon vor viertausend Jahren haben die Menschen hier Kupfer abgebaut, doch mit dem Eisen wussten sie noch nichts anzufangen. Genau wie wir heute. Wir können es nicht lukrativ gewinnen. Deshalb können wir nur unser teures Hauptprodukt abbauen, den Großteil des Bodens können wir aber nicht gebrauchen. Was uns hilft, ist, dass Kupfer immer teurer wird. Deshalb hat die Mine den Betrieb 1994 überhaupt erst wieder aufgenommen.«

»Wohin verkaufen Sie Ihr Kupfer hauptsächlich?«

»Oh, der Weltmarkt prügelt sich darum. Aber wir haben der Republik Zypern natürlich zugesagt, dass der Großteil der Produktion der Insel zugutekommt. Kupfer wird schließlich an vielen Stellen gebraucht, ob in der Elektrik, für Münzen oder in der Fein- und Präzisionsmechanik. Nun, der Bedarf ist das eine. Ein hartes Geschäft bleibt es, weil der Kupferanteil des Bodens eben so gering ist. Wir müssen für einen minimalen Ertrag maximale Arbeit aufwenden. Die Rendite ist sehr gering.«

»Hm. Haben Sie in Griechenland auch schon Kupfer abgebaut?«

»Ja, meine Familie hatte eine Kupfermine auf Chalkidiki. Bis der Staat dort Gold gefunden hat. Dann haben wir die Lizenz verloren, und irgendein Konsortium sollte das Gold abbauen. Was übrigens kolossal schiefging. Wie auch immer, wir waren froh, dass die Republik Zypern uns unsere saubere Arbeit machen lässt.«

»Ja, das können wir uns vorstellen. Vielen Dank, Herr Lampoutsis. Wir würden jetzt gern mit den beiden Arbeitern sprechen. Wo finden wir sie?«

»Im Container nebenan, dort, wo die Angestellten zu Mittag essen. Darf ich Sie darum bitten, mich zu informieren, sobald Sie mehr wissen?«

»Das werden wir.«

Sie erhoben sich und verließen die gelbe Baracke, um nach zehn Metern in eine kleinere graue Baracke einzutreten. Hier drinnen war es viel stickiger, was nach Sofias fachkundigem Blick an der altersschwachen Klimaanlage lag, die sich an der Decke um ihr Leben drehte. Der Geruch von Moussaka lag in der Luft, die Zimtprise war unverkennbar. Die Mittagszeit schien vorbei zu sein, hinten an der Essensausgabe räumten zwei Frauen mit weißen Hauben das schmutzige Geschirr weg. Nur zwei Männer saßen noch in einer Ecke, sie hielten die Köpfe gesenkt und unterhielten sich leise miteinander. Beide trugen hellgraue und vollkommen dreckverschmierte Arbeitsanzüge. Erst als die Polizisten näher kamen, sah einer von ihnen auf und blickte sie aus tief liegenden Augen fragend an. Die Haut an seinen Armen war dunkelbraun, während in seinem Gesicht viele Risse zu sehen waren, tiefe Krater in der

Haut, die dem aggressiven Metallstaub in der Luft offenbar ständig schutzlos ausgeliefert war.

»Polizei?«, fragte er, und es schwang etwas mit in dieser Frage – Wut? Angst? Sein Akzent ließ Sofia darauf schließen, dass er aus Osteuropa kam, Rumänien, tippte sie.

»Genau«, bestätigte Kostas. »Sie haben den Toten aus dem Wasser gezogen?«

Der Mann wies mit dem Kopf auf seinen Sitznachbarn. Sofia fielen erst jetzt die dunklen Flecken auf dem Fußboden neben dem zweiten Mann auf, der Schlamm des Sees hatte seine Spuren hinterlassen. Er sah auf, und Sofia bemerkte seine geröteten Augen. Er war jünger als der andere und wirkte deutlich mitgenommener. Der Mann nickte unmerklich.

»Wie haben Sie die Leiche überhaupt entdeckt?«

»Wir sind die Förderbänder abgelaufen, weil etwas geklemmt hat«, sagte der Jüngere mit leiser Stimme, er sprach perfekt Griechisch, aber nicht mit zypriotischem Akzent. »Das passiert manches Mal, wenn ein großer Stein in die Bänder gerät. Wir standen oben am Hang, und ich habe etwas Dunkles im See bemerkt. Einen Schatten, der nicht aussah wie ein Felsen. Auch das haben wir hier einige Male gehabt, dass eine Ziege sich verirrt hat, trinken wollte und ins Tiefe geriet. Seit ich hier bin, haben wir da bestimmt schon fünf Tiere rausgezogen. Aber dieser Schatten … sah nicht nach einem Tier aus. Wir sind runtergefahren und …«

Seine Stimme versagte, und er blickte zu Boden, als könne er das Gesehene irgendwie ungesehen machen.

»Ich hab gewartet am Ufer«, sagte der Ältere mit rauer Stimme. »Er ist rein und hat gegriffen nach Schatten. Und dann hat Fuß aus Wasser geschaut. Wir haben Mann zusammen rausgezogen. War schon tot. Lange tot, ich glaube.«

»Wir haben den Mann in die Gerichtsmedizin bringen lassen«, sagte Sofia nickend. »Kannten Sie den Toten?«

Beide Männer schüttelten einmütig den Kopf.

»Arbeiten Sie schon lange hier?«, übernahm Kostas wieder das Fragen.

»Sechs Monate«, sagte der Mann mit dem starken Akzent.

»Woher kommen Sie?«

»Rumänien. Problem?«

»Nein, ich frage ja nur.«

Kostas war abgeklärt, fand Sofia. Es war nun schon seit mehr als zehn Jahren so, dass es auf Zypern deutlich mehr Arbeitsplätze gab als Bürger. Deshalb warben die Unternehmen gezielt günstige Arbeiter vom Balkan an, aus der Ukraine, aber auch aus Bulgarien und Rumänien. So kam es, dass in Hotels und Restaurants kaum noch Zyprioten arbeiteten, und die Einheimischen begannen, über einen Zustand zu lamentieren, den sie selbst zu verantworten hatten, weil kein Zypriot zu einem Hungerlohn kellnern wollte – oder eben auf einer Kupfermine arbeiten.

»Und Sie?«

»Ich bin mit hinübergekommen aus Griechenland.«

»Sie arbeiten also schon lange für die Lampoutsis'?«, fragte Sofia interessiert.

»Ich habe in der Mine drüben im Norden gelernt.«

»Und wie ist die Familie Lampoutsis so als Arbeitgeber?«

»Wäre ich sonst mit hergekommen, wenn ich es nicht gut bei ihnen hätte? Hätte nur nicht gedacht, dass wir hier so viel arbeiten müssen. Es ist viel mehr zu tun als drüben. Wir machen Überstunden ohne Ende.«

»Was könnte der Mann hier gewollt haben, was sucht man in einer Kupfermine? Man kann ja den Stein nicht einfach mit nach Hause nehmen und das Edelmetall abkratzen.«

»Gibt Diebe für alles«, sagte der Ältere schulterzuckend.

»Gut, wir danken Ihnen«, gab Kostas zurück. »Wenn Ihnen noch etwas einfällt, können Sie uns dann anrufen?«

Sofia holte einen Zettel heraus und schrieb ihre Nummer darauf. Kostas besaß schon lange keine Visitenkarten mehr – und sie hatte noch keine neuen angefordert. Die Männer nickten und sahen ihnen schweigend nach, während sie die Kantine verließen und wieder hinaustraten in den heißen Nachmittag.

»Ein Toter, den niemand kennen will. Na, das kann ja was werden.«

Pénte – 5

Schweigend fuhren sie die B9 entlang. Die Rundfahrt über die Minenanlage hatten sie kurzerhand verschoben, weil ihnen klar war, dass sie ohnehin wiederkommen würden. Die Straße zog sich schnurgerade durch die karge Landschaft – kaum vorstellbar, dass all das hier früher fruchtbares Land gewesen war, bevor die unrechtmäßige Teilung der Insel die Gegend in das Ende der Welt verwandelt hatte, wo sich niemand mehr niederlassen geschweige denn sein Geschäft kultivieren wollte.

Erst als sie in der Ferne das alte Ortsschild von Kato Koutrafas sahen, schien Kostas aus einem tiefen Traum zu erwachen.

»Ich vergess das ständig, weil … wann ist eigentlich diese … na, deine Hochzeit.«

Sofia sah ihn verwundert von der Seite an. Selten, dass er so rumdruckste. »In einer Woche.«

»Bin gespannt, ob wir bis dahin was rausgekriegt haben. Nicht, dass du das Ding verschieben musst.«

»Kommt nicht infrage. Bis dahin haben wir den Täter.«

»Wenn es überhaupt einen Täter gibt. Kann sich da ja auch selbst …«

»Wie lange wird die Rechtsmedizin brauchen?«

»Früher, als ich noch Morde bearbeitet habe, hat das ewig gedauert. Heute geht es hoffentlich schneller. Du kannst gleich mal in Nikosia anrufen. Aber als dein Chef sage ich dir: Ich brauche dich und kann auf persönliche Dinge keine Rücksicht nehmen – das ist ein Mord, das geht vor.«

»Was willst du denn damit sagen?«

Aber Kostas antwortete nicht mehr. Er grummelte am Steuer vor sich hin. Sofia war wie vor den Kopf geschlagen. Sie war davon ausgegangen, dass sie beide diese Phase hinter sich gelassen hatten. Und plötzlich war er wieder merkwürdig verstimmt, wirkte geradezu wütend.

Die Straße wurde schmaler und löchriger, als der kleine Corsa in den Ort einfuhr. Ort. Ein großes Wort für diese Ansammlung von klapprigen Häusern. Sofia konnte sich nur zu gut an das Gefühl erinnern, das über sie hereingebrochen war, als sie zum ersten Mal in Kato Koutrafas ankam. Der Schock war nachhaltig gewesen.

Für die Feststellung, dass hier nicht die reichsten Zyprioten wohnten, reichte ein Blick: Die Häuser waren alt und schlecht saniert, wenn sie denn überhaupt irgendwann saniert worden waren. Es gab Dächer, denen die Hälfte aller Ziegel fehlte, es gab Häuser, in denen die oberste Etage einfach nicht fertig gebaut worden war oder am Fenster im ersten Stock der Balkon fehlte, weil dann die Gebäudesteuer nicht vollständig fällig wurde. Es gab Häuser, denen alle Fenster fehlten. Die Bewohner hatten sie nach der Invasion der Türken schnell verlassen, weil damit der Region die Lebensgrundlage entzogen worden war.

So sah es in vielen Dörfern entlang der Grenze aus: Entweder sie waren gänzlich verlassen und nunmehr unbevölkert, oder es gab nur noch wenige Bewohner, die sich aber nicht mehr die Mühe machten, ihrem Kaff wieder Leben einzuhauchen. Zwei Kilometer nördlich von Kato Koutrafas lag die bewachte Pufferzone, in der sich nur Soldaten der Vereinten Nationen aufhalten durften. Der nächste Grenzübergang lag zehn Kilometer nordöstlich von hier in Astromeritis.

Im sogenannten Zentrum von Kato Koutrafas gab es dennoch den Dreiklang aller zypriotischen Dörfer: auf der einen Seite die kleine Kapelle, die von dem alten und fast blinden griechisch-orthodoxen Priester aus Astromeritis noch einmal in der Woche für einen Gottesdienst genutzt wurde, bei dem alle Gläubigen noch älter waren als der Mann am Altar. Gegenüber das Kafenion mit den Fremdenzimmern, in dem Sofia Unterschlupf gefunden hatte. Und im Schatten des Kaffeehauses stand der Container mit der simplen Aufschrift *Police* – Sofias neuer Arbeitsplatz und das Büro von Chief Inspector Kostas Karamanlis. Eine echte Baracke, heruntergekommen und so verraucht, dass sich selbst die Fenster für immer gelb verfärbt hatten. Bei ihrem ersten Besuch in der Polizeistation hatte sie Kostas schlafend vorgefunden, eine Zigarette brennend im Mundwinkel, vor sich eine leere Flasche Ouzo oder den noch härteren Tsivania, so genau hatte sie es nicht wissen wollen.

Unglaublich, dass seither erst so wenig Zeit vergangen war: Kostas Karamanlis war in den vergangenen Monaten ein anderer Mensch geworden. Sofia glaubte, dass es an ihm selbst lag – dass er lange genug gelitten und sich nun einen Ruck gegeben hatte. In Kato Koutrafas aber ging ein anderes Gerücht um: Kostas erstaunliche Wandlung liege an seiner neuen Partnerin – an ihr. Niemand sagte es ihr ins Gesicht, aber natürlich hatte sie davon Wind bekommen.

Und genau das war der Reichtum dieses Dorfes, der Reichtum von Kato Koutrafas. Er kam nicht von den schicken Villen oder den türkisblauen Pools der Bewohner, so wie in Sofias Heimatstadt Limassol oder in Pissouri, wo ihre Eltern eine Strandvilla besaßen. Nein, der Reichtum des Dorfes bestand in den großen Herzen seiner Bewohner, in ihrer Gemeinschaft, ihrer Hilfsbereitschaft und in ihren liebenswürdigen Marotten, die sich auch dadurch auszeichneten, dass etwas erst existierte, wenn sich dazu auch wirklich jeder Bewohner geäußert hatte. Es war ein Marktplatz des Klatsches und Tratsches, ob auf der Hauptstraße, im Kafenion oder in der letzten Reihe der kleinen Kapelle. Immer aber ging es ohne Boshaftigkeit oder üble Nachrede ab, und ohne Neid – nun gut, es gab eben auch nichts, worauf man neidisch sein konnte, weil alle ungefähr gleich wenig hatten.

Nicht nur deshalb hatte sich ihre Sicht auf diesen Ort in den letzten Monaten komplett gedreht. Nein, es gab da auch noch einen anderen Grund. *Jemand* anderen. Gleich würden sie sich wiedersehen. Denn eigentlich war Sofia für die Zeit der Hochzeitsvorbereitungen aus dem Kafenion ausgezogen und im noblen Amara-Hotel in Limassol eingezogen, gemeinsam mit ihrem Verlobten. Mit Carl. Sie schob den Gedanken von sich, weil sie spürte, wie sich die Haare auf ihren Armen aufstellten.

Kostas fuhr hinter den Polizeicontainer und stellte sich auf den für das Einsatzfahrzeug vorgesehenen Parkplatz.

»Puh, ich glaube, ich brauche jetzt erst mal einen Drink«, sagte Sofia und streckte sich, als sie ausgestiegen waren.

»Das ist eigentlich *mein* Satz«, sagte Kostas trocken und lächelte. Plötzlich war er wieder gut gelaunt. Es war einfach zu merkwürdig.

»Wie machen wir weiter?«, fragte Sofia und legte auf dem Rücksitz ihr neues Kleid fein säuberlich zusammen.

»Wir müssen rausfinden, was der Mann in der Mine wollte. Und wer er überhaupt war.«

»Ich glaube, das eine ist der Schlüssel zum anderen.«

»Ganz bestimmt. Ich werde mal mit einem Reporter beim Fernsehen in Nikosia sprechen, den ich von früher kenne.«

»Wieso?«

»Vielleicht könnte uns eine Öffentlichkeitsfahndung weiterbringen.«

»Gute Idee, Chef. Ich werde jetzt ein Glas trinken, und dabei denke ich über die Mine nach.«

»Er hat dir nicht gefallen, der Herr Lampoutsis, nicht wahr?«

»Nein. Ganz und gar nicht.«

»Merkwürdig. Dabei ist er doch wie du. Genauso eloquent und abgeklärt.«

»Bis gleich, Kostas.«

Sofia wandte sich ab und ging mit dem Kleid unter dem Arm über das staubige Feld und die holperige Straße bis zu dem kleinen Vorplatz, auf dem das größte Haus des Dorfes stand: das Kafenion, in dem sich einige Fremdenzimmer befanden und die Wohnung der Familie Alexandrou. Vor zwei Monaten hatte Großvater Giorgios dem ganzen Kaffeehaus im Alleingang einen neuen Anstrich verpasst. Seitdem trug das Haus kein graues Antlitz mehr, sondern erstrahlte als einziges Gebäude in Kato Koutrafas in einem frischen Sonnengelb. Als Sofia den Mann am Morgen nach ihrem späten Aufstehen schon auf der Leiter gesehen hatte, hatte sie sich ein Lachen nicht verkneifen können: Schließlich war Giorgios neunundneunzig Jahre alt – wochenlang brach sie über die Erinnerung an diesen Anblick in größte Heiterkeit aus. Der knochig wirkende Senior war in Wahrheit ein drahtiger und ausdauernder Mann, dem weder Hitze noch harte körperliche Arbeit etwas anhaben konnten, und damit ganzer Gegensatz zu seinem zweiten Enkel. Großvater Giorgios war es auch gewesen, der Sofias reichhaltiges Gepäck bei ihrer Ankunft ganz allein auf ihr Zimmer gebracht hatte.

Seit Kostas nicht mehr vor dem Kafenion saß, waren die Stühle tagsüber die meiste Zeit verwaist, es war einfach zu heiß draußen. Sofia betrat das Kaffeehaus, und da waren die alten Männer, die sich hier unter dem altersschwachen Ventilator niedergelassen hatten und den ganzen Tag über Tavli spielten, das traditionelle zypriotische Brettspiel, das dem Backgammon sehr ähnlich war. Früher hatten die Figuren sofort stillgestanden, wenn Sofia den Laden betrat, so eine exotische Erscheinung war sie gewesen, und so ungewöhnlich war es in Kato Koutrafas, überhaupt Fremde zu sehen. Und fremd war jede Person, deren Familie nicht schon seit mehr als vier Generationen hier wohnte. Heute aber sahen sie nur noch kurz auf, grüßten mit einem Nicken, vertieften sich sofort wieder ins Spiel und nippten an ihren winzigen Ouzo-Gläsern.

»Sofia«, sagte Adonis und strahlte sie an. Er stand hinter der Bar, betrachtete seine Gästeschar und aß eine Kleinigkeit, und wie immer zu dieser Tageszeit handelte es sich um die Überreste des Grillgerichts vom Vorabend. Adonis Alexandrou war ein Phänomen: Er wog sicher fast zweihundert Kilogramm und war dabei so selbstbewusst, freundlich und strahlend, dass man ihn nur gernhaben konnte. Besonders gern hatte ihn seine sehr schöne Frau Constantina, die Sofia mit eifersüchtiger Vorsicht beäugte. Er war der wichtigste Mitarbeiter des Kafenions und damit der Nachfahre von Großvater Giorgios und seinem Vater Adonis senior, der das Kaffeehaus bis vor zehn Jahren geführt hatte. »Endlich bist du wieder da. Wolltest du uns vor dem großen Tag noch mal besuchen? Wie schön.«

»Ja, das ist der angenehme Nebeneffekt, lieber Adonis«, sagte Sofia lächelnd. »Aber eigentlich haben wir einen Fall.«

»Einen Fall?«, fragte Adonis erstaunt. »Und wer ist *wir*?«

»Na, Kostas und ich.«

Adonis schüttelte vehement den Kopf.

»Kostas ermittelt also wieder … Du hast wirklich einen neuen Menschen aus ihm gemacht.« Er beugte sich verschwörerisch über den Tresen. »Worum geht es denn? Erzähl mal.«

»Das mach ich. Aber erst mal brauche ich dringend ein Bier.«

»Ein KEO-Bier für die schönste Frau …«, er sah sich schnell nach allen Seiten um, als er seinen Irrtum bemerkte, »… äh, die zweitschönste Frau von Kato Koutrafas. Kommt sofort. Und dann erzählst du mir alles, ja?«

Während Adonis das zypriotische Bier zapfte, das in der beliebtesten Brauerei der Insel in Limassol produziert wurde, sah sich Sofia im Raum um. Er war so typisch für die Kaffeehäuser Zyperns, wie es nur eben ging: die schummrige Lichtstimmung durch die halb geschlossenen Fensterläden, das hölzerne Mobiliar, irgendwie zusammengewürfelt und gerade deswegen heimelig, der Fernseher an der Wand, der ohne Unterlass die Nachrichten des landesweiten Fernsehsenders RIK1 zeigte, dazu der hölzerne Tresen mit einem Zapfhahn für KEO-Bier, eine Armada von kleinen und großen Gläsern – und die alten Herren im Gastraum, die hier vermutlich seit ihrer Geburt zum Inventar gehörten.

Das hier war das genaue Gegenteil von Sofias bisherigem Leben: den hippen Coffeeshops und Bars in London mit all den Designermöbeln und Barkeepern mit Sixpack, mit Sojamilch und Avocado-Bowls, mit Moscow Mule und Kokskrümeln auf der Toilette – und vielleicht mochte sie es gerade deshalb hier so besonders.

Doch irgendetwas stimmte nicht. Jemand fehlte. Jemand, der zum Interieur der Kneipe gehörte wie die zypriotische und die griechische Flagge, die windschief an der Holzwand hingen. Sofia sah auf die Uhr. Sie war schon zu lange hier, als dass er auf der Toilette hätte sein können. Er saß immer hier. Von morgens um neun bis abends um acht. Spielte Tavli, trank und arbeitete, wenn es etwas zu tun gab.

»Sag mal, Adonis, wo ist eigentlich Giorgios?«

Die Augen des Wirts hellten sich auf, ein Blick, den er nur

bei der Aussicht bekam, etwas ausführlich erzählen zu können.

»Stimmt ja, du bist ganz neu hier, du kennst das alles noch nicht.« Er stellte das Glas vor ihr ab, und noch bevor sie danach greifen konnte, begann Adonis seine Erzählung. »Jedes Jahr um den 20. Juli herum zieht sich Giorgios komplett zurück. Du weißt ja, er ist eigentlich das Zentrum unseres Dorfes, er war so lange der inoffizielle Bürgermeister, alles hat sich um ihn gedreht. Doch in jedem Jahr zu dieser Zeit steigt er in seine Ape, die er den Rest des Jahres nicht mehr bewegt, fährt hinunter zum Strand und bleibt dort. Etwa eine Woche. Früher schlief er da immer in einem Zelt, aber jetzt nimmt er sich jedes Mal ein Zimmer in einer kleinen Pension. Er braucht die Zeit, er muss nachdenken, er muss der Gefühle Herr werden. Das glauben wir zumindest. Er redet ja nicht darüber. Mit niemandem. Er hat nie darüber gesprochen. Mit keinem von uns.«

Sofia nutzte die kurze Atempause und griff nach ihrem Glas. Die Kälte und Frische des Bieres belebten sie sofort.

»Aber warum genau jetzt?«, fragte sie.

Adonis runzelte die Stirn.

»Hast du nicht gesagt, dass du Politik studiert hast? Na, am 20. Juli …«

Sofia stockte der Atem. Sie hatte es ganz vergessen. *20. Juli.* Der Tag der türkischen Invasion in Zypern. Eigentlich hatte die Landung der Fallschirmjäger am 14. Juli begonnen, dennoch hatten sich die Türken den 20. Juli zu ihrem Feiertag gewählt.

»Aber was hatte Giorgios denn mit der Invasion zu tun? War er in der Armee?«

»Tut mir leid, Sofia«, sagte er lachend, »mir ist, als würde ich dich schon so lange kennen. Deshalb erscheint es mir so unwahrscheinlich, dass du nichts über meinen Großvater weißt.« Er nahm ein Glas und stellte es unter den Zapfhahn, füllte es mit Bier, dann goss er noch Ouzo in zwei kleine Schnapsgläser. »Den brauche ich dafür.« Er nahm sein Glas und leerte es in einem Zug, dann atmete er tief durch. »Großvater war immer ein Befürworter der Unabhängigkeit von den Briten. Er war nicht radikal, nein, das nicht. Niemals hätte er Briten in die Luft gesprengt oder dergleichen. Aber er unterstützte die Loslösung von den Kolonialherren. Doch als es dann geschafft war und die Griechen Makarios stürzten, da erkannte er seinen Irrtum. Und ahnte schon, was der Insel drohen würde. Doch niemand hörte auf ihn. Und dann ... dann landeten die Türken. Giorgios hatte damals eine Guerillatruppe um sich herum versammelt, mit der er Aktionen für die Unabhängigkeit durchführte. Sie haben gekämpft wie die Löwen, um sich gegen die Türken durchzusetzen. Obwohl sie wussten, dass sie keine Chance hatten. Die Türken haben Dutzende Männer von seiner Einheit getötet, nein, regelrecht massakriert. Giorgios hat sich die Schuld daran gegeben. Und er tut es bis heute. Hätte er gewusst, was passieren würde, hätte er niemals für das Ende der Kolonialzeit gekämpft. Denn allen war klar, dass die Türken niemals eingefallen wären, wenn die Briten noch die Herren über unsere Insel gewesen wären.«

»Und darunter leidet er noch heute?« Sofia wusste schon beim Aussprechen, dass sie die Frage lieber zurückgenommen hätte, schließlich wusste sie nach allen Gesprächen mit ihrem Vater, wie naiv sie war, wenn es an den männlichen Stolz ging.

»Er war Zypriot. Nicht Zypriot des südlichen Teils. Er hat seine Heimat verloren. Ach, Sofia, er könnte es dir viel besser erklären als ich. Ich wünschte, er würde darüber reden. Aber er ist da absolut verschlossen. Ich weiß gar nicht, wo er damals genau gekämpft hat, ich ahne nur, dass alles, was er erlebt hat, sehr schlimm war.«

Sofia hätte Adonis in diesem Moment gerne umarmt, so sehr rührte sie dessen offenkundige Liebe zu seinem Großvater. Allerdings hätte sie dafür den Tresen umrunden müssen, was nun doch zu auffällig gewesen wäre, schließlich konnte Constantina jeden Moment hereinkommen – und wenn sie Sofia und ihren Adonis in inniger Umarmung vorfand, würde sie wohl das Kafenion in die Luft sprengen.

»Oh Mann … Lass uns unbedingt heute Abend weitersprechen, ich erzähl dir dann auch alles, aber jetzt muss ich schnell mal hoch und das ganze Zeug hier ablegen. Macht ihr heute wieder eure Meze?«

»Nein, das ist erst morgen, wir haben es verschoben, weil wir hoffen, dass Giorgios zurückkommt. Aber du wolltest mir doch wenigstens verraten, welchen Fall …«, er brach ab, weil er sah, dass sie auf dem Sprung war. »Okay, dann eben später.« Sie hörte die Enttäuschung in seiner Stimme, vom potenziell heißesten Klatsch des Dorfes erst mal eine Weile abgeschnitten zu sein.

Sofia nahm die Tür neben der Bar und stieg die Treppe hoch zu dem kleinen Flur, von dem links drei Türen abgingen. Ganz hinten knarzte es, dort war die Wohnungstür der Alexandrous. Als sie den Schatten seiner Gestalt ins Gegenlicht treten sah, stockte ihr der Atem.

»Hey, Sofia«, sagte er mit seiner wohlklingenden tiefen Stimme, und sie hörte die Freude, die darin lag. »Du bist wieder da.« Er trat auf sie zu, und sie verfluchte sich, ihren trockenen Mund, ihre feuchten Hände. Herrgott, konnte sie nicht einfach aufhören, ihn anzubeten?

Doch als er vor ihr stand, wusste sie: Nein. Konnte sie nicht.

Dieser Dreitagebart unter den hohen Wangenknochen, diese sanft geschwungenen Lippen, wie von einem italienischen Skulpteur erdacht, sein muskulöser Oberkörper unter dem hellblauen T-Shirt, die braunen Füße, die in Flipflops steckten. Und dazu dieser Blick aus seinen freundlichen und tiefbraunen Augen – nicht nur, dass er Zuneigung ausdrückte und bei ihr ein sofortiges Gefühl von Geborgenheit hervorrief, nein, diese Augen konnten so lächeln, dass sie gleich wieder in Ohnmacht fallen wollte.

»Hey, Christos«, sagte sie eine Spur zu schüchtern, doch dann musste auch sie lächeln, weil die Freude, ihn zu sehen, die Anspannung noch übertraf. »Ja, muss mir mal ein paar Sachen holen.«

»Ist das …« Er zeigte auf ihren Arm. Verdammt, durchfuhr es sie, ihr Brautkleid.

»Mann, Christos, das darfst du doch gar nicht sehen.«

»Wieso? Du heiratest doch nicht mich«, sagte er und lachte wieder. »Sieht toll aus – was ich von hier aus erkennen kann, zumindest. Toller Stoff. Wenn ich es an dir sehen würde, müsste ich dir wahrscheinlich gleich einen Antrag machen.«

Sie prüfte seinen Blick. Flirtete er mit ihr? Verdammt, die Zweite. Er flirtete mit ihr. Trotz allem. »Tja«, sagte sie und zuckte die Schultern, »da bist du ein bisschen spät dran.«

»Ich weiß«, sagte er tonlos, und sie hätte ihn gern in den Arm genommen, einfach so, weil das hier alles ganz anders geplant war.

»Was machst du hier, Sofia, ich dachte, du würdest die Hochzeit planen?«

»Es gab einen Toten«, rutschte es ihr heraus. »Mann, du bringst mich aber auch immer vom Weg ab, ich wollte das noch gar nicht erzählen. Dein Bruder hat mich schon gelöchert. Ihm hab ich aber nichts gesagt.«

»Ein Toter – wo habt ihr ihn gefunden?«

»In einer großen Kupfermine.«

»In Skouriotissa?«

»Weißt du etwas darüber?«

»Wir kennen alle die Mine, es gibt keinen größeren Arbeitgeber hier im Tal der Ahnungslosen. Und da ist einer gestorben? Ein Arbeiter?«

»Tja, bisher ist er ein Unbekannter. Aber ich denke nicht, dass er sich im See einfach mal ein bisschen abkühlen wollte.«

»Merkwürdig«, sagte Christos und zog die Stirn kraus.

Sofia dachte laut nach. »Wer weiß über die Mine Bescheid, hat da aber keine Aktien drin und würde mir meine Fragen deshalb ehrlich beantworten? Im Gegensatz zu dem fadenscheinigen Chef vor Ort.«

»Na, du kennst doch Hinz und Kunz in der Hauptstadt. Ist nicht irgendeiner der alten Liebhaber zufällig im Wirtschaftsministerium? Oder sonst wo tätig?«

»Christos«, rief sie, beugte sich vor, und ehe er sich's versah, gab sie ihm einen Kuss auf die Wange, »du bist ein Genie. Warum bin ich denn da nicht gleich drauf gekommen!«

Sagte es, raffte ihr Kleid zusammen, verschwand in ihrem Zimmer und ließ den verdutzten Christos auf dem Flur zurück.

Éxi – 6

»Mit wem hast du denn telefoniert?«, fragte Kostas, als Sofia in den überhitzten Container trat. Offenbar hatte er sie dabei beobachtet, wie sie die kleine Anhöhe auf der Dorfstraße erklommen hatte, weil das der einzige Ort war, wo es in Kato Koutrafas ein zumindest annehmbares Telefonnetz gab. Sofia hatte das in tagelanger Recherche ausprobiert. Hier im Container und vor dem Kafenion dauerten Gespräche immer rund zwanzig Sekunden, bis sie von einem Rauschen und einem Piepen unterbrochen wurden. Die Bewohner des Dorfes munkelten, dass es die Türken jenseits der Grenze seien, die die Netze im südlichen Teil störten. Sofia hielt das für absoluten Quatsch, aber so war es eben, wenn der Feind nur einen Steinwurf entfernt lebte.

»Ich hatte eine Idee, wie wir mehr über die Mine herausbekommen, ohne dass wir höchstpersönlich achtzig Kilo Akten wälzen müssen.«

»Und wie?«

»Wirst du sehen, wenn mich mein Kontakt zurückruft.«

»Officer Perikles beginnt wieder zu ermitteln«, sagte Kostas kopfschüttelnd, »wahrscheinlich bist du am Ende dieses Falls Sergeant.«

»Wir werden sehen«, gab sie lächelnd zurück. Tatsächlich hatte sie keine Idee, ob die Bitte, die sie eben vorgetragen hatte, ihr wirklich weiterhelfen würde.

»Was wollte der junge Mann in der Mine?«, fragte Kostas, und es klang wie eine rhetorische Frage. »Ich habe eben ein Fax bekommen. Es wurde kein Auto auf dem Gelände gefunden, das dort nicht hingehörte. Dieser Weg ist uns also auch versperrt.«

»Wie machen wir weiter?«

»Wir fahren erst mal nach Nikosia. Vielleicht wissen die Gerichtsmediziner schon etwas. Es ist besser, denen auf die Füße zu treten, als ihnen hinterherzutelefonieren.«

Sofias Telefon nahm das Stichwort und piepte laut. Erstaunt sah sie aufs Display. Drei Anrufe in Abwesenheit. Durch das fehlende Netz im Container waren sie direkt zur Mailbox weitergeleitet worden. »Ich bin gleich wieder da, dann können wir los«, rief Sofia und lief wieder auf die Anhöhe, die mittlerweile ihr liebster Platz im Dorf geworden war. Sie wählte die Nummer, und seine Stimme meldete sich sofort.

»Babe, na endlich, wo seid ihr? Esst ihr gerade was? Habt ihr ein schönes Kleid gefunden für meine himmlische Braut?«

»Hey, Carl, nee, sorry, es ist alles etwas anders. Ich meine: Ja, ich habe ein Kleid gefunden. Aber ich musste quasi mitten aus der Anprobe los, hier in den Norden. Ich habe einen Fall. Es gab einen Mord.«

Sie hörte ihn am anderen Ende der Leitung schnaufen. »Oh Mann, Babe, echt jetzt? Das ist doch nicht dein Ernst. Du musst jetzt arbeiten, so kurz vor unserem großen Tag? Wir haben doch noch so viel vorzubereiten. Und ich will doch auch die Nächte mit dir verbringen. Mann, das glaube …«

Sofia unterbrach ihn. »Carl, ich finde es auch nicht cool. Und ich habe den Typen bestimmt nicht um die Ecke gebracht, um unsere Hochzeit zu verhindern. Ich kümmere mich darum, und dann komm ich heute Abend ins Hotel, okay? Ich muss jetzt los. Bis später.«

Sie legte auf und sah einen Moment nachdenklich in die Ferne, als hinter ihr eine wohlbekannte Stimme erklang.

»Darling, Sofia, wirklich? Ein Mord? Ein richtiger Mord! Das ist ja schrecklich.«

Sie drehte sich um und sah die ihr so vertraute Gestalt, die mit einer Sackkarre voller Plastikkisten über die Dorfstraße von Kato Koutrafas ging.

»Lady Gladstone«, sagte Sofia und fand sofort ihr Lächeln wieder. Zu schön fand sie den Anblick dieser distinguierten Dame mit dem bunten Blumenkleid und dem vielen Schmuck, der an ihren Ohren und um ihren Hals baumelte, den goldenen Ketten und Broschen, eine Dame, die ebenso gut zum Afternoon Tea auf der englischen High Street hätte unterwegs sein können.

»Wie schön, Sie zu sehen. Ist heute wieder Liefertag?«

»Ja, ich habe sehr viel Feigenmarmelade eingekocht, die bringe ich jetzt mit den anderen Sachen in den Paketen zu Michaelidou, und der nimmt sie mit zum Postamt nach Astromeritis.«

Lady Gladstone war der Paradiesvogel des Dorfes, sie kam ursprünglich aus Kato Koutrafas, hatte aber in den Sechzigern einen britischen Lord geheiratet. Der kam in den Wirren der Unabhängigkeitsbewegung ums Leben – und Lady Gladstone ging wieder in ihr Heimatdorf, ohne Mann, dafür aber mit den britischen Manieren. Sie war eine echte Karrierefrau, hatte im Alleingang einen Versandhandel mit zypriotischen Spezialitäten aufgebaut, die man ihr in England aus den Händen riss. Und da sie selbst kein Auto besaß, hatte sie sich über die Jahre ein ausgeklügeltes Versandsystem aufgebaut, das auf die Bewohner des Dorfes setzte. Die brachten ihr die Pakete für eine kleine Provision zur Post. Wahrscheinlich war Lady Gladstone die größte Arbeitgeberin des Dorfes, dachte Sofia – in jedem Fall aber war sie die erste Drehscheibe aller Neuigkeiten –, und von Sofias erstem Tag in Kato Koutrafas an ihre beste Freundin am Platz.

»Nun sag schon, was ist da los? Es soll irgendwo im Nachbarort gewesen sein, richtig? In Skouriotissa?«

»Lady Gladstone, Sie sind wirklich ein Wunder. Woher wissen Sie das denn nun schon wieder?«

»Es stimmt also?« Sie ließ die Kisten mitten auf der Straße stehen und ging auf Sofia zu.

»Ja«, sagte Sofia nickend. »Wir haben in der Mine einen toten Mann gefunden. Er lag in dem See. Aber vielleicht ist er auch nur ertrunken, wir wissen es noch nicht. Warten Sie mal …« Sie kramte nach ihrem Telefon und öffnete die Galerie.

»Ich möchte Sie nicht erschrecken, er hat eine Weile im Wasser gelegen … aber kennen Sie ihn?«

Lady Gladstone betrachtete das Foto, und sofort verzog sich ihr Gesicht. »Oh, der sieht ja schrecklich aus. Aber …« Sie prüfte es eingehend. »Nein, ehrlich gesagt habe ich ihn noch nie gesehen, und du weißt ja, dass ich ein sehr gutes Gedächtnis habe.«

»Oh ja, das weiß ich!«

»Hm, sicher ist er nicht von hier, nicht aus unserem Ort und auch nicht aus Skouriotissa oder Astromeritis. Er ist ja ein junger Mann – und ich habe immer einen Blick für junge Männer, oder, Darling?« Sie lachte ihr heiteres Lachen.

»Können Sie es bitte noch für sich behalten, Lady Gladstone?«

»Ich kann schweigen wie ein Grab.«

»Das wäre in diesem Fall wirklich wichtig.«

»Versprochen, Darling. Sag, wie laufen denn die Hochzeitsvorbereitungen?«

»Oh, Lady Gladstone, ich habe ein Kleid. Sie werden es lieben.«

»Ich will es natürlich sehen, Darling. Wann wirst du wieder hier sein?«

»Ich überlege, morgen zur Meze zu kommen. Dann führ ich es Ihnen gern vor.«

»Oh ja, das wäre ja *gorgeous, amazing*. Ich bin so gespannt auf die Hochzeit. Was für ein netter Junge …«

»Gut, ich muss los, Lady Gladstone, wir sehen uns morgen.«

»Hier, nimm ein Glas Feigenmarmelade mit.« Sie reichte es ihr. »Du musst vor der Hochzeit wirklich nicht abnehmen, verstanden, mein Schatz?«

Und damit drehte sie ab, ging zurück zu ihren Kisten und schob die Sackkarre so federleicht über die Dorfstraße, als wäre sie noch ein kräftiges und junges Mädchen. Lady Gladstone war einfach ein Phänomen.

Sofia ging zurück in den Container. Kostas hatte schon den Autoschlüssel in der Hand und warf ihn ihr zu, hinüber zur Tür.

»Du fährst. Dann kann ich kurz schlafen. Aber vorher musst du noch was machen.«

»Was denn?«

»Ich habe mit dem Leiter der Nachrichtenredaktion von RIK1 gesprochen. Wenn wir ihnen das Foto schicken, dann bringen sie es heute Abend groß raus. Du hast es ja auf deinem Handy. Aber der Drucker ist kaputt. Können wir es irgendwie nach Nikosia bekommen?«

»Ich kann es per Mail schicken, wenn wir wieder ein Netz haben.«

»Bestens. So machen wir es. Auf geht's.«

»Weißt du, ich mag den neuen Kostas. Er ist so … zupackend und zuversichtlich.«

»Wenn das so wäre«, sagte der Chief Inspector, »dann würdest du mich ja …« Die letzten Worte waren unverständlich, weil die Tür mit lautem Knarzen aufging, und dann war er hinaus.

»Was sagst du, Kostas? Ich habe es nicht verstanden.«

»Nichts«, sagte er schnell und ohne sie anzusehen. »Fahren wir.«

Eptá – 7

Sie hatte ihr Fenster auf der Fahrerseite geöffnet, sodass der Abendwind ins Auto wehte. So richtig genießen konnte sie die Fahrt aber erst auf der kurvigen Landstraße und dann auf dem Zubringer zur Hauptstadt, der immer breiter wurde. Auch die Zahl anderer Fahrzeuge nahm von Kilometer zu Kilometer zu – war ihnen nach Kato Koutrafas bestimmt zehn Minuten lang kein Auto entgegengekommen, so begann jetzt das urbane Gewimmel, als links und rechts die ersten Vorstädte von Nikosia auftauchten. Gleich darauf wurde aus der breiten B9 eine Autobahn, und Sofia raste der Hauptstadt entgegen, die links von ihnen als wilde Ansammlung von weißen Häusern lag, doch sie sah, wie Kostas' Blick von etwas angezogen wurde, was jeder Zypriot kannte und worüber er sich dennoch auch nach Jahren noch aufregte.

»Verdammte Invasoren«, flüsterte Kostas leise und dann noch etwas, ein Mantra fast, das aber im Lärm des heulenden Motors verklang.

Dort, links, hinter der Grenze, die von hier gar nicht zu sehen war, sodass die Landschaft hüben und drüben aussah, als läge sie in einem einzigen Land, dort drüben jedenfalls hatten die Nordzyprer dafür gesorgt, dass jeder hier im Süden wusste, wer nun auf dieser Seite der Grenze das Sagen hatte: Sie hatten auf dem Berg eine riesige Fläche von Feldsteinen begradigt und in mühevoller Kleinarbeit angestrichen – sie brauchten ja nur zwei Farben: Weiß und Rot. So hatten sie den roten Stern und die rote Sichel mit weißen Flächen und zwei roten Streben eingefasst – die nordzyprische Flagge in den türkischen Farben, die so riesig und schräg im Berg lag, dass jeder Hauptstädter im Süden sie von seiner Wohnung aus sehen konnte. Folgerichtig hatten die meisten Südnikosianer dafür gesorgt, dass nur ihr Klofenster nach Norden rausging. Denn am schlimmsten waren die Nächte: Dann erleuchteten Hunderte starke Lampen diese Flagge und sandten sie als Zeichen von Hohn und Spott hinüber zu den stolzen Griechen-Zyprioten. Was für eine Geste, dachte Sofia, und merkte, dass sie sich eigentlich ganz genauso darüber aufregte wie ihr werter Kollege. Erst waren sie einmarschiert, und nun ärgerten sie auch noch die, denen sie das Land genommen hatten. Wie viel Hass auf dieser kleinen Insel doch Platz fand.

Sie wäre fast mit dem Wagen vor ihnen zusammengestoßen, weil sie immer noch zu der Flagge starrte und der Verkehr vor ihr durch die vielen Autos zum Halten gekommen war. Sie bremste, was das Zeug hielt.

»Ich wollte nicht selber aus finalem Anlass ins Leichenschauhaus, Tausendschön«, sagte Kostas trocken und grinste sie an.

Sie wechselte die Autobahn und war für einen Moment traurig, dass das General Hospital so weit außerhalb des Zentrums lag, sie hätte gern die Ledra gesehen, die Haupteinkaufsstraße von Nikosia, die flanierenden und diskutierenden Hauptstädter. Sofia liebte die Atmosphäre in Zyperns größter Stadt.

Nach dem unvermeidlichen schwedischen Möbelhaus – im Übrigen dem einzigen der ganzen Insel, sehr zum Ärger der Bürger von Limassol, die ihre Hafenstadt ohnehin viel bedeutender fanden als Nikosia – fuhr Sofia von der Autobahn ab und ließ den Corsa auf dem Parkplatz des modernen Krankenhauses ausrollen.

»Stell dich da hin«, wies Kostas sie an.

»Aber da steht: *Nur für Einsatzfahrzeuge*«, sagte sie.

Er legte den Kopf schief und zeigte aufs Wagendach. Verdammt, dachte sie. Manchmal war es ihr noch so fremd, dieses neue Gefühl, Polizistin zu sein. Sie hielt auf dem breiten Parkplatz genau vor dem Haupteingang, und gemeinsam gingen sie in das Gebäude. Offenbar war die Besuchszeit gerade vorbei, denn es strömten viele Menschen aus dem Krankenhaus, zum Teil mit den bestürzten Mienen naher Angehöriger, zum Teil mit den erleichterten Mienen Bekannter, die einfach erleichtert waren, nicht an der Stelle des eben Besuchten zu sein.

Morgue stand auf dem Hinweisschild, und der Pfeil zum Leichenschauhaus zeigte in den Keller, dorthin, wo Sofia üblicherweise die Gerichtsmedizin vermutete. Sie nahmen die Treppe, gingen an einem eigenen Empfang vorbei, wo sie sich ausweisen mussten, dann betraten sie durch eine gesicherte Tür einen langen Flur, von dem Labore und Untersuchungssäle abgingen. Ganz hinten war es Kostas, der zuerst die Schiebetür aufzog und mit seiner tiefen Stimme sagte:

»Ich dachte, Sie wären längst in Rente, Frau Athanasiou.«

»Und ich dachte, Sie wären längst tot«, entgegnete die hagere Dame mit dem weißen Haar, das aus der grünen Haube herausschaute. »Als ich Sie das letzte Mal gesehen habe, hatten Sie eine Nase wie Rentier Rudolf, mein lieber Chief Inspector Karamanlis. Aber wie ich sehe, haben Sie sich offenbar zwischenzeitlich einweisen lassen? Sie sehen gut aus.«

»Charmant wie am ersten Tag.«

»Alte Gäule wie ich ändern nicht mehr ihre Worte, nur noch ihr Parfum.«

»Ich denke, hier unten kann man ein gutes Parfum immer gebrauchen …«

»Wer ist das junge Ding?«

Die Gerichtsmedizinerin mit der Gummischürze wies mit dem Kopf auf Sofia. Doch bevor Kostas antworten konnte, trat die auf die alte Dame zu und streckte ihr die Hand entgegen.

»Sofia Perikles. Kostas' neue Partnerin. Und bei mir ändert er sogar die Worte, auch wenn er alt ist.«

»Touché«, sagte Frau Athanasiou anerkennend. »Damit hat sie dir und mir eine mitgegeben, obwohl du ihr gar nichts getan hast. Sehr clever.« Sie wandte sich Sofia zu. »Im Ernst: Ich bin sehr froh, dass diese Männerdomäne endlich mal aufgemischt wird, und dann noch von einer klugen jungen Frau. Ich war damals, als ich begann, die erste Gerichtsmedizinerin dieser Insel – und im Übrigen ganz Griechenlands. Aber das ist schon so lange her, es kommt mir vor, als hätten da noch die alten Griechen hier gelebt. Schön, Sie kennenzulernen, Frau Perikles. Sie kommen nicht etwa schon wegen meines Neuzugangs?«

»So ist es.«

»Herrgott, Kostas. Du warst ja damals schon eine Nervensäge, als du noch echte Morde bearbeitet und nicht nur Parkknöllchen im Nirgendwo geschrieben hast. Aber dass du jetzt nach einem Fund am selben Tag hier vorbeischneist, das ist schon dreist.«

»Ich dachte, wenn eine das schafft, dann du. Außerdem …«

»Was … *außerdem*? Seit wann stotterst du so?«

Sofia beobachtete den knarzigen Austausch der beiden mit unverhohlenem Interesse. Wenn sie es nicht besser gewusst hätte, dann hätte sie geschworen, dass hier ein Flirt in der Luft lag. Aber Kostas war so spröde und von der Liebe enttäuscht, der hätte nicht mal mit Claudia Schiffer geflirtet.

»Außerdem hatte ich gehofft, dass wir uns sehen«, sagte er, und Sofia war sich ihres Vorurteils nicht mehr ganz so sicher.

Sie sah, wie die Gerichtsmedizinerin ihre Augen weit aufriss, bevor sich ein Grinsen auf ihrem Gesicht ausbreitete.

»Du bindest mir einen Bären auf, Kostas, jetzt verstehe ich. Ich dachte, du seist auf deine alten Tage zu einem Romantiker geworden. Also, kommt mit.«

Sie führte sie nach nebenan, und Sofia lief neben der Frau.

»Wie lange arbeiten Sie schon zusammen?«, fragte sie leise.

»Och, eine Ewigkeit. Als Kostas noch in Limassol war, hat er ständig die großen Fälle an Land gezogen. Und da das hier die einzige Gerichtsmedizin auf der Insel ist, mit Ausnahme der roten Sichel drüben, kennen wir uns schon sehr lange. Und ich bin froh, dass es ihm augenscheinlich so gut geht. Falls das an Ihnen liegt, dann bitte ich Sie: Bleiben Sie bei ihm.«

»Könnt ihr jetzt mal aufhören, über mich zu schnattern?«, murrte Kostas rum. »Ich bin zwar alt, aber nicht taub.«

Die Gerichtsmedizinerin lächelte. »Schon gut, Griesgram.« Dann wandte sie sich wieder an Sofia. »Und Sie? Wie kommen Sie in dieses Kuhkaff, in dem Kostas jetzt arbeitet?«

»Eine freundliche Rache der Kommunisten an meinem Vater«, sagte Sofia trocken.

»Vorsicht, ich bin auch Kommunistin«, entgegnete die Gerichtsmedizinerin. »Aber eine, die privaten Besitz sehr schätzt.« So war es immer auf der Insel. Es gab die konservative Partei und die kommunistische – und so wie sich die Regierungen jeweils abwechselten, waren die Lager auch in der Bevölkerung gespalten, obwohl man nicht sagen konnte, wer genau zu wem gehörte. Es war ganz oft die Geburt, die das Lager vorgab, der Ehemann oder die Ehefrau – oder einfach nur der Zufall.

»Also, da haben wir ihn. Habt ihr schon einen Namen?«

»Wir hatten gehofft, du hättest einen in der Datenbank.«

»Ich hab die Fingerabdrücke durchlaufen lassen und nichts gefunden. Auch nichts Auffälliges am Zahnstatus, was helfen würde, seine Identität festzustellen. Er hat exzellente Zähne und ist auch sonst in guter körperlicher Verfassung. Also, dafür, dass er tot ist.«

»DNS?«

»Wir sind hier nicht bei *CSI: Miami*, Kostas. Ich muss die DNS den Laborratten schicken, und die sitzen bei euren Kollegen. Du erinnerst dich daran, wie schnell die arbeiten, oder? Dagegen ist der alte Innenminister fast ein Marathonläufer.«

»Na, was hast du denn dann für uns?«

Sie betraten einen der vorderen Räume, und Athanasiou drückte auf einen Knopf. Nacheinander flackerten die Neonleuchten an der Decke nervös und verbreiteten dann ihr deprimierendes weißbläuliches Licht. In der Mitte des Raumes stand ein fahrbarer Metalltisch, darauf ein graues Tuch und die Silhouette eines Menschen, am unteren Rand das Logo des Nicosia General Hospital. So rüde, wie Athanasiou mit Lebenden umging, so zart war sie zu den Toten.

Sie faltete das Tuch behutsam zusammen und enthüllte damit den Körper des Mannes. Sofia hatte Angst vor diesem Moment gehabt, zu lebhaft hatte sie noch den schrecklichen Anblick vorhin vor Augen. Aber jetzt war sie vor allem überrascht: Die paar Stunden in diesem Keller hatten den Mann verwandelt. Er war nun keine Leiche mehr, in diesem schrecklichen Sinn des Wortes. Vielmehr hatte sie das Gefühl, er sei entmenschlicht worden, ein Anschauungsobjekt nur noch, ein wissenschaftliches Objekt. Er roch nach allerlei Desinfektionsmitteln, und die Haut war so weiß, dass eindeutig kaum noch Blut in diesem Mann steckte.

Sofia betrachtete den nun flachen Bauch, die Brust, die muskulösen Oberschenkel, die Arme, die aller Kraft beraubt neben dem Körper lagen.

»Sie haben schon ganze Arbeit geleistet«, sagte Kostas anerkennend.

»Was ich bereits sagen kann«, begann Frau Athanasiou,

»ist, dass der junge Mann ertrunken ist. Das ist die Todesursache, ohne Frage. Er hatte eine beinahe komplett trockene Lunge.«

»Wie kann das denn sein?«, fragte Sofia erstaunt. »Wenn er ertrinkt, dann muss doch Wasser in der Lunge sein …«

»Jetzt machen Sie nicht noch meine Arbeit mit, Frau Perikles, ich bitte Sie. Nein, das ist eigentlich nicht so. Wenn Sie jemand unter Wasser drückt, dann atmen Sie Wasser ein, aber können es nicht wieder ausatmen. Es ist sehr viel Wasser, und die Blutbläschen können es nicht mehr abtransportieren. Dann haben Sie eine Lunge voll mit Wasser. Wenn Sie aber ertrinken und immer wieder an die Oberfläche gelangen, atmen Sie das Wasser wieder aus, egal ob Sie bewusstlos sind oder nicht. Das wenige Wasser, das bleibt, während Sie untergehen, transportiert der Blutkreislauf wieder aus der Lunge heraus, so wie hier.«

»Das heißt, es war ein Unfall? Er ist einfach so ertrunken?«

»Diese Frage ist die wesentliche. Und genau dafür seid ihr beide zu schnell hier gewesen. Ich verspreche, ich lege eine Nachtschicht ein. Aber noch weiß ich es einfach nicht. Es könnte auch sein, dass er betäubt wurde oder dass jemand ihn niedergeschlagen hat. Aber dafür muss ich ihn richtig untersuchen, ich muss nach Hämatomen und dergleichen schauen und sein Blut analysieren. Ich melde mich gleich morgen früh, einverstanden?«

»Das ist sehr freundlich, Frau Athanasiou.«

Die Gerichtsmedizinerin griff nach dem Tuch, doch Sofia fragte: »Darf ich ihn mir noch kurz ansehen?«

»Nur zu, Frau Perikles.«

Sofia war eine Idee gekommen. Sie betrachtete seinen Körper, seinen Oberarm, dann korrigierte sie sich. Es war die andere Seite gewesen. Sie ging um den Tisch herum, Kostas und Athanasiou sahen sie neugierig an. Nachdenklich blickte

Sofia auf das Tattoo. Nach einer Weile sah sie auf: »Kostas, komm, sieh es dir an.«

Der Chief Inspector tat wie ihm geheißen. »Potzblitz!«

»Nun, wo die Haut sich wieder zusammengezogen hat, ist es klar zu erkennen«, sagte sie.

»Verdammt. Du bist …«

Die dunkelblaue, mit kräftigen Strichen auf den Bizeps gezeichnete Tätowierung war unmissverständlich: Was vorhin ein auseinandergelaufenes Tier war, zeigte sich jetzt als mächtiger Adler, die Schwingen ausgebreitet, als wolle er die ganze Welt umarmen. Darunter, mit nach oben offener Spitze, die Sichel, die sie vorhin schon einmal gesehen hatten. Sofia lief es kalt den Rücken hinab.

Sie richteten sich zeitgleich auf, und die Pathologin lächelte sie an.

»Das hätte ich Ihnen gleich auch noch gesagt«, sagte sie. »Aber ich dachte, mein alter Lieblingsbulle kommt da selbst drauf. Irgendeine Idee?«

»Ich hab das schon mal irgendwo gesehen. Und zwar nicht in einem guten Zusammenhang«, sagte Kostas.

»Gut, macht eure Arbeit, ich mach meine. Bis morgen, Lieblingsbulle. Ach, und Frau Perikles?«

»Ja?« Sofia war schon im Gehen begriffen und drehte sich um.

»Hübscher Ring«, sagte Athanasiou trocken.

»Danke«, sagte Sofia und strahlte über das ganze Gesicht.

Októ – 8

»Ich sehe doch deinen sehnsüchtigen Blick. Na, dann fahren wir eben noch hinein.«

»Wirklich, Kostas? Aber du magst doch keine großen Städte.«

»Ach, es ist schon spät, dann können wir etwas essen und gleich sehen, was RIK1 aus der Personensuche gemacht hat.«

Diesmal fuhr der Chief Inspector. Sofia kurbelte das Beifahrerfenster ganz hinunter, lehnte sich zurück, zog die Beine an, stellte sie auf den Sitz und genoss die noch warme Abendluft. War es in Limassol im Sommer heiß, war es hier in der Hauptstadt unerträglich. Die Berge im Norden waren eine Barriere für die Hitze, die sich in dem Talkessel der Stadt ausbreitete und vom Asphalt strahlte, dass es kaum ein Hauptstädter im August noch hier aushielt. Wer konnte, floh ans Meer.

So rasten sie über die wie ausgestorben wirkende breite Zufahrtsstraße, und je weniger Spuren die hatte, desto dichter standen die Häuser, bis sie schließlich im Zentrum auf einen breiten Platz kamen, auf dem die Busse wild durcheinanderstanden. Von hier war es, vorbei am Brunnen von Stasinou, nur noch ein Katzensprung hinein in die Altstadt mit ihrem Gewirr aus Gassen und Sackgassen – Sackgassen deshalb, weil die Stadt nach Norden einfach aufhörte, zumindest für die Menschen im Süden –, hier waren die Grenze und die traurige Vergangenheit fast überall sichtbar.

Kostas parkte in einer Seitenstraße der Ledras, vor ihnen gab es nur noch eine kleine Gasse, die direkt auf eine rote Mauer führte, die über und über mit Graffiti besprüht war. Die Häuser in dieser winzigen Straße waren komplett leer und verlassen, die Fenster fehlten, und es wirkte, als hätten die Bewohner ihre Heimat über Nacht verlassen. Über der Mauer lagen wie immer Sandsäcke. Der Wachturm mit einem einzigen blutjungen Soldaten, der sein Gewehr lässig über der Schulter hängen hatte – wer hier Dienst tat, wusste, dass er wohl nie mehr würde schießen müssen –, war die demonstrativ zur Schau gestellte Gleichgültigkeit.

Unwirklicherweise tobte eine Straße weiter das Leben. Ledras. Der Inbegriff von Shopping, fröhlich flanierenden Hauptstädtern und Kindern, die um die Wette rannten, gerade mal fünfzig Meter von – im Prinzip – schwer bewaffneten Soldaten entfernt. Eine Stadt, die sich mit ihren Mauern abgefunden hatte, wie es schien. Und die trotzig die Symbole der Staatsmacht präsentierte: hier im Süden an jeder Stelle die zypriotische und die griechische Flagge, auf Wände gemalte Sturmgewehre neben Friedenstauben. Im Norden noch größer und unübersehbar sogar von hier drüben die türkischen Flaggen, die Minarette, unüberhörbar das Rufen des Muezzins zum Abendgebet.

Am bedrückendsten fand Sofia, dass die kleinen Gassen einfach irgendwann endeten, sie musste daran denken, wie früher die Kinder die ganze Straße hinunterrennen konnten, um miteinander zu spielen, irgendwann aber wurden sie plötzlich getrennt und von Mauern eingefasst. Von Mauern, von Sandsäcken oder von diesen blau-weißen Tonnen, die einfach so in einer Straße standen, dahinter wieder ein Wachturm. Die Häuser, die direkt an der Grenze lagen, durften nicht mehr bewohnt werden, aber nicht wie im geteilten Berlin, um die Bewohner an der Flucht zu hindern, sondern aus Angst vor den Türken. So waren ganze Straßenzüge brettervernagelt und sahen aus wie nach einer Apokalypse. Gespenstisch und spannend zu gleichen Teilen.

Was für eine Stadt, was für Gegensätze.

Kurz vor dem Fußgänger-Grenzübergang, der am Ende der Ledras lag, war auf der rechten Seite eine unscheinbare Tür. Sofia kannte viele Restaurants in Nikosia, doch hier war sie noch nie gewesen. Durch einen kleinen Vorraum führte ein dunkler Gang, dann war sprichwörtlich Licht am Ende des Tunnels. Und als Kostas hindurchgegangen und sie ihm gefolgt war, fand sie sich unvermutet in einem kleinen Garten wieder, in dem unter einem ausladenden Orangenbaum weiße Tische und Stühle standen, alles war aus Holz, beschattet von den grünen Blättern und den Früchten, die vollreif an den Ästen hingen. In Terrakottatöpfen glänzten Oregano und frische Minze.

»Das ist ja wunderschön hier«, sagte Sofia staunend.

»Willkommen im To Annama«, erwiderte Kostas, und sie setzten sich an einen der seitlichen Tische. Ein junger Kellner kam, und der Chief Inspector bestellte schnell und mit dem Akzent der Hauptstadt. Nach höchstens zwei Minuten war der Kellner mit einer Flasche Xynisteri-Weißwein zurück. Sofia blickte Kostas fragend an.

»Hier kann man nichts anderes bestellen. Und keine Sorge: Ich saufe nicht wieder. Aber ein Glas Wein ist davon ja auch noch weit entfernt, oder, Tausendschön?«

Sie wollte darauf nichts erwidern, weil der Moment zu schön war und weil sie Kostas' Gunst nicht wieder verlieren wollte. Er goss ihnen ein, sie stießen an, und Sofia genoss den eiskalten und sehr fruchtigen Wein, der auf den kalkreichen Böden im Troodos-Gebirge gekeltert wurde.

»Kann dieses Ding da auch Fernsehen?«, fragte Kostas und zeigte auf das Handy, das Sofia auf den Tisch gelegt hatte.

»Wenn du willst, kann es sogar Haare schneiden«, erwiderte sie. Dann nahm sie das Telefon und öffnete die App des staatlichen zypriotischen Rundfunks. Sie waren keine Minute zu früh, denn als auf dem Display ein Bild erschien, lief schon die Erkennungsmelodie der Abendnachrichten. Sie lehnte das Handy an die Flasche an und sah sich rasch um. Es war noch früh am Abend, die Menschen aus Nikosia bereiteten sich zu dieser Stunde noch auf das Dinner vor, nahmen einen Apéro oder kamen eben erst aus dem Büro. Sie würden noch eine Stunde unter sich sein können.

Auf dem Bildschirm erschien die Moderatorin, eine hellblonde Frau, zu der im ganzen Land Wetten liefen. Wie wohl ihre echte Haarfarbe war? Welcher Körperteil wohl als Nächstes klinisch perfektioniert wurde?

»Guten Abend, Sie sehen die Nachrichten bei RIK1. Bevor wir zum Besuch des zypriotischen Präsidenten in Kiew kommen, haben wir eine aktuelle Nachricht, verbunden mit einer Fahndung. Im Norden der Republik ist es am Morgen zu einem schrecklichen Fund gekommen. Arbeiter entdeckten in der Mine von Skouriotissa den leblosen Körper eines jungen Mannes. Die herbeigerufene Kriminalpolizei konnte nur noch den Tod feststellen. Bislang ist völlig unklar, wie der Mann in den Kupfersulfatsee der Mine gelangt ist – und warum er dort ums Leben kam. Es wurden keine Ausweisdokumente gefunden und auch sonst keine Hinweise auf seine Identität. Deshalb bittet die ermittelnde Polizei von Kato Koutrafas – einem kleinen Dorf unweit von Astromeritis – dringend um Hinweise und hat zu diesem Zweck dieses Foto hier veröffentlicht. Das Opfer ist ein Mann zwischen fünfundzwanzig und dreißig Jahren von schlanker und sportlicher Gestalt. Er hat schwarze Haare und braune Augen. Er trug zur Zeit des Auffindens einen Dreitagebart, eine Jeans und ein T-Shirt wie auf dem Foto ersichtlich. Wenn Sie diesen Mann kennen, dann bittet die Dienststelle um einen Anruf auf die unten eingeblendete Nummer. Ich sage sie hier auch noch einmal an …«

Sofia las die Nummer beiläufig und erschrak. Sie sah noch mal genauer hin. Verdammt.

»Kostas«, sagte sie laut und wütend, »das ist ja meine Nummer. Meine private Handynummer im nationalen Fernsehen.«

»Na, meinst du, ich will die ganze Nacht verrückte Menschen am Ohr haben? Wie heißt es doch? Lehrjahre sind keine Herrenjahre – oder in deinem Fall: Damenjahre. Und außerdem kannst du so gut mit Menschen umgehen. Sieh mal, da kommt schon unser Essen.«

Sofia war fassungslos. Nicht nur, weil da wirklich schon die Teller kamen, sondern auch, weil ihr Handy bereits in diesem Moment gnadenlos zu klingeln begann. Es kam ihr viel zu laut vor in diesem lauschigen Innenhof. Schnell drückte sie den Anrufer leise.

»Polizei von Kato Koutrafas. Officer Perikles am Apparat.«

Während sie ins Telefon lauschte, servierte der Kellner eine großzügige Platte. Darauf lagen kross gebratene Souvlaki, zwei große Bifteki und kleinere Lammkoteletts mit herrlichen Röstnoten zwischen halben Zitronen und mit Oregano bestreuten Pommes, die so frisch und köstlich aussahen, dass Sofia dahinschmolz. In Schüsseln kam ein bunter *Choriatiki*, der Bauernsalat, mit dick geschnittenen Zwiebeln, rot leuchtenden Tomaten und glänzenden Gurken, darüber war reichlich Feta gestreut worden. Es sah ganz und gar himmlisch aus und stand in vollkommenem Gegensatz zu der gehetzten Frauenstimme, die Sofia am anderen Ende der Leitung vernahm.

»Ja, guten Tag, Fräulein. Ich habe den Mann schon mal gesehen. Vor sechsundfünfzig Jahren. Hier, in Paphos, am Strand.«

»Wie bitte?«

»Ja, so hören Sie doch. Er war mein erster Freund. Ich würde ihn gern wiedersehen.«

»Haben Sie im Fernsehen gesehen, dass der junge Mann fünfundzwanzig Jahre alt ist?«

»Ähm …«

»Entschuldigen Sie, es klingelt schon wieder. Ich wünsche Ihnen einen guten Abend.«

Sie drückte die Frau weg und nahm den nächsten Anruf an. Kostas beobachtete sie grinsend, während er genussvoll kaute.

»Hallo?«, fragte ein Mann, flüsternd. »Hören Sie, ich kann nicht so laut sprechen, weil ich mich nicht in Gefahr bringen möchte, aber das ist mein Nachbar, wissen Sie? Er ist sehr gefährlich.«

Sofia war ganz Ohr.

»Wir wohnen hier in Limassol, und er … er hortet irgendwelche Waffen und …«

»Hallo?« Der Mann war weg. Sofias Herz pochte.

»Hören Sie …«, da war er wieder, »ach, nein«, er stotterte, »jetzt sehe ich ihn gerade, er ist hier, er … Hallo, hallo, Giannis, ja, komm doch rüber auf ein Bier.«

»Ich schicke Ihnen gern die Kollegen aus Limassol, wenn es wirklich Waffen sind, ja, mein Herr? Schönen Abend und *yamas.*«

Sofia legte auf und stöhnte. Es klingelte wieder, aber sie drückte den Anruf sofort weg.

»Du bist wirklich Zuckerbrot und Peitsche, mein Lieber. Aber jetzt ist Pause. *Kali orexi.*«

»Guten Appetit, Tausendschön. Wenn du magst, fahre ich zurück. Dann kannst du die Anrufe entgegennehmen.« Er lachte und hielt sein Glas, um mit ihr anzustoßen. Sie musste lachen, dann aber stürzte sie sich endlich auf ihr köstliches Essen.

Ennéa – 9

Der Wind glitt sanft durch den Orangenbaum, und weiße Vögel zogen in dem kleinen Ausschnitt des Himmels vorbei, der als rechteckiges Blau über ihnen zu sehen war. Es war das Paradies. Die Souvlaki mit Oregano, beträufelt mit Zitrone, waren nur ganz kurz auf dem offenen Holzkohlefeuer gegrillt worden, sodass sie außen ganz kross und innen noch total saftig waren. Sofia konnte gar nicht genug davon bekommen.

»Hey, stopp, das war meiner!«, rief Kostas mit gespielter Entrüstung.

»Zu spät«, entgegnete Sofia, die ihm den letzten Spieß vor der Nase weggeschnappt hatte.

»Noch eine Flasche?«, fragte Kostas, weil der Weißwein zur Neige ging.

»Hm, vielleicht«, murmelte sie und warf einen Blick aufs Telefon. Das Handy klingelte seit den Nachrichten unentwegt, aber sie kannte keine der Festnetznummern, die aus allen Teilen der Insel anriefen. Sie würde nachher zurückrufen. Nachher. Sie sah sich schon in ihrem kleinen Zimmer in der Pension die ganze Nacht telefonieren, mit lauter Zeugen – oder den Verrückten, die glaubten, Zeugen zu sein. Vielleicht könnte sie Christos um Hilfe bitten, dann würde es vielleicht doch noch eine amüsante Nacht. Sie lächelte über diesen Gedanken. Böse Frau – sie war schließlich verlobt.

Dann aber erkannte sie doch eine Nummer, die verbunden

mit einem Namen auf dem Display stand. Sie hob sofort ab und sagte immer noch kauend:

»Ich hätte nicht gedacht, dass du dich so schnell meldest.«

»Ja, aber ich werde daraus nicht schlau. Deswegen dachte ich, es ist besser, wenn ich dir die Akte schicke. Also, natürlich nicht offiziell. Ich hab dir in der Registratur heimlich Screenshots gemacht und würde sie dir per WhatsApp schicken. Aber das darf nicht zu mir zurückverfolgt werden. Wenn ihr damit irgendwas Offizielles anstellen wollt, dann musst du ganz normal über das Innenministerium anfragen. Okay? Versprichst du mir das?«

»Na klar.«

»Ich mein's ernst, Sofia. Ich mag den Job hier, er ist so ruhig, dass ich um zehn kommen und um drei gehen kann. Und ich hab keinen Botschafterpapa, der mich rauspauken könnte, wenn mir Hochverrat vorgeworfen wird.«

»Ich verspreche es dir, das versteht sich doch von selbst. Hast du denn etwas Belastendes gefunden?«

»*Belastend* würde ich nicht sagen, aber es ist zumindest merkwürdig. Vielleicht gibt es aber auch eine ganz einfache Erklärung dafür. Ich habe versucht, den Ministerialdirektor für Bodenschätze zu sprechen, aber der ist natürlich in seinem Haus in Ayia Napa. Keine Chance, erst in drei Wochen wieder.«

»Und was ist merkwürdig?«

»Schau es dir an. Irgendwas stimmt mit den Mengen nicht. Aber wie gesagt: Es ist nicht mein Feld. Verschaff dir selbst einen Überblick, du Spürnase.«

»Ich danke dir, das hilft mir echt total.«

»Ich schreib bald 'nen Krimi mit dir in der Hauptrolle, wenn du so weitermachst. Genug Zeit hab ich ja hier am Schreibtisch. Wo bist du denn gerade? In deinem Kaff? Du heiratest doch bald. Ich hab schon ein Kleid.«

»Ja, ich bin mit meinem Chef in Kato Koutrafas«, log Sofia. Sie konnte nicht zugeben, dass sie in Nikosia war, weil Dana sie dann hätte treffen wollen. Dafür fehlte ihr aber die Zeit, erst recht wenn sie nun noch Akten durcharbeiten musste. »Wir sehen uns spätestens beim Polterabend, okay?«

»Bis dann, Sofia.«

»Bis dann – und *efaristo polí.*«

»Wer war das?«, fragte Kostas, als sie aufgelegt hatte.

»Eine Freundin. Die ein paar Akten zu Lampoutsis aufgetrieben hat.«

»Was? Wie hat sie das denn gemacht? Wen kennst du denn nun schon wieder?«

»Darf ich nicht sagen.«

»So geheim?«

Ja, so geheim, dachte Sofia und sprach es nicht aus. Sie wollte Kostas nicht auf die Nase binden, wie hoch angebunden eine ihrer besten Freundinnen, Dana nämlich, im Wirtschaftsministerium arbeitete. Sie war sofort nach dem Studium ein hohes Tier in der Tourismusförderung geworden, natürlich auch dank der guten Beziehungen ihrer sehr reichen Eltern. Als Teamleiterin hatte sie Zugang zu allen wichtigen Dokumenten – und diesen Kontakt hatte Sofia jetzt genutzt. Dennoch wollte sie es Kostas nicht erzählen, sonst würde er sie wieder für einen Snob halten, mit goldenem Löffel im Mund geboren und von lauter einflussreichen Freundinnen abgepolstert.

»Ich habe es versprochen. Aber ich weiß noch nicht, ob es uns hilft. Ich werde es gleich checken, wenn ich zu Hause bin. Wenn nicht ununterbrochen das Telefon klingelt, dank dir.«

»Du hast *zu Hause* gesagt«, meinte Kostas mit Ironie in der Stimme. Da erst fiel Sofia auf, dass sie wirklich *zu Hause* gesagt und Kato Koutrafas gemeint hatte. Ein Gefühl von Freude durchflutete sie.

»Na, da wird sich dein Zukünftiger aber freuen, dass endlich die Aussicht besteht, mit dir ins Kaff am Ende der Welt zu ziehen.«

»Chef, zahl einfach – und dann fahren wir. Für das Handychaos hier«, sie wies auf das schon wieder klingelnde Telefon, »hab ich mir 'ne Einladung verdient.«

Déka – 10

Es war schon dunkel, als sie wieder in Kato Koutrafas einfuhren, wo es, zugegeben, noch dunkler war. Mangels eines Bürgermeisters, den es angeblich schon seit dreißig Jahren nicht mehr gab, hatte irgendwer einfach entschieden, dass aus Kostengründen die drei Straßenlaternen des Dorfes ausschließlich im Winter und dann auch erst ab 18 Uhr angeschaltet wurden.

Kostas ließ den Wagen auf dem Parkplatz ausrollen, und Sofia kam nicht umhin festzustellen, dass der alte Corsa wohl noch nie so weit bewegt worden war wie heute.

»Ich bin hundemüde«, sagte der Chief Inspector, machte sich nicht die Mühe, den Wagen abzuschließen, nickte ihr einmal zu und trottete den vertrauten Weg die Dorfstraße hinunter. Sein Haus lag irgendwo schräg gegenüber des Kafenions, aber Sofia war noch nie dort gewesen. Sie wusste gar nicht, warum nicht. Sie war nicht auf die Idee gekommen – und Kostas hatte sie nie eingeladen. So einfach war das.

Sie spürte, dass auch bei ihr die Müdigkeit richtig zuschlug, aber das konnte sie nicht zulassen, sie musste noch arbeiten. Also überquerte sie den Dorfplatz und ging durch die Tür, die nie abgeschlossen wurde, ins dunkle und leere Kaffeehaus. Üblicherweise kam nach 20 Uhr niemand mehr, die alten Leute gingen hier mit den Hühnern ins Bett. Zu ihrem Leidwesen sah sie auch Christos nicht, zu gern hätte sie das kurze

Gespräch von vorhin fortgesetzt. Sie ging hinter die Bar und nahm ein eiskaltes KEO-Bier aus dem Kühlschrank. Wie cool das ist, dachte sie. Diese Freiheit – und diese Freundlichkeit. Adonis, Christos und deren ganze Familie hatten ihr vom ersten Tag an das Gefühl gegeben, hier wirklich zu Hause zu sein. Mit Kleinigkeiten wie dieser für sie Tag und Nacht geöffneten Bar und mit großen Dingen wie der endlosen Zuneigung.

Leise schlich sie die Treppe hinauf, sie wollte niemanden aufwecken. Sie betrat das kleine Zimmer, das sie sich nach und nach wohnlich eingerichtet hatte, mit Fotos von ihren Eltern und Freundinnen, mit Andenken aus London und einer alten Ikone, die ihr Vater ihr zu ihrem achtzehnten Geburtstag geschenkt hatte. Sie öffnete die Dose mit der roten Schrift auf gelbem Grund und trank durstig das Bier. Gerade wollte sie sich auf ihr Bett legen, da hörte sie leise Rufe.

»Sofia, Darling …«

Sie rollte mit den Augen und ging dennoch zum Fenster. Unten stand Lady Gladstone.

»Nicht dass das zur Gewohnheit wird«, flüsterte Sofia, nachdem sie das Fenster aufgeschoben hatte. Denn schon einmal hatte die alte Dame sie mitten in der Nacht aus dem Schlaf gerissen, um ihr einen wichtigen Hinweis zu geben. Einen Hinweis, der Sofia in echte Gefahr gebracht – aber tatsächlich geholfen hatte, den Fall zu lösen.

»Oh, *sorry, Darling, my deepest apologies*, aber ich habe die Abendnachrichten gesehen.«

Sofia war sofort Feuer und Flamme. »Kennen Sie den Toten doch?«

»*Oh no, Darling,* jetzt muss ich dich gleich enttäuschen. Ich habe ihn noch nie gesehen. Aber ich bin mir sicher, dass er ein Zugereister von drüben ist.«

Sofias Augen verengten sich zu Schlitzen.

»Sie kennen ihn nicht und sind sich da trotzdem sicher?«

»Darling, weißt du, wenn man von Geburt an auf dieser Insel wohnt, dann kennt man seine Pappenheimer. Dass er ein Türke ist, da bin ich mir sicher. Aber irgendwas an seiner Gestalt sagt mir, dass er nicht auf der Insel geboren wurde. Sondern hergeschickt, wie so viele. Vielleicht hilft dir das ja, Darling.«

»Danke, Lady Gladstone«, sagte Sofia und hatte keine Ahnung, wie ihr die Störung zu nächtlicher Stunde helfen könnte.

Sie setzte sich aufs Bett und nahm ihr Handy, dann trank sie noch einen Schluck Bier und begann, die einzelnen Screenshots der Akten zu vergrößern und die teils winzige Schrift zu entziffern. Dana hatte ganze Arbeit geleistet, es waren Dutzende Papiere, so eng beschrieben und bedruckt, dass es Sofia vorkam, als sei sie unter die Graphologen historischer Manuskripte gegangen. Herrje, wenn Zyperns Staatsapparat wirklich solche Archive hatte, dann war sie heilfroh, nicht im Ministerium arbeiten zu müssen. Sonst würde sie bald eine Brille tragen – und wahrscheinlich auch einen Dutt.

Sie las die Bilanzen über die Lieferungen von Kupfer aus der Skouriotissa-Mine an die ausgebende Stelle in der zypriotischen Regierung, genauer im Wirtschaftsministerium. Aber was war das? Die Unterschiede waren wirklich gravierend. Hier *Cyprus Mining*, die Vorgängerfirma, da *Lampoutsis*. Früher viel Abbau, heute wenig. Dafür waren die Strommengen der Mine nicht nur gestiegen, sondern hatten sich – verzehnfacht. Merkwürdig. Die Begründung für die stark abweichenden Zahlen war unten angegeben: Die Mine war fast komplett ausgebeutet, das führte zu mehr Arbeit und weniger Erträgen. Klang logisch. Es folgten einige Screenshots zu den zwei anderen Kupferminen, die zwar kleiner waren, aber immerhin noch in Betrieb waren. Die meisten Minen Zyperns waren längst geschlossen. Sie sah sich auch hier die Zahlen an. Die eine Mine hatte in einem ähnlichen Zeitraum den Betreiber gewechselt, die andere war stabil bei einem Betreiber und … Sie traute ihren Augen kaum. Das konnte doch nicht sein. Ein Anruf riss sie aus den Gedanken und ließ die Seiten vor ihren Augen verschwinden.

Ihr Handy hatte unwahrscheinlich lange nicht mehr geklingelt. Wieder eine unbekannte Nummer. Sie nahm ab. Bitte nicht noch ein Verrückter.

»Polizei der Republik Zypern, Officer Perikles.«

»Ja, hallo, entschuldigen Sie die späte Störung, aber ich habe vor einer Minute die Spätnachrichten gesehen, und da wurde Ihre Nummer angezeigt.«

Die Spätnachrichten. Verdammt. Die hatte sie ganz vergessen. Dann würde der Wahnsinn ja jetzt von vorne beginnen.

»Okay«, sagte Sofia betont ruhig, »und was haben Sie zu melden?«

»Ich habe den Mann mehrfach gesehen.«

»Diesen Mann? Den Toten aus dem See der Mine?«

»Ja, natürlich, sonst würde ich ja nicht anrufen.«

»Und wie heißt er?«

»Ich gehe davon aus, dass er mir einen falschen Namen gegeben hat, das haben wir hier öfter. Solange die Kaution stimmt, ist das okay. Wir sind ja nicht das Einwohnermeldeamt.«

Sofias Körper spannte sich.

»Was sind Sie denn?«

»Ich bin Sotiris Evangelistou, ich habe einen Tauchshop, unten in Limassol.«

»Das Blue Dive?« Sofia kannte den Laden, er lag an der Strandpromenade unweit der sehr beliebten Barmeile.

»Genau. Das Blue Dive. Er kam drei Mal, wenn ich's richtig erinnere. Hat jedes Mal Ausrüstung bestellt, für lange Tauchgänge. Für heute hatte er wieder gebucht, und ich habe mich gewundert, weil er nicht kam.«

»Und welchen Namen hatte er angegeben?«

»Einen zypriotischen. Hadji-irgendwas. Ich muss nachsehen, aber ich bin nicht mehr im Laden. Dort liegt das Gästebuch.«

»Haben Sie das Tattoo auf seinem Arm gesehen?«

»Ja, das habe ich«, antwortete der Mann, und seine Stimme klang fast empört. »Deshalb habe ich mir gedacht, dass der Name falsch ist. Der Mann war Türke, ohne Frage. Aber hey, was soll ich machen? Die Krise hat zugeschlagen, ich kann jeden Euro gut gebrauchen. Auch wenn er vom Feind kommt.«

»Das ist ja auch nicht strafbar«, sagte Sofia kühl. »Hören Sie, ich komme morgen vorbei, einverstanden? Haben Sie eine Videokamera?«

»Ja, der Laden wird überwacht.«

»Gut, ich bin am Vormittag da. Schlafen Sie gut. Und danke.«

Sie hatte gerade erst aufgelegt, da klopfte es an der Tür.

»Herrgott, das geht ja zu wie im Taubenschlag.« Sie ging zu der dünnen Sperrholzplatte und riss sie auf. »Kostas?« Ihre Überraschung war nicht gespielt.

»Ich komme nicht zur Ruhe. Los, komm. Wir fahren …«

»Wohin?«

»Na, wohin wohl. Auf, komm schon, zieh dir was an.«

Sofia tat wie ihr geheißen, griff die Jeans und ein schwarzes T-Shirt und stolperte zwei Minuten später hinter ihm her durch die Dunkelheit.

Der Corsa war immer noch vom Tag aufgeheizt, sodass Sofia das Fenster ganz hinunterkurbeln musste, damit ihr nicht der Schweiß ausbrach. Der Fahrtwind verwirbelte ihre Haare, während Kostas gen Westen lenkte, keine lange Fahrt, nur ein paar Minuten, dann bog er wieder nach rechts ab, schaltete die Scheinwerfer aus und ließ den Wagen den Hügel hinaufrollen.

»Psst!« Er legte den Finger an die Lippen.

»Was wollen wir hier?«, fragte Sofia und sah in die Dunkelheit, dort hinauf, wo sie die Container am Rande der Kupfermine vermutete.

»Ich wollte eben noch mal nach dem Rechten sehen. Ich dachte, es sei niemand mehr hier. Aber da hab ich die Autos gesehen. Also hab ich mich rangeschlichen.«

Kostas holte ein Handy aus der Tasche. Sie hatte es nie zuvor an ihm gesehen, es war ein neues Modell. Sie staunte, als er mit wenigen Fingerstrichen die Galerie öffnete und ein Video startete. Sie brauchte einige Sekunden, um zu erkennen, was sie sah, denn wegen der Dunkelheit war das Bild ganz grischelig. Aber ja, ohne Zweifel. Da stand der junge Minenbetreiber Lampoutsis in seinem schlecht beleuchteten Container und unterhielt sich mit niemand anderem als Ioannou Stakis, dem Sicherheitschef.

Sofia musste die Ohren spitzen, weil die Zikaden so laut zirpten, dann aber gewöhnte sie sich an dieses Hintergrundrauschen und konnte Lampoutsis Stimme ausmachen.

»Verdammt, was wollte der hier?«

»Ich hab keine Ahnung, Boss.«

Stakis. Der Sicherheitschef. Sie konnte sehen, wie sich sein Mund bewegte. Kostas hatte sich wirklich nahe herangewagt.

»Du hast keine Ahnung? Verdammt, wofür bezahle ich dich?«

»Ich kann diese Riesenanlage nicht komplett bewachen, das hab ich doch gesagt. Wer reinwill, kommt rein.«

»Aber keiner, der am nächsten Morgen tot im See liegt. Das lässt uns scheiße aussehen.«

»Die Bullen sind weg. Wirklich. Ich bin den ganzen Abend Streife gefahren. Ey, die sind zwei Leute, und hast du

die Püppi gesehen? Das sind in Wirklichkeit nicht mal anderthalb. Ich kenne Kostas schon lange. Der ist zu stolz, um Verstärkung zu holen. Und alleine haben die keine Chance.«

»Wenn du nicht recht hast, wachst du eines Morgens nicht mehr auf. Das verspreche ich dir. Gut, wir räumen morgen die Lager. Ich will dann hier nichts mehr rumliegen haben.«

»Okay, Boss.«

Ein Stein knirschte, es war im Telefon.

»Was war das?«

»Da ...«

Der Bildschirm wurde herumgerissen, und sie flüchtete mit Kostas durch die Dunkelheit.

»Der Bulle!«, rief Stakis.

Sofia hielt den Atem an.

»Herrgott, du bist denen gerade so entkommen?«

»Ich bin gerannt wie der Teufel.«

»Ist er dir gefolgt?«

Kostas sah sie mit drängendem Blick an.

»Deshalb sind wir wieder hier. Genau deshalb.«

»Hä?«

»Er ist mir eben nicht gefolgt. Obwohl ich etwas gehört habe, was nicht für mich bestimmt war. Der Typ ist ein Terrier – eigentlich.«

»Und was jetzt?«

»Du gehst zum Container. Du bist geschickt. Viel geschickter als ich. Hör genau hin. Ich hoffe, wir sind nicht zu spät.«

»Aber ist das nicht gefährlich?«

»Ich bin hier, Tausendschön. Ich bleibe im Schatten – und wenn dir jemand zu nahe kommt, dann …«

»Knallst du den ab?«

Kostas nickte. Und sie sah, dass er es nicht im Scherz meinte. Sie hielt den Atem an.

»Nun mach schon. Ich will wissen, was die planen.«

Sofia nickte und war schon unterwegs. Als sie die Schatten der Container sah, duckte sie sich und bewegte sich nur noch im Krebsgang. Im Container des Direktors brannte noch Licht, und – Glück muss man haben – ein Fenster war wegen der Hitze angelehnt. Sie musste nichts machen, sie hörte die Stimmen schon aus einiger Entfernung.

Stakis' tiefes Lachen.

»Das Ding geht total in die Hose. Wegen dir. Was hast du jetzt vor?«

»Der wird hier morgen mit dicker Mannschaft auftauchen. Ich hab noch ein paar alte Freunde in Nikosia, die werd' ich mal anrufen. Und ich sorge jetzt dafür, dass die morgen nichts finden.«

»Aber dann haben wir nichts geklärt.«

»Wir klären es übermorgen. Dann räumen wir alles.«

»Das dauert doch ewig. Verdammt, Stakis.«

»Morgen ist für die Bullen. Übermorgen machen wir es richtig. Du wirst sehen, das passt schon. Wir machen die übliche Route.«

Lampoutsis schwieg eine Weile. Dann hörte sie ihn tief Luft holen.

»Gut. Informier alle. Danach halten wir erst mal ein paar Monate die Füße still. Und find raus, was der Kerl hier wollte.«

»Is' klar, Boss.«

Sie hörte Rumpeln und Stühlerücken und verbarg sich unter dem Fenster. Verdammt. Sie musste schnell sein. Doch da wurde schon die Tür aufgerissen, und einer der beiden verließ den Container. Ihr Herz blieb beinahe stehen. Er sah sich nach allen Seiten um. Stakis.

Ihre Blicke trafen sich. Sie wollte aufstehen und wegrennen, nur weg hier. Sie wollte rufen: Kostas, schieß! Doch dann wandte er sich einfach ab und ging von dannen.

Sie rührte sich nicht vom Fleck, atemlos, und strich sich über die Stirn. Hatte sie sich so getäuscht? Hatte er sie etwa gar nicht gesehen?

Er stieg in den Pick-up und raste davon. Lampoutsis hingegen schien noch weiterzuarbeiten.

Sofia krabbelte behände zurück durch den Staub und traf im Schatten tatsächlich auf Kostas.

»Das war knapp«, sagte der und nahm sie in die Arme. Sie ließ es zu.

»Er hat mich gesehen.«

»Wer? Stakis?«

»Ja.«

»Keine Chance. Dann hätte er dich angegriffen.«

»Ich schwöre dir: Er hat mich gesehen.«

»Und nichts getan? Merkwürdig.«

Sofia erzählte Kostas, was sie gehört hatte.

»Wow. Na, das ist mal was.«

»Es ist ein Hinweis.«

»Nein, Sofia, im Ernst, das ist richtig gut. Wir wissen, was sie vorhaben.«

»Ja, und wir wissen, dass sie etwas zu verbergen haben. Und dass unser Mann dieses *Etwas* gesucht hat.«

Éndeka – 11

Sofia dachte, sie würde erwachen, weil die Sonne sie in der Nase kitzelte. Irgendwann war sie einfach eingeschlafen, gänzlich angezogen, weil sie von dem langen Tag und dem ewigen Aktenlesen so erschöpft war. Sie hatte sogar vergessen, die Fensterläden zu schließen. Doch als sie endlich bei sich war, hörte sie das laute Hämmern an der Tür. Wie von der Tarantel gestochen, stand sie auf, strich sich ihre Bluse glatt und fuhr sich durch die blonden Haare, dann erst öffnete sie.

»Was willst du denn hier, es ist noch total früh.«

Kostas ging an ihr vorbei ins Zimmer, ohne dass sie ihn hereingebeten hätte.

»Ich war nicht ganz untätig letzte Nacht.«

»Was du nicht sagst.« Sofia gähnte. »Ich auch nicht, Herr Chief Inspector. Noch ein Grund mehr, nicht vor neun hier aufzukreuzen.«

Kostas sah sich kurz in dem Raum um, rümpfte die Nase, sagte aber nichts. Er wirkte unschlüssig, wo er nun Platz nehmen sollte, also sagte Sofia:

»Wollen wir unten einen Kaffee trinken? Los, geh schon mal vor, ich muss noch schnell duschen.«

Kostas tat wie ihm geheißen, und nach einer Viertelstunde ließ sich Sofia in einen der Stühle an seinem Stammplatz vor dem Kafenion im Schatten der Pergola fallen. Die Morgensonne ließ nichts Gutes ahnen. Heute würde der Planet regelrecht brennen, zumindest auf dieser Sonnenseite. Sie rekelte sich und warf die Haare zurück. Sie hätte noch gut stundenlang weiterschlafen können.

Christos trat kurz nach ihr aus der Tür und kam zu ihnen, sie bemerkte ihn zu spät, um sich noch in Form zu bringen.

»Guten Morgen«, sagte er und hatte nur Augen für sie. Kostas schien er gar nicht wahrzunehmen. »Gut geschlafen?«

»Lange gearbeitet«, sagte Sofia lächelnd, »aber sehr gut geschlafen. Und du?«

»Ich habe noch ewig gepaukt – Abendstudium eben. Nächste Woche sind die Abschlussprüfungen.«

Christos liebte den elterlichen Betrieb, aber anders als sein Zwillingsbruder Adonis wollte er neben dem Kafenion noch etwas anderes erreichen. Deshalb studierte er Sozialpädagogik an der Abendschule, weil er mit Kindern arbeiten wollte, die nicht in den besten Verhältnissen aufgewachsen waren. »Was magst du?«

»Oh, kann ich einen Kaffee haben? Mit einem doppelten Espresso? Und habt ihr etwas Kleines zum Essen?«

»Ich habe heute Morgen schon frisch gebacken. Ich bring dir gleich was.«

»Lernen und backen – du bist einfach der perfekte Mann.«

»Für wen? Für dich?«

Sie grinste bis über beide Ohren, und Christos wollte verschwinden, doch Kostas rief ihm noch nach:

»Ich nehm auch gerne einen Kaffee. Efaristo.«

Kopfschüttelnd sah er Christos nach. »Ein verliebter Pfau. Und du. Herrgott, du bist verlobt. Ihr beiden solltet euch vorher noch ein Zimmer nehmen.«

»Ach, hör doch auf. Nein, ernsthaft. Meinst du, irgendwer im Dorf hat die Szene am Strand vergessen? Und wer nicht dabei war, dem hat Lady Gladstone alles in blühenden Farben erzählt.«

Sofia wäre gern im Boden versunken, aber sie wahrte all die Contenance, die sie aufbringen konnte, und dankte dafür im Stillen ihrem Vater, dem Botschafter, der in dieser Disziplin Weltmeister war.

»Willst du rumplänkeln, oder kann ich jetzt erzählen, was ich rausgefunden habe, während du längst im Reich der Träume warst?«

»Na klar will ich das wissen, Tausendschön.«

»Langsam hab ich eine Ahnung, was hier nicht stimmt.«

»Und das ist *was*?«

»Die Akten sind eine Goldgrube. Ich hab es erst nicht verstanden, aber inzwischen habe ich eine ziemlich gute Idee.«

Sie erklärte ihm, was genau ihrer Meinung nach suspekt war, und seine Augen wurden immer größer.

»Wir werden ihn bald danach fragen können, den feinen Herrn Lampoutsis«, sagte er, als sie geendet hatte.

»Deinem Blick entnehme ich, dass wir die Mine bald wiedersehen werden. Du glaubst, es startet wirklich erst morgen?«

»Du etwa nicht?«

Christos unterbrach sie, indem er zwei Tassen auf den Tisch stellte und dazu zwei warme Bougatsa, Blätterteigteilchen, die so zart und gleichzeitig so süß waren, dass Sofia danach eigentlich immer gleich wieder ins Bett musste. Als er wieder weg war und sie ihm lange genug nachgesehen hatte, sagte sie:

»Ich würde ja lieber Verstärkung rufen. Christina …«

»Wenn du noch einmal den Namen von der Charalambous erwähnst, dann werde ich dich an die Grenze versetzen lassen, da kannst du dann Verbandskästen in Kofferräumen prüfen.«

»Schöne Vorstellung. Aber ich werde gleich einen Namen sagen, den du noch weniger hören willst.«

Kostas' Miene veränderte sich sofort. Der Glanz in seinen

Augen, den sie so noch nie gesehen hatte und den sie auf die nächtliche Observation zurückführte, verschwand, und er zog irgendwie den Kopf ein. Machte sich kleiner, ohne zu wissen, was kommen würde – er wusste es wohl tief drinnen.

»Was meinst du?«, fragte er tonlos.

»Ich habe das gestern Nacht im Auto schlicht vergessen, weil du mich so überrascht hast mit deinem prompten Besuch. Ich hatte vorher noch einen Hinweis, der nicht von einem Verrückten kam. Ein Tauchverleiher aus Limassol hat den Mann wiedererkannt. Er hat bei ihm Ausrüstung geliehen.«

»Hm, merkwürdig. Aber da war keine Tauchausrüstung.«

»Ich weiß. Aber er hat Videoaufnahmen. Wir müssen da gleich hin.«

»Das allein macht mir noch keine Bauchschmerzen.«

Sofia atmete tief durch.

»Er glaubt, der Mann sei Türke. Er hat ihm wohl wissentlich einen falschen Namen genannt. Das passt auch zu …«

»… dem Tattoo. Der Adler und die Sichel.«

»Genau. Und es passt dazu, dass sich niemand gemeldet hat, der wusste, wie der Mann heißt und wo er wohnt. Weil er eben nicht von hier aus dem Süden ist. Und weil im Norden niemand unseren Sender empfängt. Er kommt also aus dem Norden.« Sofia holte tief Luft. »Und das heißt …«

»Vergiss es.« Es kam wie aus der Pistole geschossen.

»Kostas. Das ist nicht dein Ernst!«

Er trank seinen Kaffee, ohne sie anzusehen.

»Wir müssen erst nach Limassol, und dann müssen wir ihn um Hilfe bitten.«

»Ich gehe da nicht rüber – und ich werde erst recht nicht mit ihm sprechen.«

»Wir brauchen ihn aber, verdammt.« Sie war laut geworden, lauter, als sie beabsichtigt hatte.

»Wenn du das willst, dann mach es allein.«

Sie stand auf und stellte sich ganz nah vor ihn.

»Kostas. Ich könnte dich jetzt auch schütteln. Aber das brauche ich gar nicht mehr. Du hast doch längst Lunte gerochen. Du bist wieder ein Bulle. Ein echter Bulle. Du hast die ganze Nacht eine Mine observiert. Hast was rausbekommen. Deine Augen haben geglänzt. Du willst diesen Fall lösen. Ich weiß, was der verdammte Ali dir angetan hat. Du kannst ihn hassen. Natürlich. Aber er ist ein Bulle wie wir. Und er kann uns helfen. Er wird uns helfen. Hör auf, das immer zu vermischen. Dein privates Unglück und deinen Job. Ich bitte dich. Es wird dich ansonsten umbringen.«

Sekundenlang war es still. Nur die Zikaden waren zu hören. Irgendwann legte Kostas einen Euro auf den Tisch, stand auf und ging in Richtung Wagen.

»Komm, fahren wir«, sagte er leise.

Dódeka – 12

Sofia und Kostas sahen sich an, der blaue Schein des Bildschirms spiegelte sich in ihren Augen.

»Er ist es. Das ist unser Mann.«

»Kein Zweifel.«

Als sie vor zehn Minuten den Laden betreten hatten, war schon alles vorbereitet: Sotiris Evangelistou, der Tauchverleiher, hatte die Aufnahmen nach Uhrzeit sortiert und die Szenen ausgewählt, in denen der junge Mann zu sehen war. Er trug jedes Mal ähnliche Kleidung, Jeans, bedruckte T-Shirts, und er schien überaus freundlich zu sein. Jedenfalls lachte er viel. »Können Sie uns den Namen geben, den er hier hinterlegt hat?«, fragte Sofia den Ladenbetreiber.

Evangelistou schlug das Gästebuch auf. Er wirkte sehr gewissenhaft, dabei sah er aus wie ein Abenteurer. Ein langer Bart im dunkelbraunen Gesicht, auf das T-Shirt war das Logo des Ladens gedruckt, eine Palme und das blaue Meer, darunter der Name *Blue Dive.* Seine Füße steckten in Flipflops. »Das habe ich auch schon vorbereitet. Hier …«

Er las den Namen vor, wollte offenbar so genau wie möglich sein. »Fotis Hadjimichael. Das klingt doch urzypriotisch, oder? Aber er hat mich so komisch dabei angesehen, da wusste ich, das ist vermutlich nicht sein Taufname. Und er hatte einen ganz leichten Akzent, kaum zu hören – aber er war da.«

»Hat er eine Adresse angegeben?«

»Ja, das müssen alle. Hier unten: 91 Ydras Street in Mazotos, das liegt eine halbe Stunde östlich von hier, glaube ich.«

Sofia gab die Adresse rasch in ihr Handy ein, während sich Kostas umsah. Hinter dem Tresen hingen Taucheranzüge und dünnere Neoprenanzüge, wie Surfer sie trugen. An der Wand waren die Sauerstoffflaschen aufgehängt, daneben standen etliche kleinere Geräte. Der ganze Laden roch nach feuchtem Gummi.

»Gibt es nicht, die Hausnummer. Die Straße ist ganz kurz. Sagen Sie, überprüfen Sie die Adressen gar nicht?«

»Herrje, wir sind ein Laden für Touristen. Die meisten Leute, die herkommen, verstehe ich gar nicht richtig, oder ich kann ihre Ausweise nicht lesen. Ich nehme außerdem eine hohe Kaution – wenn da jemand mit den Sachen abhaut, dann habe ich das Equipment dreimal wieder raus.« Er grinste schwach, aber seine Hände zitterten merklich.

»Hören Sie, wie Sie ihre Geschäfte führen, ist uns total egal. Wir müssen rauskriegen, wer dieser Mann war und wer ihn ermordet hat. Wie hat er die drei Male denn bezahlt?«

»Bar. Das war auch ungewöhnlich. Die Touristen hinterlegen ihre Kaution immer mit der Kreditkarte. Aber er hat einfach so dreitausend Euro aus der Tasche gezogen und sie mir auf den Tresen gelegt. Ganz neue Scheine. Ich hab mich einen Tag lang wie ein reicher Mann gefühlt.«

»Was hat er denn für dreitausend Euro geliehen?«

»Die beste Ausrüstung, die ich habe. Darauf hat er bestanden. Ein Equipment, das man eigentlich für das Tiefseetauchen nimmt und das nur für absolut erfahrene Taucher geeignet ist. Ich habe versucht rauszukriegen, was er vorhat. Er meinte, er wolle in der Tiefe Videos von Fischen machen. Ich habe gefragt, wo denn. Da hat er nur was vor sich hin gemurmelt und wirkte genervt. Also hab ich ihn in Ruhe gelassen.«

»Sie sagen, Sie haben sich einen Tag lang wie ein reicher Mann gefühlt – heißt das, er war so lange weg?«

»Er hat die Ausrüstung alle drei Male für jeweils zwei Tage und über Nacht gebucht.«

»Können Sie uns die Daten geben, also, was für Sachen das genau waren und wie tief man mit denen tauchen kann?«

Sotiris Evangelistou nickte und schrieb sie schnell auf einen Zettel.

»Etwas war noch merkwürdig«, sagte er, als er wieder hochsah, und sein Blick verschwamm, als wühle er in seiner Erinnerung. »Die beiden ersten Male kam er mit absolut sauberer Ausrüstung zurück, ein paar Salzflecken, aber okay. Wie das ja auch normal ist, wenn man im Meer taucht. Aber beim letzten Mal war alles total verdreckt. Die Flasche war über und über mit rotem Schlamm verschmiert, es sah aus, als sei er durch einen Erdrutsch getaucht. Ich war fassungslos. Er hat nur mit den Schultern gezuckt und zweihundert Euro extra in bar auf den Tresen gelegt. Als würde Geld keine Rolle spielen. Und weg war er.«

»Roter Schlamm?«, fragte Sofia, und der Inhaber nickte. »Das passt.«

»Wann hat er denn die Buchung für gestern getätigt?«

»Am Vortag. Also vorgestern. Per Telefon. Ich hab ihm gesagt, er kriegt das Zeug nur, wenn es nicht wieder aussieht wie Sau. Hat Stunden gedauert, das sauber zu kriegen. Na ja, er hat es jedenfalls versprochen.«

»Haben Sie seine Handynummer?«

»Ich muss mal in der Anrufliste nachsehen.«

Er tat es und schüttelte den Kopf. »Nein, leider ist sie schon raus. Mein Gerät speichert nur die letzten zehn Nummern.«

»Verdammt«, sagte Kostas. »Es hätte so einfach sein können.«

»Gut, dann sind wir hier wohl fertig. Halten Sie sich bitte

zu unserer Verfügung, falls wir noch Fragen haben.« Wie gern hatte Sofia einmal diesen Satz sagen wollen.

»Natürlich bleibe ich hier. Wo soll ich denn auch hin? Wir sind mitten in der Hochsaison.«

Sie verließen das Geschäft und traten hinaus auf die Christodoulou Chatzipavlou Avenue, auf der die Autos auf sechs Spuren vorbeirasten. Beim Anblick der Palmen auf der Strandpromenade, die den Süden zu feiern schienen, durchströmte Sofia ein warmes Gefühl. Das hier war ihr Zuhause.

»Ich will kurz hinüber«, sagte sie und ließ Kostas keine Zeit für eine Widerrede. Sie nutzte eine Lücke im Verkehr und überquerte erst die eine, dann die andere Richtungsfahrbahn, und der Chief Inspector folgte ihr. Sie durchquerten den kleinen Park, in dem sich ein schattiger Spielplatz befand, auf dem Sofia schon als kleines Mädchen Schaukel und Rutsche unsicher gemacht hatte.

Als sie endlich am Strand stand, schloss sie die Augen und atmete tief durch. Komisch, dass sie in den letzten Tagen nie zu dieser Promenade gekommen war. Ihre Schwiegermutter hatte die ganze Familie für die Hochzeitsvorbereitungen in einem Luxushotel direkt an der neu gebauten Marina einquartiert, und sie hatte Sofia nicht einen Moment Freizeit in ihrer Heimatstadt gelassen – auch wenn ihr das jetzt erst auffiel. Nun war sie wirklich hier angekommen.

Die Wellen schlugen mit leisem Klatschen gegen die großen Steine, die als Schutz vor einer Sturmflut im Wasser lagen, der vom Meer kommende Wind durchwehte Sofias Haare. Was für ein schöner Ort. Dort draußen lagen die großen Pötte auf Reede, die Containerschiffe, die Tanker, auch ein Kreuzfahrtschiff war darunter.

Kostas aber wies nach rechts in Richtung Marina, auf einen Anblick, den sie bisher bewusst ausgespart hatte.

»Was ist denn das da für ein Bonzenschiff?«, fragte er.

Etwa zweihundert Meter vom Ufer entfernt lag ein riesiges Schiff vor Anker. Sie murmelte: »Keine Ahnung.«

»Sieht ja aus wie von einem russischen Oligarchen. Wie lang ist dieser Kahn? Hundert Meter? Was der wohl gekostet hat. Abscheulich, wie sich die Reichen unsere Insel unter den Nagel reißen. Wirklich abscheulich.«

Sofia sagte nichts und betrachtete die Luxusjacht: Sie war sicher über hundert Meter lang, ein Monstrum in glänzendem Weiß mit einem Holzaufbau und so vielen Fenstern im Bug, dass sie auch ein Luxushotel sein konnte. Der Kabinenaufbau hatte eine riesige Glasfassade, und an Deck waren Arbeiter gerade damit beschäftigt, Stühle aufzustellen, sie alle trugen weiße T-Shirts.

»Können wir die Daten durchgehen?«, fragte Sofia, um sich von diesem unromantischen Anblick abzulenken.

Kostas schüttelte noch einmal den Kopf und nahm dann den Zettel heraus, den ihm der Tauchverleiher gegeben hatte.

»Zum ersten Mal hat er Ende Juli eine Ausrüstung geliehen: Hier, am 22. Juli um 10 Uhr abgeholt, am nächsten Abend um 18 Uhr wiedergebracht. Das Gleiche noch mal vom 31. Juli auf den 1. August. Und dann noch einmal vom 17. auf den 18. August.«

»Drei Daten, von denen wir die genauen Uhrzeiten haben. Das könnte helfen.«

»Ich verstehe, was du vorhast.«

»Welchen Grenzübergang nimmt man, wenn man von drüben auf schnellstem Wege nach Limassol will?«

»Kommt drauf an, wo man herkommt. Aus Nikosia nimmt man natürlich den Stadtübergang für Autos. Will man nach Skouriotissa, nimmt man den Übergang von Astromeritis.«

»Wir müssen beide Übergänge prüfen. Vielleicht kann uns auch Ali dabei helfen.«

Kostas gab sich einen Ruck. »Wir müssen ja ohnehin zu ihm fahren. Dann halten wir in Astromeritis und lassen die Grenzer die Bücher prüfen. Aber du musst die Uhr im Blick behalten. Am Nachmittag …«

»… werden wir Lampoutsis hochnehmen«, ergänzte Sofia lächelnd, »ich weiß. Aber ich will endlich wissen, wer unser muskulöser Toter ist.«

Dekatría – 13

Wieder war es Kostas, der den kleinen Corsa durch Limassol und über die B8 lenkte, vorbei am Tsirio-Stadion. Sofia hoffte, sie würde rund um die Hochzeit die Gelegenheit haben, mit ihrem Vater ein Spiel ihres geliebten Fußballclubs AEL anzusehen. Der Botschafter würde erst übermorgen aus Armenien anreisen, wo das Ehepaar Perikles seit dem Amtsantritt der Kommunisten residierte. Die schönen Zeiten in Paris gehörten der Vergangenheit an, genau wie die Zukunftsträume von Washington, D.C., oder den UN in New York.

Als sie endlich die gewundene Landstraße erreichten, wählte Sofia die Nummer des Grenzübergangs in Nikosia. Sie bat darum, dass man die Daten überprüfte und herausfilterte, wer an allen drei Tagen die Grenze passiert hatte, zudem gab sie noch den gestrigen Tag an.

»Es ist Urlaubszeit, dazu werden wir nicht so schnell kommen«, sagte die mürrische Stimme in der Leitung.

»Es geht um einen Mordfall. Es ist wirklich dringend.«

Die Stimme stöhnte.

»Bis wann brauchen Sie es denn?«

»Heute Nachmittag?«

»Wir rufen Sie an.«

»Wählen Sie die Nummer des Chief Inspectors, Kostas Karamanlis.«

Es wurde aufgelegt, und Sofia sah grimmig in die Landschaft. »Die rufen nie an, oder?«

»Vielleicht kann er uns helfen«, sagte Kostas mit einem Blick auf die kleine Kapelle, an der sie gerade vorbeifuhren.

»Zyperns Bürokratie kann wirklich nur Gott helfen«, entgegnete Sofia. »Das war übrigens keine Retourkutsche eben, mit deiner Nummer. Ich glaube aber, dass sie eher den Arsch hochkriegen, wenn ein Mann von deinem Rang anruft.«

»Schon in Ordnung«, murmelte Kostas.

Nach einer guten Stunde fuhren sie durch Astromeritis. Die Gemeinde war, anders als Kato Koutrafas und andere Käffer ringsum, durch den endlich wieder geöffneten Grenzübergang zu einigem Wohlstand gelangt. Böse Zungen behaupteten, das Dorf lebe allein vom Schmuggel. Sie fuhren die Hauptstraße entlang, an der großen Kreuzung ging es links und rechts nach Zypern. Nur geradeaus zeigte das Schild zwar einen Pfeil, aber da stand kein Ort – denn geradeaus ging es in ein anderes Land, das von keinem anderen Staat der Welt akzeptiert wurde, außer von der Türkei. Das Konstrukt Nordzypern war wirklich abenteuerlich: Wollte man mit einem Mietwagen über die Grenze, musste eine neue Versicherung abgeschlossen werden. Umgekehrt durften türkische Mietwagen gar nicht in der Republik Zypern fahren. Auch der Weltpostverein erkannte den illegal geschaffenen Staat nicht an. Wer aus dem Ausland einen Brief an Verwandte in Nordzypern schicken wollte, musste ihn an eine Adresse in Antalya adressieren, von dort aus wurde er weitergeschickt. Und auch Direktflüge aus Europa nach Nordzypern gab es nicht, immer musste erst ein türkischer Flughafen angeflogen werden. Nein, das Leben im Norden war wirklich nicht einfach, deshalb wurde türkischen Bürgern, die dorthin auswanderten, auch ein hübscher Bonus gezahlt, verbunden mit allerlei Steuererleichterungen. Die alten Zypern-Türken aber, die so liberal und fortschrittlich waren wie die Zypern-Griechen im Süden, die litten bis heute unter der Teilung. Die große Politik und die Machtansprüche der Türken hatten ihr Leben total auf den Kopf gestellt. Schlagbäume und Gewehre inklusive.

Kostas hielt geradewegs auf die Grenze zu, die Straße wurde schmaler, und vor ihnen tauchte ein kleines Häuschen aus Beton auf, am Fahnenmast hingen die zypriotische, die griechische und die Flagge der Vereinten Nationen. Der Chief Inspector fuhr vor dem Häuschen auf den Bürgersteig, und gemeinsam stiegen sie aus. Anders als der in Nikosia wurde dieser Grenzübergang im Landesinneren kaum benutzt. Touristen verirrten sich nur selten hierher, regelmäßig kamen allenfalls Handelstreibende aus Süd und Nord. Der Grenzposten ging gelangweilt auf sie zu, er hatte sein Hemd hochgekrempelt, eine Kippe glomm in seinem Mundwinkel.

»Oh, hallo, schöne Frau«, sagte er mit einem frivolen Blick auf Sofia, »so 'ne Kollegin hätte ich aber auch gerne.«

»Hättest du nicht«, sagte Kostas, »mit dir würde sie kurzen Prozess machen. Hör zu, ich hab schlechte Laune. Ich brauche die Einreisebücher von vorgestern. Und zwar jetzt. Danach müssen wir rüber. Kannst du uns bei den UN anmelden? Hier sind die Ausweise. Ich bin Chief Inspector Karamanlis. Wenn das nicht gut läuft, lasse ich dich versetzen, und zwar ... ach nein, du bist ja schon am Arsch der Welt. Also, los geht's.«

Verdutzt sah der Beamte Kostas an. So einen Ton war er offensichtlich nicht gewohnt. Wobei die Menge seiner Kontakte hier vermutlich sehr überschaubar war. Dennoch trat er die Kippe aus, verschwand im Inneren der Baracke und kam nach kurzer Zeit mit einem dicken Buch wieder heraus, das so zerschlissen aussah, als würden dort seit mindestens vierzig Jahren alle Reisenden eingetragen.

»Hier, bitte, Chief Inspector«, sagte er. »Ich melde Sie jetzt an.« Er machte, dass er wegkam.

Sofia und Kostas setzten sich auf die Wiese neben der Straße, auf der ein großer Olivenbaum stand, der ihnen Schatten bot. Sie blätterten zum vorvorigen Tag.

»Es sind mehr Leute, als ich gedacht habe«, sagte Kostas nach kurzem Zögern.

Sofia nickte und überflog die Namen und Geburtsdaten. »Ja, über hundert Einreisen von Türken. Überqueren eigentlich nur Männer die Grenze? Und leider sind es auch viele junge Leute. So ein Mist.«

»Lass uns alle Namen aufschreiben, die vom Alter her infrage kommen. Dann können wir es mit den Namen vergleichen, die wir später aus Nikosia bekommen.«

»Wenn du gebetet hast.«

»Hast du das etwa nicht gemacht?«

Sofia schrieb eifrig die Namen und Geburtsdaten ab. Am Ende kamen sechsundzwanzig Personen infrage. Zu viele, um jedem Einzelnen einen Besuch abzustatten.

»Ich bring das Buch zurück, damit dich der Kerl nicht noch mal so anstarrt.«

Fasziniert sah Sofia Kostas hinterher. Er nahm sie in Schutz, passte auf sie auf, hörte auf sie. Wie gern sie diesen Kerl jetzt hatte.

Sie stiegen wieder in den Wagen und passierten schweigsam die Grenze. Es waren nur etwa tausend Meter, die sie im Niemandsland zubrachten. Rechts und links Felder, die niemals kultiviert oder abgeerntet wurden. Einzelne verlassene Häuser und Scheunen, in denen früher gearbeitet und gelebt worden war. So weit sie schauen konnten, nur Ödland und keine Menschenseele. Die UN zogen immer mehr Soldaten von der Insel ab, sodass es in der Pufferzone immer weniger Einsatzkräfte gab. Zivilisten durften ohnehin nur hier sein, wenn sie die Grenze überquerten. Anhalten war verboten.

Sie näherten sich dem Checkpoint von Nordzypern. Eine Armada von Flaggen begrüßte sie: Rot und Weiß, Weiß und Rot, die türkische und die nordzypriotische, nur diese, keine anderen. Als müsse das Selbstbewusstsein für diesen illegal errichteten Staat herbeigeflaggt werden, wenn schon kein anderes Land ihn akzeptieren wollte.

Kostas bremste vor dem Checkpoint und ließ den Wagen ausrollen, hielt genau neben den beiden Wachposten an, die sie mit finsterem Blick musterten. Er kurbelte das Fenster herunter.

Der eine Mann, ein älterer mit Schnauzbart, sagte etwas auf Türkisch. Kostas schüttelte den Kopf.

»Wir sprechen griechisch oder englisch«, sagte er forsch auf Griechisch.

Der Grenzer schaute wütend drein. Sein jüngerer Kollege kam um den Polizeiwagen herum und sah Kostas scharf an.

»Aber hier sprechen wir türkisch«, sagte er auf Englisch und ohne sich auf die Provokation einzulassen. »Was wollt ihr hier?«

»Wir ermitteln in einem Mordfall«, sagte Kostas, jetzt auf Englisch.

»Und es soll ein Türke gewesen sein, euer Mörder? So wie immer?«

»Das Opfer ist Türke. Wir wollen zum Polizeichef von Taşpınar. Er soll uns helfen.«

»Major Kusumbali?«

Kostas verzog das Gesicht, als habe er starke körperliche Schmerzen, aber er nickte.

»Gut. Sind Sie angemeldet?«

»Er wird schon da sein. Er ist doch immer da.«

»Nicht angemeldet«, sagte der Polizist langsam, als notiere er es in seinem Hinterkopf. »Waffen dabei?«

»Zwei Handfeuerwaffen der zypriotischen Polizei. Heckler & Koch MP5.«

»Die müssen Sie anmelden.«

»Wo?«

»Beim Innenministerium in Nikosia.«

»Rufen Sie Ali Kusumbali an.«

»Lassen Sie die Waffen hier.«

»Rufen Sie ihn an.«

Der jüngere Grenzer sah den älteren fragend an. Der wischte sich den Schweiß von der Stirn.

»Gut, fahrt einfach. Es ist mir zu heiß, um zu diskutieren. In drei Stunden seid ihr wieder hier. Und wenn ihr mit den Knarren schießt, dann buchten wir euch direkt hier ein, verstanden?«

Kostas nickte, fuhr wieder an, und sie rollten auf der einwandfreien Straße in Richtung Kato Zodeia.

»Es ist immer das Gleiche mit den Türken. Man muss sie nur lange genug nerven, dann geben sie auf. Wenn du ein größeres Problem bist und gleichzeitig zu verstehen gibst, dass du gern auch einfach weiterfährst, dann lassen sie dich eben weiterfahren.«

Nach einer Weile kurbelte er das Fenster hoch. »Findest du nicht auch, dass es hier komisch riecht?«

Sofia sah ihn fragend an.

»Ich mag ihn nicht, diesen Geruch. Es riecht … na ja, nicht wie bei uns«, sagte Kostas.

Dabei sah es aus wie bei ihnen, fand Sofia. Die niedrigen Häuser, die karge Landschaft, die Pick-ups mit den prall gefüllten Ladeflächen, ab und zu ein alter Mann auf einem klapprigen Fahrrad, den sie mit großem Abstand überholen mussten, weil er so schwankte. Nur die türkischen Flaggen flatterten ständig irgendwo, und in jeder kleineren Kommune gab es eine riesige Moschee. Sie waren nach der Invasion aus dem Boden gestampft worden. Nur hier und da war vereinzelt ein altes Gotteshaus zu sehen.

In Zodeia bogen sie nach links in Richtung Taşpınar und Lefke. Der Weg führte durch einen Olivenhain, die Zikaden sangen so ohrenbetäubend, dass sie durch die geschlossenen Fenster zu hören waren. Von Kilometer zu Kilometer wurde Kostas stiller, verschlossener, grimmiger. Hatte er kurz nach der Grenze noch gescherzt und sogar ein türkisches Lied im Radio mitgepfiffen, blickte er nun starr geradeaus und hielt das Lenkrad fest umklammert. Hatte sie einen Fehler gemacht? Hätte sie ihm dieses Aufeinandertreffen nicht zumuten sollen?

Taşpınar war ein Nest, eine Ansammlung von Häusern in rotem Sand. Schon bei ihrem ersten Besuch hier hatte Sofia nicht verstanden, warum die Türken ausgerechnet an diesem Ort eine Polizeiwache aufgebaut hatten. Allerdings fiel ihr auf, dass diese Frage sich noch ein Dutzend Mal mehr bei Kato Koutrafas stellte. Zwei Käffer mit hochangesehenen Polizisten in ihren Reihen, die sich sprichwörtlich fürs Nichtstun bezahlen ließen. Nun ja, bis zu dem Moment, als Sofia in ihrer beider Leben getreten war.

Allerdings war die Polizei auf dieser Seite der Grenze irgendwie besser ausgestattet, musste sie wieder feststellen, als sie neben der Moschee den schwarz-weißen Jeep stehen sah, mit getönten Scheiben, Alufelgen und einer modernen Sirenenanlage – die Aufschrift *Polis* stand in großen Lettern auf der Seite. Genau wie auf dem modernen Gebäude nebenan, ein Flachbau mit geradem Dach und großen Fenstern, und auf jedem der Fenster prangte ein goldener Sheriffstern wie in alten amerikanischen Western, auch hier jeweils der Name der Wache *Polis Taşpınar.*

»Bringen wir es hinter uns«, sagte Kostas und stieg aus dem Wagen. Sofia überholte ihn gleich darauf, weil sie es sein wollte, die als Erste in Alis Büro stand. Eine Klopperei wie bei ihrer letzten Begegnung mit Ali hätte sie nicht ertragen. Das hier war zu wichtig.

Die Schiebetür öffnete sich, und sie betraten die Wache, die angenehm klimatisiert war, kein Vergleich zu ihrem der Sonne ausgesetzten Schiffscontainer. An der Rezeption sah eine junge Frau sie erwartungsvoll an, aber Kostas stoppte gar nicht, sondern bewegte sich ganz so, als sei er hier zu Hause. Als Sofia den nun bestürzten Blick der Empfangsfrau sah, wusste sie auch, warum. Kostas war nicht zum ersten Mal hier. Er ging den kurzen Gang entlang, und wieder schaffte es Sofia, sich vor ihn zu setzen, sie drückte die Spanplattentür zu dem lichten und ordentlichen Büro auf und stand vor ihm: Ali Kusumbali, Major der nordzyprischen Polizei, der auf seinem modernen Bürostuhl saß, die Anzugjacke säuberlich über die Lehne gehängt, das Hemd blütenweiß, die dunkle Fliegerbrille in den gegelten schwarzen Haaren, er las etwas an seinem Bildschirm. Dann aber sah er auf, und sofort wurde aus dem konzentrierten Blick, der sich über die Störung beschweren wollte, ein Lächeln:

»Miss Perikles, wie schön, Sie in meiner ...« Er erstarrte. »Kostas ... Was willst du denn ...«

Er schien sich zu wappnen, ballte schon die Hände, doch sein potenzieller Widersacher ließ sich einfach grußlos in den Besucherstuhl fallen und murmelte, ohne Kusumbali anzusehen: »Ich will nicht hier sein, ich will nicht mit dir arbeiten, aber sie zwingt mich dazu. Also keine Freundlichkeiten, sonst muss ich dir die Fresse polieren. Hilf uns einfach. Geht um einen toten Türken.«

Sofia hätte die brutale Einführung gern erst mal verarbeitet, aber sie sah, dass sie hier sofort einspringen musste.

»Guten Tag, Major Kusumbali«, sagte sie und versuchte dabei, so wenig verbindlich wie möglich zu sein. Kostas sollte wissen, dass ihre Loyalität ausschließlich ihm galt. »Mein Kollege hat recht, wir brauchen tatsächlich Ihre Hilfe.«

»Sie wissen, dass ich Ihnen immer helfen würde, Miss Perikles.«

»Ja, schönen Frauen hilfst du immer, du eitler Gockel«, murmelte Kostas deutlich hörbar.

Ali schnellte aus seinem Sitz hoch und brüllte: »Jetzt reicht es mir, nicht in meinem Büro, Karamanlis! Ich habe mir die ganze Scheiße immer wieder angehört und mich immer wieder entschuldigt! Irgendwo draußen auf freiem Feld, da kannst du mich gerne ankotzen wie gehabt, falls es jemals noch mal so weit kommt, aber du spazierst nicht in mein Büro und machst mir hier Vorwürfe, das verbitte ich mir.«

Sofort stand auch Kostas auf: »Na, dann komm mit raus, und ich prügel dir die Flausen aus der hohlen Rübe, du …«

Sofia hieb mit der flachen Hand auf den Tisch, dass das Holz krachte, und sagte laut und vernehmbar: »Jetzt ist aber wirklich Schluss mit eurem Kindergarten, Herrgott noch mal, jetzt setzt euch wieder hin und benehmt euch. Wir haben zu tun. Ihr könnt euch in der Freizeit schlagen, ihr Testosteron-Lappen. Hinsetzen jetzt!«

Die beiden Männer sahen sie erschrocken an, dann aber setzten sie sich. Sofia war ganz rot im Gesicht, vor Aufregung, aber auch vor Wut.

»Wir haben einen jungen Mann gefunden, von dem wir nur wissen, dass er Türke ist. Nun ja, nicht mal das wissen wir sicher. Wir hoffen, dass Sie uns helfen können, Major.«

»Wurde er umgebracht?«

»Der Bericht der Gerichtsmedizin steht noch aus. Aber wir haben ihn an verdächtiger Stelle gefunden. In einer Kupfermine.«

»In Skouriotissa?«

»Genau, Sie kennen die Mine?«

»Na ja, ist die einzige Mine in eurem Amtsbezirk, liegt nahe. Was ist mit ihm passiert?«

»Er ist ertrunken. Ein Mann zwischen fünfundzwanzig und dreißig Jahren. Er trug ein Tattoo auf dem Oberarm.«

Sie nahm ihr Handy aus der Tasche, scrollte durch die Fotos und zeigte ihm dann die Tätowierung. Ali Kusumbali betrachtete das Foto, dann pfiff er durch die Zähne und räusperte sich.

»Jetzt bin ich ganz Ohr.«

»Tatsache?«

»Mit diesem Tattoo wird es für mich eine politische Ermittlung. Wenn ich jetzt Alarm gebe, ist in einer Stunde der Staatsschutz hier. Erst der aus Nikosia – und in drei Stunden dann der aus ...« Er wies mit dem Kopf nach Norden.

»Ankara?« Sofia war erstaunt. »Was zeigt das Tattoo?«

»Es ist ein Erkennungszeichen der Luftwaffe. Die Fallschirmspringer der Türkei haben es als geheimes Emblem getragen. Also, in einem begrenzten Zeitraum. Es waren die Fallschirmspringer, die ...«

»... die 1974 die vermaledeite Invasion begonnen haben.«

»So ist es, Kostas.«

»Verdammt.«

»Aber unser Toter war doch viel zu jung dafür«, gab Sofia zu bedenken.

»Können Sie mir sein Gesicht zeigen, Miss Perikles?«

Sofia zoomte aus dem Foto heraus.

»Ja, Sie haben recht. Er ist zu jung.«

»Kennen Sie ihn vielleicht?«

Ali Kusumbali schüttelte den Kopf. »Nein, leider nicht.«

»Woher wissen Sie von dem Zeichen? Waren Sie in der Armee?«

Sofia hätte die Frage gern zurückgezogen, ihr war vollkommen klar, dass sie hier in jeder Hinsicht zu naiv war.

»Wir alle waren in der Armee, Miss Perikles. Sie sind zu jung, um das zu wissen. Und Sie kommen aus anderen Verhältnissen als wir hier drüben. Ich war allerdings nicht in der türkischen Armee, sondern in unserer Truppe. Aber jeder hier kennt dieses Zeichen. Die Fallschirmspringer von damals, das sind nationale Helden. Wenn sich jemand so ein Tattoo stechen lässt, ehrt er damit diese Männer.«

»Unser Toter ist also Nationalist?«

»Gut möglich.«

»Was kann er in der Mine gewollt haben? Wissen Sie irgendetwas über mögliche krumme Geschäfte?«

»Wie gesagt: Die Mine ist euer Beritt. Ich habe keine Ahnung, was die da drüben treiben. Ist da nicht ein Festlandgrieche der neue Boss? Den Griechen ist doch alles zuzutrauen.«

»Nun, das lass mal unsere Sorge sein. Wie können wir rauskriegen, wer unser Toter ist?«, übernahm Kostas leicht ungehalten.

»Na, genauso wenig wie ihr haben wir hier drüben eine Gesichtssuche. Wir können eine Öffentlichkeitsfahndung machen. Aber dann muss ich mir die Frage gefallen lassen, warum ich mit dem Erzfeind kooperiere. Nein, ich brauche schon ein wenig mehr.«

»Wir haben drei Daten, zu denen er die Grenze überquert hat. Wir lassen die gerade abgleichen, an den zwei Grenzpunkten, die denkbar sind.«

»Gut. Gebt auch mir die Daten. Meine Leute sind zwar nicht gründlicher, dafür aber schneller. Es sei denn, sie wurden bestochen.«

»Wenn du irgendwas rauskriegst …«

»Dann melde ich mich, Kostas. Ich war ein Arschloch, aber ich habe dich während der Arbeit noch nie betrogen, oder?«

Der Angesprochene antwortete nicht, sondern stand auf und verließ das Büro. Sofia sah ihm nach und war unschlüssig, was sie tun sollte. Ali sah sie mitleidig an. »Es ist immer dasselbe. Dass Sie das erleben müssen, tut mir leid. Ich ... ich weiß nicht, was ich tun soll.«

»Wenn Sie mir das angetan hätten«, sagte sie stolz, »dann hätte ich Sie umgebracht, Herr Major. Ich glaube, er wird nicht darüber hinwegkommen, bis Ihre Frau – also seine Frau – ihm nicht erklärt, warum sie das getan hat. Er will es einfach verstehen. Sie sollten mit ihr sprechen. Um Kostas willen.«

Damit stand sie auf und verließ so grußlos das Büro, wie ihr Kollege eingetreten war.

Dekatéssera – 14

»Gleich ist im Kafenion die Meze. Magst du nicht dieses Mal dabei sein?«

Kostas hatte kein Wort mehr gesagt, seit sie Alis Büro verlassen hatten. Als sie die Pufferzone hinter sich hatten und die zypriotischen Grenzer sie einfach durchwinkten, machte Sofia diesen Versuch einer Annäherung. Doch ihr Chef sah nur stur aus dem Fenster.

»Es wäre doch nett. Ein Glas Wein – und Christos' geniale Köstlichkeiten.«

Kostas schüttelte den Kopf. »Ich will weder dabei zusehen, wie ihr euch beide umgarnt und euch weismacht, dass ihr nur flirtet – noch will ich mir deine Geschichten über die ach so tollen Hochzeitsvorbereitungen anhören. Also kurz gesagt: nein danke.«

»Das geht aber freundlicher, du Stinkstiefel. Ich bin immer fair und nett zu dir, und du bist … so ein Griesgram.«

Ihre Stimme bebte, so langsam hatte sie genug. Sie dachte, das eben sei schon die Höhe gewesen, aber nun hatte Kostas es wirklich übertrieben. Sie war kurz davor, in Tränen auszubrechen.

»Und dich verteidige ich auch noch gegenüber Ali Kusumbali.«

»Ich habe dich nicht darum gebeten.«

»Ist mir sonnenklar.«

Sie schwiegen den Rest der Strecke, bis sie in einer dicken Staubwolke in Kato Koutrafas einfuhren.

»Was machen wir jetzt mit unseren Erkenntnissen?«

»Darüber denk ich nach. Und hoffe, dass sich die Grenzer noch melden. Bisher …«, er warf einen Blick auf sein Handy, »… nichts. Also, genieß den Abend, Tausendschön.«

Mit diesen Worten stapfte er davon. Sofia blieb noch einen Augenblick im Auto sitzen, sie musste durchatmen.

»Verdammt, warum belüge ich mich immer selbst?«, fragte sie sich leise und betrachtete sich im Rückspiegel. »Er war ein Ekel, und er bleibt ein Ekel.«

Endlich stieg sie aus und ging über den sonnenverbrannten Dorfplatz. Der Rasen neben der Kapelle war schon lange nicht mehr grün, sondern nur noch ein braunes stacheliges Etwas, da, wo er überhaupt noch existierte. Auf der anderen Seite der Straße rückte die gedeckte Tafel in ihren Blick, und Sofias Herz schlug höher. Gerade entzündete Efigenia, die Mutter von Adonis und Christos, die vielen Kerzen auf dem Tisch, und zur Lichtstimmung der blauen Stunde kam nun der gelbe Schein hinzu, der ihr sofort ein Gefühl von Heimat und Gemütlichkeit vermittelte. Die weiße Tischdecke war kaum noch zu sehen, so über und über voll mit Tellern, Schüsseln und Gläsern stand die lange Tafel. Es war ein Ritual in Kato Koutrafas, dass das Kafenion einmal in der Woche früher schloss, damit die Familie Alexandrou mit ihren engsten Freunden und Vertrauten das opulente Meze-Essen veranstalten konnte, das mit der Weinauswahl von Adonis und den Delikatessen aus Christos' Küche serviert wurde.

Es war dann ganz still und andächtig im Dorf, so kam es Sofia immer wieder vor. Schon sechs Mal hatte sie das Vergnügen gehabt, daran teilnehmen zu dürfen. Als würden die Bewohner des angrenzenden Dorfplatzes alle an ihren offenen Fenstern lauschen, was sich die Alexandrous so an Klatsch und Tratsch zu erzählen hatten. Nun gut, eigentlich war es Lady Gladstone, deren Stimme am weitesten schallte – und die allwöchentlich die meisten Anekdoten aus dem Dorfleben und den großen Städten zum Besten gab.

Als Efigenia sie erblickte, winkte sie ihr zu: »Sofia, wie schön. Ich habe schon gehört, dass du wieder da bist. Du hast hoffentlich Zeit, uns heute Abend Gesellschaft zu leisten? Auch wenn der große Tag ja schon mit mächtigen Schritten naht.«

Sofia senkte den Kopf, weil sie spürte, dass sie errötete. »Natürlich lasse ich mir das nicht entgehen, wenn ich schon einmal hier bin.«

»Da freuen wir uns sehr. Wir alle«, sagte Efigenia und öffnete sogleich eine Flasche von dem kalten Schaumwein, den sie hier zu diesem Anlass immer zum Aperitif nahmen, und reichte Sofia ein Glas. »Hier, am besten genießt du einfach schon mal die Abendstimmung. Die anderen werden gleich da sein. Nur Christos werkelt noch etwas in der Küche herum.«

»Aber er isst doch mit uns?«

Prüfend sah Efigenia Sofia an – oder bildete sie sich das nur ein? »Natürlich, mein Kind.«

Sofia bemerkte das Rasseln in ihrer Tasche und griff nach ihrem Handy. »Entschuldigung«, murmelte sie, griff nach dem Glas und entfernte sich ein wenig.

»Ja?«

»Babe, hier ist Carl. Wir haben uns heute gar nicht gesprochen.«

»Hey, Carl«, sagte sie und freute sich wirklich, seine Stimme zu hören, »ja, ich weiß – es war ein höllischer Tag, wir haben diesen Mordfall, und es ist alles sehr ungewöhnlich. Eigentlich wissen wir noch gar nichts. Deshalb hatte ich alle Hände voll zu tun. Aber ich hätte mich gleich noch gemeldet.«

»Kommst du heute wieder zu mir?« Im Hintergrund hörte sie geschäftiges Klappern und gedämpfte Stimmen. Carl war nicht allein.

»Sorry, aber das wird nichts. Wir haben immer noch Befragungen hier auf dem Revier, und es wird wohl noch einige Stunden dauern. Und in der Nacht will ich nicht diese kurvige Strecke fahren, mit all dem Wild, verstehst du das?«

»Bist du denn da oben in dem Kaff?«

»Ja, ich bin mit Kostas in Kato Koutrafas«, sagte Sofia, und ihre Stimme klang schärfer, als sie beabsichtigt hatte.

»Aber Babe, wie lange wird das denn noch dauern? Wir haben noch so viel vorzubereiten.«

»Es dauert so lange, wie es dauert. Es ist ein Mordfall, Carl, und nicht eine kleine Studienfahrt mit Freunden.«

»Obwohl deine Freunde ja um dich herum sind, nicht wahr?«

»Puh, du meinst, ich vergnüge mich hier?«

Sie hörte, wie eine Stimme sagte: »Komm, gib mal her«, dann gab es ein Geraschel in der Leitung, bis schließlich Martha so vertraut wie eh und je ins Telefon schrillte: »Sofia, jetzt hör mir mal gut zu: Egal, wo du jetzt bist und was du machst, wir planen hier eine Traumhochzeit, ganz nebenbei *deine* Traumhochzeit. Dein Verlobter ist ganz aufgelöst, er muss alles alleine machen und alleine entscheiden – und ich weiß auch nicht mehr, wo mir der Kopf steht. Kindchen, mir ist ja klar, dass sich in deinem Leben bisher immer alles um dich gedreht hat, aber vielleicht solltest du angesichts dieses wichtigen Schritts in deinem Leben begreifen, dass es nun um euch geht.« Sofia wollte einhaken, doch Martha ließ sie nicht dazwischengrätschen, sie sprach einfach weiter: »Ich hoffe, nein, ich erwarte, dass du morgen wieder hier bist. Es gibt sehr viel zu tun – und es sind nur noch wenige Tage. Also, bis morgen.« Dann piepte es in der Leitung, ihre Schwiegermutter hatte einfach aufgelegt. Sofias Kopf war hochrot, ihr Herz pochte so laut, dass sie meinte, man müsse es auf der ganzen Dorfstraße hören. Sie überlegte, sofort zurückzurufen, doch sie spürte, dass sie, wütend, wie sie war, damit mehr zerstört hätte, als gut gewesen wäre. »Ich liebe ihn«, flüsterte sie also und versuchte, ihren Atem zu beruhigen, »ich liebe ihn, ich liebe Carl.« Darum ging es – sie würde ja nicht Martha heiraten.

Als sie sich wieder zum Kafenion umwandte, traute sie ihren Augen kaum. Wie waren denn alle an ihr vorbeigekommen, ohne dass sie sie bemerkt hatte? Jedenfalls saßen sie alle da, Adonis neben seiner Frau Constantina, Efigenia neben Adonis senior, sogar Großvater Giorgios war da und natürlich Lady Gladstone, die Sofia heranwinkte.

»Darling, so komm doch, hier neben mir ist Platz.« Sie trat näher. Zwei freie Stühle gab es noch, einander gegenüber. Sofia lächelte und nahm neben der alten Lady Platz.

»Christos bittet uns, schon anzufangen, er bereitet noch die Hauptattraktion des Abends vor …«, sagte Efigenia.

»Es wird noch mehr geben?«, fragte Sofia ungläubig, als sie die vielen gefüllten Platten und Schüsseln auf dem Tisch sah. Doch erst mal hoben sie alle ihre Gläser, und Adonis senior war es, der aufstand, um nach einem Räuspern den Toast zu sprechen: »Wir freuen uns sehr, dass wir alle gesund zusammenkommen, nun, wo der Sommer sich zu seiner Hochphase aufschwingt, und wir freuen uns, dass unsere jüngste Bewohnerin wieder bei uns ist. Sofia, willkommen. Auf einen schönen Abend.«

Sofia kam aus dem Erröten gar nicht mehr heraus – und sie kam nicht umhin, den warmen Empfang hier in Kato Koutrafas mit dem Kasernenton ihrer Schwiegermutter zu vergleichen.

»Ich danke euch allen«, sagte sie, dann klirrten die Gläser, doch niemand konzentrierte sich richtig auf den Schaumwein, weil jeder schon auf die Auswahl an köstlichen Speisen schielte. Lady Gladstone war es dann auch, die zuerst aufstand und über den Tisch langte. »Ich liebe die, die stelle ich näher zu mir«, sagte sie und nahm eine Platte geschmälzter Ravioli, die mit Anari-Käse gefüllt waren, einem weichen Käse, der aus der Molke gemacht wurde, die bei der Produktion von Halloumi entstand. Auch Sofia liebte diese weichen und zarten Teigtaschen. Wobei sie bei dieser Auswahl gar nicht hätte sagen können, was sie nicht mochte: Es gab frittierte Zucchiniblüten auf einem Bett aus gelben und roten Tomaten, daneben standen in Rotwein gebratene Loukanika-Würste neben gerührtem Ei mit Auberginenpaste. Natürlich gab es zwei riesige Platten mit gebratenem Halloumi-Käse, eine der wenigen Spezialitäten der Insel, die es zu weltweiter Berühmtheit gebracht hatten. Eine Berühmtheit, die Sofia auch dem Lountza gegönnt hätte, dem hauchzart aufgeschnittenen und tagelang in geheime Gewürze eingelegten Schweinefilet. Andererseits: Wenn weniger Menschen wussten, wie gut das war, blieb mehr für sie übrig, und die Qualität wurde immer hochgehalten.

Verschiedene Pasten vervollständigten die Meze, genau wie frisch gebackenes Brot und die hiesige Version des *Choriatiki*, der mit frischer Minze und Anari-Käse zusätzlich zum Feta angemacht war.

Schon nach zwei Minuten setzte am Tisch die sonst im Dorf sehr unübliche Ruhe ein, weil sich alle über die Platten hermachten, jeder murmelte *»Kali orexi«*, und dann waren da nur noch Geräusche, die auf ein Übermaß an Genuss hinwiesen.

Sofia schmeckten all die einfachen Gerichte ihrer Heimat viel besser als die hippen Dinner, die sie unten im Luxushotel in Limassol als japanisch-mediterranes Crossfood verkauften und bei denen sie hinterher a) nicht wusste, ob sie satt war, und b), was sie da eigentlich gegessen hatte.

Das einzige Manko war, dass die Meze-Tafel hier im ländlichen Zypern deutlich fleischlastiger war – neben Schwein und Rind gab es auch noch kleine Lammkoteletts und eine atemberaubend gute Bauernpastete mit einer Feigencreme. Bestellte man die gleiche Meze in Paphos oder Ayia Napa, gab es hauptsächlich Fisch und Meeresfrüchte – die Sofia vergötterte. Aber selbst das tat ihrer Freude keinen Abbruch – und ihrem Appetit schon gar nicht.

Als sie seine Stimme hörte, sah sie sofort auf. »Lasst noch Platz«, sagte er mit diesem freundlichen Timbre, und dann trat er aus dem Gastraum, mit diesem unnachahmlichen Lächeln, in seinen Händen trug er eine riesige weiße Platte.

»Christos hat den heute Morgen extra für dich auf dem Fischmarkt in Limassol besorgt, weil er wusste, dass du ihn so magst«, sagte Efigenia, und als Christos die Platte auf dem Tisch platzierte, war Sofia sprachlos. Er hatte einen ganzen Oktopus zubereitet, in verschiedenen Variationen: Es gab in Rotwein gekochte Fangarme, gegrillte Stücke, die in einem Sud aus Knoblauch und wilden Kräutern lagen, daneben frittierte Ringe mit frischer Zitrone und selbst gemachtem Tzatziki – alles sah so sensationell frisch und lecker aus, dass Sofia gar nicht wusste, wohin mit ihrem Glück.

»Danke, danke, danke!«, rief sie und sah dabei nur Christos an, der sich endlich niederließ, ihr gegenüber. »Ist schon gut«, sagte er und griff nach einer Flasche KEO, die er mit seiner Gabel öffnete. »*Kali orexi*, alle zusammen«, sagte er, und sie alle dankten ihm, Efigenia legte ihm den Arm um die breiten Schultern. »*Efaristo*, mein Sohn, es schmeckt himmlisch.«

Nach weiteren zehn Minuten schweigsamen Essens, nur unterbrochen von gemurmelten Glücksbekundungen, beugte sich Sofia vor und wandte sich an den alten Herrn am Ende der Tafel.

»Herr Giorgios, schön, dass Sie wieder zurück sind. Wie geht es Ihnen?«

Der Großvater schien erstaunt von dieser direkten Ansprache. Sein magerer Körper unter dem karierten Hemd straffte sich sichtlich. Er trug immer die gleiche Garderobe, man sah ihn schon von weitem hocherhobenen Hauptes über die Dorfstraße laufen. »Es geht«, sagte er tonlos. Mehr nicht. Lady Gladstone ergriff die Gelegenheit und schlug mit der Gabel gegen ihr Weißweinglas – zwischenzeitlich hatten sie an diesem warmen Abend die Getränke gewechselt.

»So, ich möchte dann doch die Gelegenheit ergreifen und noch einmal dir, liebe Sofia, und deiner Familie, vor allen Dingen dem Herrn Botschafter in Abwesenheit, danken, dass ihr uns alle zu eurer Hochzeit eingeladen habt. Wir sind voller Vorfreude, und ich denke, ich kann für alle hier sprechen, wenn ich sage, dass wir ein Fest wie dieses noch nie besucht haben. Also, vielen Dank.«

Noch einmal stießen alle an, und so wäre der nächste Satz fast überhört worden.

»Unsere Hochzeit war aber auch sehr schön.« Adonis beugte sich zu Constantina, die Lady Gladstone immer noch entrüstet ansah. »Na klar, meine liebe Constantina«, sagte da die alte Dame, »natürlich war eure Hochzeit bezaubernd, ich meinte ja nur, es ist ja auch eine Frage der Möglichkeiten – und der Verlobte unserer lieben Sofia ist eben ein Kind aus ganz reichem Hause. Ich erinnere mich da gleich an die großen Feste und Bälle, die der entschlafene Sir Gladstone und ich immer zusammen in England gegeben haben – verzeih mir die Nostalgie.«

»Und überhaupt zählt doch nicht das Geld, sondern allein das Herz«, fügte Efigenia hinzu, mit einem Seitenblick auf

Sofia, der all das zunehmend unangenehm wurde. Wenigstens schwieg Christos und brachte sie nicht in eine noch misslichere Situation.

»Weißt du, dass der Laden, in dem ich mein Kleid gekauft habe, *Constantina* heißt?«, fragte sie schnell und sah dabei komplizenhaft zu Adonis' Frau hinüber. Der Trick gelang. »Wirklich?«, fragte die nach und schien ihren Unmut schon vergessen zu haben. Es gab eben keine Feindschaft unter Frauen, die durch ein Gespräch über Hochzeitskleider nicht beigelegt werden konnte.

Nachdem Lady Gladstone noch einige von den Ravioli mit dem leckeren Käse verspeist hatte, kam der Moment, auf den sie vermutlich am allermeisten hingefiebert hatte. Sie räusperte sich hörbar und nutzte eine Pause im Kleidergespräch, um einzuwerfen: »Darling, wir haben ja alle von der Leiche gehört, nun erzähl schon, was ist denn da passiert? Vielleicht können wir dir ja wieder helfen, so wie beim letzten Mal.«

»Aber, meine liebe Lady Gladstone, ich darf doch nicht so viel erzählen«, sagte Sofia, der klar wurde, dass offenbar alle am Tisch darauf gewartet hatten. Es herrschte totale Stille, nicht mal mehr eine Gabel klapperte. Auch Christos betrachtete sie erwartungsvoll, auf diese ruhige und zugewandte Weise, die Sofia sofort völlig gelassen werden ließ.

»Ich wünschte, Kostas wäre hier, er könnte das alles viel besser erklären«, sagte Sofia und begann dennoch: »Also, zwei Arbeiter haben gestern Morgen diesen Toten im alten Kupfersee von Skouriotissa gefunden.« Irgendwo am Tisch nahm sie eine plötzliche Bewegung wahr, konnte aber nicht genau ausmachen, woher sie rührte. »Ein junger Mann, der komplett bekleidet war und der in der Nacht zuvor offenbar in dem See ertrunken war. Da er wahrscheinlich nicht wegen der Hitze vorhatte, darin zu schwimmen, gehen wir davon aus, dass er umgebracht wurde. Denn was hätte er in dieser Mine sonst gewollt?«

»Vielleicht hatte er sich verlaufen?«, wandte Adonis senior ein.

»Dann hätte er sich aber sehr weit verlaufen. Der Mann war Türke.«

»Wusste ich es doch«, sagte Lady Gladstone, und Sofia sah, welch teuflischen Spaß diese privaten Ermittlungen ihr bereiteten.

»Hat von euch jemand eine Idee, was in der Mine vor sich gehen könnte? Gibt es irgendwelche Gerüchte, dass dort etwas nicht mit rechten Dingen zugeht? Etwas, wofür es sich zu morden lohnt?«

»Die Mine gibt vielen hier Arbeit«, sagte Efigenia. »Bis vor wenigen Jahren war sie ja in zypriotischer Hand. Nun soll eine Firma aus Athen die Leitung haben. Keine Leute von hier. Du weißt ja, wie es ist. Wir Zyprioten vertrauen am liebsten unsereins. Wenn etwas von außen kommt, ist es sofort verdächtig. Auch wenn das vermutlich Quatsch ist.«

»Gar keine Gerüchte?«

Alle am Tisch schüttelten den Kopf.

»Schade, ich hatte gehofft, ihr könntet mir tatsächlich weiterhelfen.«

Sie trank einen Schluck Weißwein und war für einen Moment wirklich enttäuscht. »Wisst ihr, wir haben noch nicht mal den richtigen Namen des Mannes. Dabei ist er nun schon seit zwei Tagen tot. Wir tappen komplett im Dunkeln. Ich will nicht, dass uns die Kripo aus Nikosia den Fall abnimmt. Weil ich glaube, dass es Kostas so guttut, wieder richtig zu ermitteln.«

»Oh, Darling, da hast du ja so recht. Er ist ein ganz anderer Mensch, seit du da bist.«

»Aber das liegt doch nicht an mir«, entgegnete Sofia. »Das

liegt doch einzig und allein an ihm – und daran, dass er endlich wieder einen Sinn sieht in seinem Leben. Deshalb müssen wir so schnell es geht mehr über den Toten herausfinden. Oh Mann, ich werde das Bild nie wieder vergessen, der Ärmste, total aufgeschwemmt …«, sie hob den Blick. »Ach, tut mir leid. Aber so war es. Das Einzige, was wir wissen, ist, dass er sich dreimal in Limassol Tauchausrüstung ausgeliehen hat. Und er hatte dieses Tattoo auf dem Arm, eine Sichel und einen Adler, und Ali, der türkische Polizist sagt, dass …«

Dort, wo Sofia zuvor die Bewegung registriert hatte, wurde nun ein Stuhl zurückgezogen, und schneller, als sie es begreifen konnte, verschwand eine Figur in der Dunkelheit. Sie sah genauer hin und erkannte, dass ein Stuhl leer war. Der Stuhl am Kopfende des Tisches. Großvater Giorgios. Er ging schnellen Schrittes die Dorfstraße hinunter und verschwand dann im Hintereingang des Kafenions. Sekunden später blitzten die Scheinwerfer seines alten Mercedes auf, durchbrachen die Dunkelheit und glitten dann mit rasender Geschwindigkeit in Richtung Ortsausfahrt. Alle starrten in die Dunkelheit, wie vom Donner gerührt.

»Was war das denn jetzt?« Lady Gladstone fand als Erste die Sprache wieder. »Wo ist er hin?«

»Hat er zu dir gesagt, dass er noch mal wegmuss?«, fragte Efigenia ihren Mann, doch der schüttelte den Kopf.

»Hab ich denn was Falsches gesagt?«, fragte Sofia, und es war mehr eine Frage an sich selbst als an die anderen. Oder hatte sie vielmehr etwas Richtiges gesagt?, dachte sie gleich darauf.

»Adonis, was hast du mir erzählt? Hatte dein Großvater Beziehungen zu den Türken?«

Constantina durchlöcherte erst Sofia und dann Adonis mit den Augen: Wann hatten die beiden miteinander gesprochen?

Tja, es gab Feindschaften, die ließen sich eben doch nicht endgültig mit Kleidergesprächen befrieden.

»Eigentlich nur, als er 1974 mit den Partisanen gegen sie gekämpft hat«, sagte Adonis schüchtern.

»Wir landen immer wieder bei 1974«, sagte Sofia. »Ali Kusumbali aus Taşpınar hat uns auch erzählt, das Tattoo sei ein Heldenzeichen für die Fallschirmspringer der Invasion.«

»Helden, pah, das ich nicht lache«, sagte Adonis senior, und Lady Gladstone nickte zustimmend. Es waren die alten Leute, die sich noch haargenau an jene Tage im Sommer erinnern konnten, die so viel Tod, Leid und Entbehrung über die Insel gebracht hatten.

»Wo könnte Giorgios hinfahren, um diese Uhrzeit?«, fragte Sofia. Lange antwortete niemand. »Wirklich. Ich muss mit ihm reden. Wenn er etwas weiß, das uns helfen könnte …«

»Ich glaube, ich weiß es«, sagte Christos und sah sie durchdringend an. »Komm, zieh dir was Warmes an. Es wird kalt heute Nacht. Wir fahren hinterher.«

Dekapénte – 15

Nach zehn Minuten Fahrt wusste sie, dass Christos nicht übertrieben hatte und es natürlich nur gut gemeint war und dass sie gut daran getan hatte, sich ihren einzigen Wollpullover zu schnappen. Was für ein Ritt.

Und aufgeregt wie ein Kind vorm Geburtstag war sie obendrein. Sie konnte es nicht recht zuordnen. Hätte sie vor Gericht aussagen müssen, warum sie so aufgeregt gewesen war, hätte sie vermutlich zu Protokoll gegeben, dass sie so gespannt auf den Grund für Giorgios' plötzliche Flucht war. Hätte sie aber unter Eid aussagen müssen, nun, dann war sie einfach voller Vorfreude auf die nächtliche Fahrt gewesen. Hoffentlich würde sie lange dauern – obwohl das auf dieser Insel ein Problem war, denn so richtig lange dauerte es nie, irgendwann war Zypern immer zu Ende.

Der kühle Fahrtwind riss an ihren Klamotten, aber Christos schirmte sie gegen die größte Wucht ab. Sie hatte die Hände in seine Jackentaschen gesteckt und spürte ihn atmen. Es fühlte sich gut an. Er. Sehr gut sogar.

Sie umrundeten Nikosia in Rekordgeschwindigkeit, und bald wechselten sie die Autobahn. Wo fuhren sie nur hin? Sie hatte keine Ahnung. Mit dem Auto hätten sie bis hierher sicher mehr als anderthalb Stunden gebraucht, aber so waren sie erst vierzig Minuten unterwegs, als sie auf die A3 wechselten. Ayia Napa, der Strand- und Partyort? Das war eher keine Destination, an der sie Großvater Giorgios vermuten würde.

Doch kurz vor der Südspitze der Insel fuhr Christos von der Autobahn ab und durch den immer dunkler werdenden Wald hinein ins Landesinnere. Verdammt, hier war sie noch nie gewesen. Wo wollte er mit ihr hin? Ihr Bauch begann zu grummeln. So richtig gut kannte sie diesen Typen doch gar nicht – und nun saß sie auf seinem Motorrad, und sie fuhren in einen Wald, den sie nicht mal alleine gerne durchquert hätte, und schon gar nicht mitten in der Nacht. Auf einmal bremste er wie ein Verrückter, die Maschine schlingerte, er fingerte nach dem Licht, es wurde stockdunkel. Erschrocken sah Sofia nach vorne, wo schemenhaft die dunkle Silhouette eines Tieres zu erkennen war.

»Ein Wildschwein«, flüsterte Christos, »das war knapp.« Mit einem Grunzen zog das Tier ins Dickicht ab, und sie konnten wieder Licht machen und ihre Fahrt fortsetzen.

»Alles okay?«, fragte Christos, nahm kurz eine Hand vom Lenker, berührte Sofias Hand unter seiner Jacke und drückte sie. Durch das Visier erahnte sie sein Lächeln und lächelte ihrerseits nickend zurück.

Sofort war alles wieder gut. Es ging noch acht oder neun Minuten gen Nordosten, die Landesgrenze musste ganz nah sein, die Landschaft wurde wieder flacher, und die Luft roch leicht nach Meer.

In der Ferne waren Lichter zu sehen, die Lichter von Protaras, wie ein Schild verriet, doch Christos fuhr nicht darauf zu. Stattdessen rollten sie am Ende der Straße auf einen völlig leeren und vollkommen dunklen Parkplatz. Nein, ganz leer war er nicht, korrigierte sich Sofia, nur war das schwarze Auto kaum zu sehen in der Nacht. Der Mercedes E230, der aus den Achtzigern stammen musste. Es war die Sorte Limousine, bei der sie in Deutschland während des Studiums manchmal Klopapierrollen im Heck gesehen hatte oder die Hüte alter Herren.

Das Auto stand verlassen da, stellte sie fest, als sie daneben zum Halten kamen.

»Er ist am Strand. Dort. Hinter dem Übergang«, sagte Christos.

»Woher weißt du das?«

»Er hat mich schon mal mit hergenommen.«

»Dann ist ihm klar, dass du ihn finden kannst?«

Christos winkte ab. »Es gibt so Situationen im Leben, da will man gefunden werden.«

»Ich hoffe, du hast recht.«

»Finde es heraus.« Und als Sofia sich ängstlich umsah, fügte er schnell hinzu: »Ich warte hier auf dich. Wenn was ist – ich hör's. Aber hier ist nachts niemand. Hier sind selbst am Tag nur wenige Leute.«

Sie ging los, es war nur ein kurzes Stück bis zum Strandübergang. Zum *Trinity Beach*, wie ein Schild verriet. Sie hörte das Meer, bevor sie es sah. Ein Prusten und Rumpeln, und dann ein Zischen, wenn die Wellen wieder in der Strömung abflossen. Sie liebte dieses Geräusch. Einige Augenblicke blieb sie hier oben stehen, bis sich ihre Augen an die Dunkelheit gewöhnt hatten, dann nahm sie im Augenwinkel eine dunkle Gestalt wahr, die ganz vorne an der Wasserkante saß. Der Himmel war schwarz, das Meer grau mit weißen Kronen. Es war eine mondlose Nacht. Hoffentlich wusste Giorgios etwas, das sie voranbrachte. Sie ging langsam auf ihn zu, versuchte dabei, nicht zu leise zu sein, damit er sich nicht allzu sehr erschreckte. Aber da rief er schon laut und vernehmlich: »Die Ducati würde ich noch auf einer vielbefahrenen Autobahn erkennen. Komm her, Sofia.« Er klang ganz anders jetzt, fast freundlich.

Sie kam näher und sah, dass er sein Hemd ausgezogen und

es sich untergelegt hatte. Er trug nur noch sein Unterhemd, sie sah seine faltige, sonnengegerbte Haut, aber auch die Kraft, die noch immer in ihm steckte. Und sie bemerkte sein Tattoo, die verblichene Schrift auf dem Oberarm, dem linken Oberarm, vier große Lettern, die jedem Zyprioten Gänsehaut machten: *EOKA*.

Er versuchte nicht, es zu verbergen.

»Komm, setz dich zu mir.«

»Frieren Sie gar nicht?«

»Das hier ist ein merkwürdiger Platz«, sagte er, ohne weiter auf ihre Frage einzugehen. »Man meint, am Meer würde immer viel Wind gehen, aber hier ist es ganz warm, selbst jetzt in der Nacht, als würden die Berge im Norden allen Wind einfangen. Auch das Meer hat hier eine ganz warme Strömung, das gibt es sonst nur noch ganz im Westen.«

»Am Lara Beach, meinen Sie?«

Der Alte nickte. Er sah hinaus aufs Meer. So langsam wurden die Kontraste für Sofias Augen erkennbar, weil sich nun selbst in der Dunkelheit die Farben bildeten, einem Landschaftsbild gleich, nur eben einem nächtlichen. Das Meer in seinen grauen Schattierungen, dazu die hellen Flächen links und rechts, schier endlos, und über allem der Himmel, schwarz wie die Nacht.

»Was machen Sie hier? Ich meine, warum sind Sie ausgerechnet hierhergefahren?«

»Weil hier alles begonnen hat.«

»Hier?« Sofia verstand kein Wort.

»Nun ja, nicht ganz hier. Aber dort, wo es begonnen hat, darf ich nun nicht mehr sein. Nicht nur ich. Niemand mehr. Es ist alles verloren. Und ich ahne, dass ich es nicht mehr erleben werde, dass sich die Zäune wieder öffnen.«

»Sie meinen die Grenze?«

»Ich meine … das dort.«

Sofia folgte seiner Hand, die in die Dunkelheit in nördlicher Richtung wies. Sie sah … nichts. Sie wollte schon nachfragen, doch dann hielt sie inne. Es stimmte nicht. Da, wo die helle Fläche scheinbar endete, sah sie eine Ansammlung von schwarzen Schatten, Riesen, die den Horizont erreichen wollten. Ein Auf und Ab in Schwarz und Grau, als sei dort eine andere Welt.

»Was ist da?«, fragte Sofia, und eine Ahnung beschlich sie.

»Varosia«, bestätigte Giorgios.

»So nah?«

»Die Grenze ist keine fünfhundert Meter von hier. Und die Stadt dann zwei Kilometer entfernt. Die Stadt, ach, was sage ich, ihr Gerippe.«

Varosia, die Geisterstadt. In Sofias Kopf ging die Diashow los, die alle jungen Zyprioten von ihren Eltern eingebläut bekommen hatten.

Einst war Varosia als Ortsteil von Famagusta – dem alten, berühmten, legendären Famagusta, Krönungsstadt der Jerusalemer Könige, bedeutendste Hafenstadt der Levante – das Rimini des östlichen Mittelmeeres gewesen: ein Urlaubsparadies für europäische Familien, Hotel reihte sich an Hotel, riesige moderne Bauten, umgeben von Spielcasinos, Kinos, Banken, Restaurants – ein in Beton gegossener Sommerurlaub. Hier wollte die Insel in den Sechzigern Geld verdienen, endlich ein Stück abhaben vom großen Kuchen des Massentourismus. Mehr als die Hälfte aller Tourismuseinnahmen der Insel kamen bis 1973 von diesen paar Kilometern Strand. Ob das schön war, mussten andere entscheiden, damals baute man einfach so. Die halbe italienische Adria sieht heute noch so aus.

Doch dann wurde aus Varosia ein Manifest der Niederlage. Als die Türken die Insel überfielen und den Norden besetzten, nahmen sie auch Famagusta ein – und damit Varosia.

In diesem Vorort hatten die meisten Zyperngriechen Famagustas gewohnt, während die restliche Stadt vor allem von Inseltürken bewohnt wurde. Doch die Besatzer vertrieben die Griechen und machten Varosia zum Sperrgebiet. Riesige Maschendrahtzäune umgaben seither die Insel, und trotz mehrerer Vermittlungsversuche war Varosia bis heute ein verbotener Ort, eine Geisterstadt, die nur mit Ausnahmegenehmigung betreten werden konnte.

»Wusstest du, dass Varosia ein Ort ist, an dem sie untersuchen, was passiert, wenn der Mensch verschwindet?« Giorgios riss Sofia aus ihren Gedanken.

»Was passiert denn dann?«

»Alles erholt sich. Die Natur holt sich ihren Raum zurück. Es ist unglaublich, sagen die, die es gesehen haben. Da bohren sich ganze Bäume durch den Beton und stehen in den Eingangshallen der verlassenen Hotels. Es gibt Pflanzen, die gelten im Rest von Zypern als ausgestorben, manche auf der ganzen Welt. Aber in Varosia gibt es sie wieder. Und die Touristen, die die Meeresschildkröten nicht in Ruhe lassen können … Nun haben die Schildkröten in Varosia den bedeutendsten Nistplatz im ganzen Mittelmeer. Vielleicht ist es das Beste, wenn niemand diesen Ort jemals wieder betritt.«

»Aber wollen die Türken nicht alles wieder aufbauen, um ihr eigenes Tourismus-Imperium zu haben?« Sofia hatte davon gelesen, ein Artikel im *Guardian*, als sie noch in London gelebt und alles über die Heimat nur so verschlungen hatte.

»Ich hoffe, es sind nur Gerüchte. Obwohl all das Schlimme, was ich aus Ankara höre, sich am Ende nie als Gerücht herausstellt.«

Sofia räusperte sich.

»Was hat dort begonnen? Dort drüben in Varosia?«

Sie konnte es nicht beschwören, aber sie glaubte, dass sich Giorgios' Augen in diesem Moment mit Tränen füllten. Und als er wieder anfing zu sprechen, hörte sie, wie belegt seine Stimme war.

»Ich habe dort einen Gefährten gefunden. Weißt du, Sofia, ich war nie politisch, überhaupt nicht. Aber ich war immer für Gerechtigkeit. Das haben sie in unserer Familie immer hochgehalten. Solidarität, Gemeinsinn und Gerechtigkeit. Ich war mit meiner Verlobten in Varosia. Du hast sie leider nicht mehr kennengelernt. Sie ist schon über zwanzig Jahre nicht mehr hier. Es war ein Geschenk von Freunden. Zwei Nächte in einem der neuen Hotels. Wir haben die Männer dort kennengelernt. Anfangs fand meine Verlobte sie spannender als ich. Wir haben nächtelang diskutiert, über die Briten, über die Enosis, über EOKA. Und über Gerechtigkeit. Einer von den Männern war Vasilis. Vasilis Hadjiphilipou. Als wir uns nach dem Urlaub verabschiedet haben, war uns beiden klar, dass wir von nun an einen gemeinsamen Weg haben würden.«

Sofia sah ihn fragend an.

»Nein, ich bitte dich, es ist nicht das, was ihr in der modernen Welt darunter versteht, und wahrhaftig, ich habe dagegen gar nichts, ich kenne alle Dinge unter Gottes Himmel. Nein, Vasilis wurde mir zu einem Gefährten, weil ich durch ihn verstand, wofür es sich zu kämpfen lohnt. Er war ein klarer Verfechter der zypriotischen Unabhängigkeit von den Engländern – und er war ein klarer Verfechter des Anschlusses an Griechenland.«

Sofia fühlte sich in den Geschichtsunterricht an der Grundschule von Limassol zurückversetzt, letzte Bank, sie neben ihrer besten Freundin. Damals konnte sie all das nicht mehr hören. Der Anschluss an Griechenland, die Enosis, die von der Befreiungsfront, der EOKA, ausgekämpft werden sollte. Leider mit verheerenden Folgen. Sie hatten sich damals fürchterlich gelangweilt. Sofia wünschte, sie hätten einen Lehrer gehabt, der so gut erzählen konnte wie Giorgios Alexandrou.

»Ich habe all die Dinge nicht so schrecklich gefunden wie er. Ich mochte die Briten, ich war mit vielen befreundet, nicht zuletzt mit dem Mann von Lady Gladstone, ein wahnsinnig gerechter und freundlicher Mensch, mit Manieren, wie man sie hier nicht mal unter den Abgeordneten findet. Und ich wusste, dass ich mich nicht von Griechenland abhängig machen will. Aber ich war trotzdem dabei, wenn die Männer Graffiti gesprüht haben, in der Nacht und auch bei Demonstrationen. Doch ich wollte niemals dabei sein, wenn es einen Bombenanschlag gegen die Briten gab. Vasilis wusste das. Gewalt war nicht meine Sache.«

Die EOKA war berüchtigt für ihren gewalttätigen Kampf. Immer wieder waren bedeutende britische Kolonialherren bedroht, eingeschüchtert und auch angegriffen worden. Es gab Attentate wie jenes auf Sir Gladstone – die Befreiungsorganisation hatte die Lady früh zur Witwe gemacht.

»Aber als das Kind dann Ende 1973 in den Brunnen zu fallen drohte, habe ich die Dinge anders auf uns zukommen sehen als Vasilis. Ich habe mich oft mit ihm getroffen und gesagt: Wenn ihr das alles tut, dann haben wir bald keine Schutzmacht mehr. Dann kommen die Türken. Vasilis hat abgewunken. Quatsch, hat er gesagt, die Griechen sind doch unsere Schutzmacht. Aber ich hatte die Zustände in Athen vor Augen. Die waren so mit sich selbst beschäftigt, die wollten wie die Türken auch nur unsere Insel haben – das war doch Großmachtstreben und nicht ein Funken Sorge um unsere Leute. Als Vasilis merkte, dass ich recht hatte, war es schon fast zu spät. Er hat mich angefleht, mich an die Spitze seiner Truppe zu setzen, um die Türken aufzuhalten. Wie konnte ich es ihm abschlagen? Es war der Kampf unseres Lebens.«

»Sie haben gegen die Türken gekämpft?«

»Wir hatten keine Ahnung, was passieren würde. Wir wussten nicht, wann sie kommen. Und wie. Wir waren nur sicher, *dass* sie kommen.«

»Was haben Sie gemacht? Wo waren Sie denn, als die Türken kamen?«

»Ich habe eins und eins zusammengezählt. Ich wusste, dass sie ihren Einmarsch irgendwie legitimieren müssten, vor der UN und vor der Weltgemeinschaft, und vor der NATO sowieso. Also mussten sie etwas vorschieben, einen Grund. Ich verstand, dass sie ihre eigenen Bürger würden schützen wollen, deshalb kam nur der Norden infrage. Wir haben uns dort auf die Lauer gelegt, wochenlang, in Masari, einem Dorf etwa zehn Kilometer nördlich von Kato Koutrafas, das an einem herrlichen Fluss liegt.«

»Und was ist dann passiert?« Sofia konnte die Spannung nicht mehr aushalten, fühlte das Grauen dieser Tage geradezu körperlich nach. Giorgos' Blick lag unverwandt auf Varosia, ganz so als könne er dort die Antworten finden, die er schon so lange suchte.

»Am Abend hatte uns ein Bote die Nachricht gebracht, dass eine türkische Flotte auf dem Weg sei. In Athen glaubte man aber nur an eine Übung. Ich war anderer Meinung. Die Männer waren müde, aber ich wollte weiter, noch weiter in den Norden.«

»Wieso?«

»Na ja, ich bin davon ausgegangen, dass sie schon nicht im Niemandsland würden ankommen wollen. Mir war klar, dass sie Tatsachen schaffen wollten – und das geht nur mit Symbolen. Die Türken lieben Symbole. Also wies ich alle an, die Nacht durchzulaufen. Ich wollte nach Bellapais.«

»Zum Kloster?«

»Es gibt für unser Selbstverständnis als historisch-christliche und aufgeklärte Republik keinen symbolischeren Ort als das Kloster von Bellapais. Wir sind die ganze Nacht gelaufen und doch nicht ganz bis Bellapais gekommen. Wir haben aber die Abtei schon aus der Ferne gesehen, als der Morgen graute und wir noch mal Rast machten. Die Männer haben sich hingelegt, auf den blanken Boden. Wir waren viel zu erschöpft, um noch die Zelte aufzubauen. Ich aber bin wach geblieben, und dann habe ich sie gesehen. Ich habe gesehen, wie die ersten Männer landeten, mit riesigen Fallschirmen. Tja, ich hatte mich im Ort verschätzt. Den Türken ging es nämlich nicht um unsere Religion, damit fangen sie jetzt erst an mit ihrer entsetzlichen Politik. Nein, den Türken ging es um unseren Wohlstand, um unsere Städte.«

»Sie haben gesehen, wie sie in Girne gelandet sind?«

Giorgios nickte.

»Ich werde die Stadt im Leben nicht bei ihrem heutigen Namen nennen. Ja, ich habe gesehen, wie die Türken über Kyrenia absprangen, und es wurden immer mehr. Ich habe meine Männer geweckt, und wir haben uns auf den Weg gemacht. Wir waren zwanzig Mann. Aber ich hatte allein mehrere Dutzend Fallschirmspringer gesehen und ahnte, dass sie schwer bewaffnet waren. Ich wusste natürlich nicht, dass längst auch Panzer und Tausende Soldaten an den Stränden gelandet waren. Das Ausmaß ihres Invasionswillens wurde mir erst klar, als die Luftangriffe begannen und die Bomber über unsere Köpfe hinwegfegten.«

»Oh Gott«, sagte Sofia und hielt ihre Hände fest aneinandergedrückt. Sie hatte all das Hunderte Male gehört, theoretisch, kühl und analytisch erzählt. Aber noch nie hatte sie diese Gänsehaut gespürt, die es verursachte, wenn ein so unmittelbar Beteiligter sich erinnerte.

»Ich sehe es vor mir, wie wir losgerannt sind, der Tau lag noch auf dem Gras, es war ein kühler Morgen. Wir wollten Richtung Kyrenia, aber die Türken waren schneller. Sie wollten nach Nikosia, sie wollten die Hauptstadt. Aber wir und andere Freischärler standen ihnen im Weg. Ich war überrascht, wie viele sie waren – und wie schlecht organisiert sie dennoch wirkten. Wir standen einer Übermacht gegenüber, sie waren sicher fünfmal so viele Männer, dafür kamen wir von allen Seiten. Wir hatten sehr viele Waffen und sehr viel Munition. Einen halben Tag lang konnten wir sie aufhalten. Vasilis hat in den Feuerpausen immer gebetet, dass die Griechen uns endlich zu Hilfe kämen – als er verstand, dass sie nicht kommen würden, war es zu spät.«

»Zu spät? Wofür zu spät?«

»Als der Abend kam, habe ich den Rückzug befohlen. Die Nacht hätten wir nicht überstanden. Meine Männer waren mit den Nerven am Ende. Wir zogen uns zu unserem Stützpunkt vor Bellapais zurück und kamen dabei durch ein kleines Dorf. Wir waren jetzt fünfzig Leute – oder noch mehr. Es war meine Schuld, ich wusste nicht, dass uns einige Soldaten umrundet hatten und nur darauf lauerten, uns in einen Hinterhalt zu locken. In dem Dorf jedenfalls hatten sich die Türken schon verschanzt. Sie haben uns beschossen, aus allen Rohren. Wir waren umzingelt.«

Seine Stimme brach. »Verzeih«, sagte er mit erstickter Stimme, und Sofia, die sich nicht traute, ihn zu berühren, konnte nur den Kopf schütteln und leise sagen: »Nein, nein …«

»Mitten in der Nacht haben wir uns ergeben. Nicht alle von uns. Einige haben es durch eine enge Gasse auf freies Feld geschafft. Die Türken haben nur darauf gewartet und sie sofort erschossen. Alle, so dachte ich zumindest. Ich habe mich mit meinen Männern ergeben. Sie haben uns gefangen genommen. Als sie uns mit viel zu wenig Männern aus der Stadt geführt haben, um uns nach Bellapais zu bringen, wo ihre Transporter warteten, haben mich zwei Soldaten meiner Einheit, die sie nicht gekriegt hatten, befreit. Es ging alles so schnell, ein Schusswechsel, ich sehe noch die Mündungsfeuer, der Türke neben mir ging zu Boden, und ich bin gerannt, als wäre der Teufel hinter mir her. Ich habe meine Männer gefunden, sie hatten sich in einem Graben versteckt. Dort harrten wir aus, bis der Morgen kam. Aber Vasilis ...«

Er schluchzte wieder, und diesmal rutschte Sofia näher an ihn heran und legte den Arm um seine schmalen Schultern. Er ließ es geschehen.

»Ich habe ihn nie wiedergesehen. Sie haben ihn verschleppt, und er ist nie wieder aufgetaucht. Wie so viele von uns. Es sind über tausend Männer, die verschwunden blieben. So wie Vasilis, mein engster Gefährte. Ich habe ihn nicht schützen können.«

»Aber das ist nicht Ihre Schuld.«

»Doch. Ich hätte darauf bestehen müssen, dass wir jede Gewalt ablehnen. Dann wäre es nie so weit gekommen.«

»Dann wären die Türken nicht einmarschiert? Wegen Ihrer Entscheidung?«

»Das nicht. Aber dann würde Vasilis vielleicht noch leben.«

»Sie wissen, dass das nicht stimmt. Dass Sie sich die Schuld geben, ist vielleicht Ihre Form der Buße.«

»Ja, vielleicht ist das so.«

Einen Moment saßen sie, jeder in seine Gedanken versunken, einfach da und überließen das Wort dem rauschenden Meer.

Schließlich gab sich Sofia einen Ruck.

»Warum sind Sie so plötzlich hergefahren? Unser Fall und Ihre Geschichte – wo berühren sie sich?« »Ich habe das Tattoo sofort erkannt. Und ich glaube zu wissen, was er hier wollte.«

»Was?«

»Weißt du, Sofia, es ist alles so lange her. Und nun ist der Junge tot. Wir haben Zeit, wirklich viel Zeit.«

Sie nickte und ließ Giorgios wieder los, setzte sich bequemer hin und wartete, bis er bereit war. Sie fragte sich, was

Christos wohl tat in all der Zeit? Saß er wirklich hinter dem Strand auf der Düne? Wusste er, was sein Großvater alles erlebt hatte?

»Ich wollte Vasilis wiederfinden, das war mein einziges Ziel. Ich war mir sicher, dass es klappen würde. Aber wir hatten nur noch zwei Waffen und kaum noch Munition. Ich habe die Männer Richtung Bellapais gelotst. Am Vormittag sind wir dort angekommen. Ich konnte ja nicht ahnen, dass es schon am nächsten Tag eine Waffenruhe geben würde, auch wenn die Türken die nie richtig einhielten. Aber wenn ich es gewusst hätte, wäre ich sicher nicht Zeuge von alldem geworden. Kennst du den Ort, mein Kind? Bellapais?«

»Ich war da, mit meinem Vater. Vor ein paar Jahren. Ein irgendwie magischer, phantastischer Ort.«

»Ich war nicht mehr da seit jenem Tag, ich kann es nicht. Zu viel ist zerstört, und es würde mich zu sehr schmerzen, zu wissen, dass wir ihn wohl nicht mehr zurückbekommen.«

»Haben Sie Durrell gelesen?«, fragte Sofia. Der britische Autor hatte in der schwärzesten Zeit Zyperns nahe dem Kloster gewohnt und ein Buch geschrieben, das der Insel für alle Zeiten zum Denkmal geworden ist.

»Zu schmerzhaft«, sagte er wieder. »Ich konnte es nie lesen.«

Sofia sah ihm die Schmerzen tatsächlich an, ganz so als hätten die Erlebnisse nicht nur in der Seele ihre Wunden hinterlassen.

»Was ist passiert?«

»Die Abtei war schon lange nur noch eine Ruine, seit dem 16. Jahrhundert. Aber die Kirche war intakt, und es gab viele Schätze dort. Die Bedeutung war immer noch riesig, und vielleicht haben sie deshalb dort wilder gewütet als in anderen Kirchen im Norden. Obwohl ja nirgendwo ein Stein auf dem anderen geblieben ist.«

»Sie haben die Kirche verwüstet?«

»Sie haben die Kirche geplündert und jede Menge Zerstörung angerichtet. Und sie haben ihrer Habgier freien Lauf gelassen. Wie in den meisten Kirchen im Norden haben sie die Altäre, die Bilder und die Ikonen genommen und in Säcke gepackt, um sie für alle Zeiten verschwinden zu lassen. So wollten sie es uns zumindest glauben lassen. Sie wollten uns brechen, indem sie uns unsere Schätze und damit unsere Geschichte stehlen.«

»Und Sie konnten nichts weiter tun, als zuzusehen?«

Giorgios nickte bitter.

»Ich hab im Schatten einer Säule des Klosters gestanden und zugesehen, wie sie alles in Säcke gepackt haben, wie sie auf unserer Geschichte sprichwörtlich herumgetreten sind. Und dann haben sie die kleine Kirche zerstört. Herrgott, Sofia, sie haben alles mitgenommen. All die silbernen Ikonen – unwiederbringlich verschwunden. Das dachte ich zumindest damals. Ich dachte, die schicken die Sachen in die Türkei und schmelzen sie dann ein.«

»Aber so war es nicht?«

Er schüttelte den Kopf und lächelte bitter.

»Tja, dann kam die Waffenruhe, und die Augen der Welt richteten sich endlich auf unsere Insel. Und schon wurde es ungleich schwerer, diese Schweinerei durchzuziehen.«

In Sofias Kopf begann es sich zu drehen. Leuchtete da ein kleines Licht am Ende des Tunnels auf?

»Das heißt, die Ikonen und all die anderen Schätze sind heute noch auf Zypern?«

Giorgios nickte. »Ich vermute es zumindest. Und ich denke, euer Toter hat danach gesucht. Weil er von alldem wusste.«

»Aber war er dafür nicht zu jung?«

»Wenn er der ist, für den ich ihn halte, dann hatte er einen mehr als guten Informanten.«

Giorgios schwieg für einen Moment, und für Sofia wurde die Spannung unerträglich.

»Du hast von diesem Tattoo erzählt. Ich habe das gleiche Tattoo schon einmal gesehen. An diesem Morgen im Jahre 1974. In der Klosterabtei von Bellapais. Er war der Anführer derer, die alles in Säcke gepackt haben. Er war auch derjenige, der uns in der Nacht zuvor gefangen nahm. Kurz gesagt: Er war einer der Anführer der Soldaten, der damals berühmteste Fallschirmspringer der Türkei.«

»Und der hat genau das gleiche Tattoo getragen wie unser Toter?«

»Die Sichel und den Adler. Haargenau das gleiche.«

»Wie heißt dieser Mann?«

»Er hieß Abdullah Gül.«

Sofia stockte der Atem.

»Und Sie glauben …«

»… dass der Junge sein Enkelsohn war. Ganz genau. Als ich dieses Bild im Fernsehen sah, hab ich nicht schlecht gestaunt. Ich hab gedacht, es sei unmöglich. Diese Ähnlichkeit … wie Gül damals. Aber als du dann diese Tätowierung beschrieben hast, da gab es keine Chance mehr auf einen Zufall.«

»Was haben Sie dann gemacht, in jener Nacht?«

»Wir haben uns zurückgezogen. Wie Feiglinge. Wir waren zu dritt, meine Einheit war gefangen genommen worden, Vasilis vielleicht auch – oder er war tot, unmöglich, das zu wissen. Wir hatten keine Chance gegen die Übermacht. Wir haben uns zuerst nach Nikosia durchgeschlagen, aber da tobte schon der Straßenkampf. Also sind wir zurück nach Kato Koutrafas und haben gewartet, bis der Sturm abgezogen war. Einen Monat später wachten wir in einem geteilten Land auf.«

»Wissen Sie, was aus Abdullah Gül geworden ist?«

»Ich habe Fotos von ihm gesehen, im Fernsehen. Sie haben

ihn zurückgeholt, aufs Festland, dorthin, wo er herkam. Er war fortan ein Volksheld, drüben in der Türkei. Sie schenkten ihm aber ein Haus, im Norden. Es war der größte Hohn: Es lag in Bellapais. Ich hätte fast einen Infarkt bekommen, als ich das hörte. Allerdings war er zehn Jahre älter als ich, deshalb gehe ich davon aus, dass er tot ist. Obwohl: Bei diesem Kerl ist alles möglich.«

»Ein Haus in Bellapais – hm. Wir werden unseren Kontaktbeamten drüben fragen, ob er etwas rausbekommt.«

»Ich denke, das ist die richtige Spur.«

»Vielen Dank, Herr Alexandrou«, sagte Sofia und spürte, wie schnell ihr Herz immer noch schlug. »Das wäre doch unglaublich ... Ein junger Türke, der auf der Suche ist nach den Schätzen, die sein Großvater unserem Volk geraubt hat.«

Giorgios sah in die Ferne und sagte mit dunklem Timbre in der Stimme:

»Der Krieg ist leider noch nicht vorbei. Ganz egal, was uns die Regierung sagt. Unsere Insel liegt einfach zu gut – und die Mächte ziehen an ihr, bis es sie zerreißt. Es bricht mir das Herz.«

Bei der Prophezeiung spürte Sofia, wie ihr ein Schauer über den Rücken lief. Vielleicht war ihr auch einfach nur viel zu kalt.

»Kommen Sie zurück mit uns ins Dorf?«

»Nein«, sagte der Alte kopfschüttelnd, »ich will die Sonne über Varosha aufgehen sehen. Grüß meinen Enkel, er soll sich keine Sorgen machen.«

»Passen Sie auf sich auf«, entgegnete Sofia, stand auf und ging langsam zurück zu der niedrigen Düne.

Dekaéxi – 16

Er hatte sich neben seine Maschine auf den Boden gesetzt und las im Schein des Abblendlichts in einem Buch. Dabei sah er so entspannt und bei sich aus, dass Sofia ganz flau wurde. Als er sie kommen sah, stand er auf und lächelte sie an. Sie spürte, wie ihr Giorgios' Geschichte zusetzte, seine Trauer, seine Wut, und als sie seine Worte im Kopf noch mal durchging, kamen ihr endlich die Tränen, gerade als sie bei Christos ankam.

»Nicht schon wieder, du denkst noch, ich bin eine Heulsuse«, sagte sie unter Schluchzen. »Es war sehr schlimm«, und dann ließ sie sich von ihm anstandslos in den Arm nehmen. Er hielt sie ganz fest und sagte nichts, stattdessen streichelte er ihr sanft über das Haar.

»Komm«, sagte er, als sie sich nach Minuten voneinander lösten. »Es dauert nicht mehr lange, bis die Sonne aufgeht.« Er nahm sie bei der Hand, und sie ließ es geschehen. Zusammen gingen sie wieder an den Strand, ein gutes Stück weiter südlich, als sie vorhin gewesen war. Christos wählte einen Platz im weißen, weichen Sand aus, breitete seine Jacke aus, und sie ließ sich darauf fallen. Er setzte sich mit ein wenig Abstand neben sie und zeigte auf den Horizont. »Dort kommt gleich das Licht«, sagte er. Sie konnte es sich noch nicht vorstellen, die Nacht hielt den Strand noch in ihrem Besitz, und für einen kleinen dummen Moment fürchtete Sofia, es würde nie wieder hell werden. Aber dann besann sie sich auf die Gesellschaft an ihrer Seite und fühlte sich sofort sicher.

»Hat er dir helfen können?«, fragte Christos nach einer Weile des stillen Nebeneinandersitzens.

»Wenn seine Vermutung stimmt, dann wird es mir sehr helfen, ja. Wusstest du von seinen Erlebnissen im Krieg?«

»Ich habe ihn vor Jahren mal gebeten, mit mir hinüberzufahren, nach drüben, um mir vor Ort zu zeigen, was er erlebt hat. Ich wollte mehr begreifen von dem, was meine Eltern und Großeltern erlebt haben. Davon, was bis heute diesen Schmerz und diese große Wut verursacht. Er konnte es nicht, obwohl er es wirklich versucht hat. Ich erinnere mich noch an den Moment, als wir auf die Grenze zugefahren sind. Hundert Meter vorher hat er das Lenkrad herumgerissen und ist davongerast. Die Grenzer müssen uns für Irre gehalten haben. Danach haben wir uns lange unterhalten, und er hat mir alles erzählt.«

»Ich dachte, er redet gar nicht darüber. Adonis …«

Christos nickte. »Ich weiß nicht, warum wir diese besondere Beziehung zueinander haben. Er erzählt mir mehr als anderen Menschen. Weil er denkt, dass ich nur darüber nachdenke und nicht darüber rede.«

»Warum hast du es dann mir erzählt?«

»Es geht um etwas wirklich Schwerwiegendes. Um einen Mord wahrscheinlich. Und …«

»Und was?«

»Und ich weiß, dass du ihm nicht schaden wirst. Weil du … ein guter Mensch bist. Und weil ich dir vertraue.«

Sie wendete ihm den Kopf zu und sah, dass er sie betrachtete, ganz sanft. Sie lächelte.

»Danke …«

»So ist es nun mal, Sofia Perikles.«

Dekaeptá – 17

Sie waren tatsächlich im Sitzen eingeschlafen, sodass sich Sofia erst orientieren musste, als sie wieder erwachte. Die Sonne stand längst am Himmel, es war sicher schon neun Uhr.

»Verdammt, los, Christos, wir müssen los.« Im Nu saßen sie auf dem Motorrad – Giorgios' Mercedes stand nicht mehr auf dem Parkplatz – und rasten der Ostküste entgegen, was, anders als in der Nacht, Christos' Fahrkünste komplett forderte, sodass Sofia sich fühlte wie bei einem Motorradrennen. Er umkurvte die Pendler auf der Autobahn, umfuhr den Stau im Berufsverkehr vor Nikosia und schlug sich dann um Traktoren und Lkws herum auf der Landstraße in Richtung Kato Koutrafas. Sofia spürte eine innere Hektik, die Nacht hatte große Erkenntnisse gebracht – und der Morgen ein schlechtes Gewissen. Dabei war doch gar nichts passiert.

Die holprige Landstraße, das durchlöcherte Ortsschild, dann bremste Christos genau vor dem Kafenion. Das Heck des alten Mercedes von Großvater Giorgios ragte hinter dem Haus hervor, ein Glück. »Danke«, sagte sie, als sie beide die Helme abgenommen hatten. »Du hast mir sehr geholfen.«

»Ich danke *dir*«, sagte er. Unschlüssig standen sie beide voreinander.

»Nun leg nicht schon wieder den Kopf so schief«, sagte sie. »So machst du es mir noch schwerer.«

Er lächelte, sie lächelte zurück. »Komm her«, sagte sie und zog ihn heran, gab ihm einen Kuss auf die Wange, dann löste sie sich rasch und ging auf den Polizeicontainer zu. Als sie sich noch einmal umdrehte, stand er immer noch da und sah ihr nach. Sie grinste und machte eine wegwerfende Geste, sah ihn lachen, dann wandte er sich ab und ging ins Kafenion. Sofia riss die Tür zum Container auf, und da sah sie Kostas, der drinnen auf und ab tigerte und sich fast auf sie stürzte, als er sie erblickte.

»Na endlich, da bist du ja, ich hab schon ewig gewartet.«

»Sorry, ich hatte eine Vernehmung.«

»Morgens um sieben? Mit wem denn? Ich hab schon eine Ahnung, das Motorrad habe ich jedenfalls zweifelsfrei erkannt. Ich hoffe, es war eine schöne Vernehmung. Waren Handschellen im Spiel? Hat er gestanden?«

»Lass den Quatsch, Kostas. Ich hab die ganze Nacht gearbeitet. Wir waren bei Varosha.«

»Wo wart ihr? Wieso denn Varosha? In der Nacht?«

»Ich habe ein Gespräch mit Giorgios geführt, Christos' Großvater.«

»Du redest in Rätseln, Tausendschön.«

»Wenn du aufhören würdest, dich über mich lustig zu machen, würde ich auch die ganze Geschichte erzählen. Aber sag erst mal, warum du hier rumläufst wie ein Tiger im Käfig …«

»Na, weil wir eben beide nachtaktiv waren«, sagte Kostas.

»Wieso? Bist du doch nicht nach Hause gegangen?«

»Doch. Aber nur, um etwas zu essen und meine wärmste Jacke einzupacken. Dann bin ich wieder los. Ich wollte sichergehen, dass sie es wirklich verschoben haben.«

Sofia war wie vom Donner gerührt.

»Und du hast mir nichts gesagt?«

Kostas ließ den Kopf hängen und antwortete ganz leise.

»Ich wollte dich mitnehmen. Aber ich stand im Schatten

der Dorfstraße und habe euch da sitzen sehen, und ihr saht so glücklich aus und in euer Gespräch vertieft – ich wollte dich nicht stören.«

Er machte eine Pause und sah sie vielsagend an.

»Du bist hier wie lange? Drei Monate? Und schon empfangen sie dich wie eine alte Freundin. Ich wohne hier schon mein halbes Leben …«

»Ich habe dich eingeladen«, sagte Sofia entgeistert. »Du hättest doch einfach mitkommen können.«

»Damit alle da sitzen, mich anschielen und niemand mehr offen redet, weil der alte Griesgram mit am Tisch hockt?«

»Das bildest du dir ein, Kostas, das ist nur in deinem Kopf.«

»Ach, hör auf, du bist doch genau wie sie, das zeigt schon …« Abrupt wendete er sich ab, setzte sich an seinen Schreibtisch und drückte irgendwelche Knöpfe auf seiner Tastatur.

»Kannst du mir wenigstens sagen, was in der Mine passiert ist gestern Nacht? Anstatt jetzt rumzuschmollen?«

Er sah nicht wieder auf, aber sie hörte seiner Stimme an, dass ihm die Observation durchaus gefallen hatte: »Ich habe mich in die Einfahrt gestellt, so versteckt, dass sie mich sehen mussten. Sie sind nacheinander vom Hof gefahren, der Direktor, später auch der Sicherheitschef. So, als würden sie einen ganz normalen Feierabend machen. Der Sicherheitschef ist mit offenem Fenster an mir vorbeigefahren und hat gepfiffen, als sei er sich seiner Sache total sicher. Sie wollen uns verarschen, und sie denken, es hat geklappt. Ich habe nämlich nachgeholfen. Mein Ruf über Funk war sehr eindeutig.«

»Was hast du gemeldet?«

»Ich habe an die Zentrale in Nikosia gefunkt, dass wir hier abbrechen würden und sie alle Kräfte wieder abziehen könnten. Die Mine sei sauber, es sei nichts daran ungewöhnlich.

Daraufhin kam aus der Hauptstadt ein sehr schöner Funkspruch zurück.«

Sie sah ihn an, wie er grinste. »Nun erzähl schon, spann mich nicht auf die Folter.«

Kostas hob sein Telefon in die Luft und drückte *Play.* Er hatte den Funkspruch aufgenommen. Sie hörte das Rauschen in der Leitung und dann eine wütende männliche Stimme:

»Kato Koutrafas für Nikosia. Und dafür haben wir nun zwanzig Mann in Bereitschaft gehalten? Na, Sie brauchen sich erst mal nicht mehr zu melden. So ein Unsinn, dafür haben wir keine Zeit. Gute Nacht. Over and out.«

»Wow, warum sind die denn so sauer?«

»Sind sie nicht«, sagte Kostas trocken. »Nur ein alter Freund von mir, der mir noch einen Gefallen schuldig war. Aber nun haben wir das Ding. Die wiegen sich in Sicherheit und werden ihre Schweinerei durchziehen.«

»Und du glaubst, dass Stakis den Polizeifunk abhört?«

»Ich glaube das nicht nur, ich bin mir absolut sicher.«

»Genial. Du bist genial. Dann machen wir heute Abend die große Aktion?«

»So ist es. Ich lasse auch die Telefondaten des Minendirektors und seines Gorillas auswerten. Aber du ahnst es: Das kann dauern.«

»Gibt es denn schon eine Nachricht von den Grenzern aus Nikosia?«

»Rate mal«, sagte er und wies hinüber zum leeren Faxgerät.

»Nichts.«

»Richtig geraten.«

»Verdammt. Warum reißen wir uns den Arsch auf, und die feinen Herren in der Hauptstadt lassen uns zappeln?«

»Weil wir die Deppen vom Dorf sind. Nun erzähl schon: Was hat Großvater Giorgios gesagt, das uns hilft?«

»Das sage ich dir auf dem Weg.«

»Auf welchem Weg?«

»Wenn unsere Beamten uns nicht helfen, dann müssen wir eben wieder in die Höhle des Löwen.«

Kostas schlug sich die Hände vors Gesicht.

»Ich hasse diesen Fall.«

Dekaoktó – 18

»*O toso skata*«, sagte Sofia leise, »so ein Mist.«

Wäre sie doch nur ihrem inneren Impuls gefolgt und hätte vorher in der Polizeiwache bei Ali Kusumbali angerufen. Doch sie wollte lieber schnell sein als genau – und deshalb waren sie einfach beide ins Auto gestiegen, hatten die Grenze ein zweites Mal überquert und waren auf direktem Wege nach Taşpınar gefahren.

Unterwegs hatte Sofia ihrem Kollegen die ganze Geschichte erzählt.

Der staunte: »Danach hat er also gesucht – ausgerechnet in dieser Mine.«

Als sie im Dorf eintrafen, sahen sie vor dem modernen Gebäude wieder den schwarzen Jeep des Polizisten, daneben stand ein Kleinwagen, ein weißer Honda Civic. Und dann geschah es: Just in dem Moment, als sie ausstiegen, öffnete sich die Tür zur Wache, und ein Paar kam heraus. Ali und, vermutlich, seine Frau, die sich an den Händen hielten.

Sofia hörte Kostas schnaufen, und sofort war ihr, als müsse sie das Schlimmste verhindern, sie rannte um den Wagen herum und meinte, sie müsse ihn halten, damit er nicht fiele. Er stand da, die linke Hand aufs Dach gelegt, sein Blick war auf die beiden gerichtet, doch es war keine Wut in seinem Körper, nicht der alte Wille zum Sprung, der ihn früher, als wäre es ein Naturgesetz, immer auf Ali Kusumbali hatte losgehen lassen. Es war, als sei alle Kraft aus Kostas verschwunden. Nur sein Blick, mit all dem Schmerz, der aber nicht nach außen drang, sondern ihn von innen zu verbrennen schien.

Ali und seine Frau hatten gar nicht auf die Umgebung geachtet. Erst als sie schon fast an dem Kleinwagen standen, blickte er sich um und erstarrte. Er musste fester zugedrückt haben, denn die Frau sagte »Au« und löste sich aus der Umklammerung. Dann sah auch sie zu dem Corsa, zu Sofia und Kostas, der sie unverwandt anstarrte. Ihr blieb der Mund offen stehen. Wahrscheinlich dachten in dem Moment alle dasselbe: *»O toso skata.«*

Die Frau war die Erste, die es schaffte, aus der Paralyse auszubrechen: »Kostas«, sagte sie leise, und es klang, als käme dieses Wort aus einer anderen Zeit zu ihr.

Sofia schaffte es, nicht vor Scham die Augen zu schließen, so konnte sie die Frau betrachten, von der sie nur wusste, dass sie Stefania hieß. *Stefania.* Sie war hübsch, sehr hübsch sogar, nein, Sofia korrigierte sich, nicht hübsch im klassischen Sinne, sondern besonders, erinnerungswürdig, wild, so, dass man sie nicht vergessen würde, wenn man sie einmal gesehen hatte. Sie hatte flammendes rotes Haar und sehr helle Haut, sie trug ein langes Kleid, das in einem hellen Grün gehalten war, was die außergewöhnliche Farbe ihrer Haare noch mehr betonte. Und ihr Blick: Sofia hatte sich nicht davon lösen können, wie sie Ali auf dem Weg zum Auto angesehen hatte, mit welchem Feuer und welcher Vertrautheit – und nun sah sie Kostas so an, als habe auch sie einen Schmerz, der noch lange nicht geheilt war.

»Kostas«, sagte Stefania noch einmal, als sich auf diesem Dorfplatz noch immer nichts rührte, es fühlte sich ewig an, wie der Showdown in einem Western.

Endlich kam Bewegung in ihren Kollegen, merkte Sofia,

widerwillig wandte er den Blick von Stefania ab und sagte kalt: »Ali, wir müssen reden. Es ist dringend.«

Doch Stefania machte einen Schritt auf ihn zu.

»Kostas, ich …« Ihr Blick war beinahe flehend.

»Ali …«, sagte der Chief Inspector erneut, und sie sah, wie seine Hände zitterten und seine Brust sich stoßartig hob und senkte.

»Kostas«, sagte der türkische Polizist, »es ist wirklich schlimm, dass wir jetzt hier …«

Nun war es an Sofia, etwas zu sagen, die nicht mit ansehen konnte, was hier gerade geschah. »Okay, ich bitte Sie alle, können wir dieses unglückliche Aufeinandertreffen jetzt einfach hinter uns lassen und einen Mordfall lösen? Vielleicht steigen Sie, Stefania, dazu einfach in Ihr Auto und fahren davon. Und wir melden uns in einem geeigneteren Moment.«

Es war, als würde ein Ruck durch die ganze Versammlung gehen. Stefania und Ali sahen sich an, er nickte ihr zu, dann stieg sie ins Auto, ließ den Motor an und fuhr davon. Währenddessen war Kostas schon losgestapft, die Schiebetür glitt auf, und er ging nach drinnen, gefolgt von Sofia, der Hausherr kam zuletzt. Als sie in sein Büro traten, strich er sich mehrfach über seine Hosenbeine, bevor er Platz nahm.

»Kostas, tut mir …«

»Halt die Fresse, Ali. Sonst vergess ich mich doch noch. Lass es uns hinter uns bringen, okay?«

»Die Papiere sind heute Morgen gekommen«, sagte der Polizist und klang erleichtert, dass er sich endlich auf die Arbeit konzentrieren konnte. »Die Zollstation in Nikosia hat alles geschickt. Es gibt allerdings viele Treffer. Zahlreiche Pendler, die jeden Tag rüberfahren. Hier …« Er nahm ein Fax von seinem Schreibtisch und reichte es ihnen.

Sollten sie hier wirklich fündig werden? Schwarz auf thermopapierweiß? Sofia zweifelte daran. Aber sie gingen Zeile für Zeile durch. Murphys Gesetz. Was man sucht, steht immer am Ende. Sie ließ das Blatt sinken, zeigte auf die Zeile.

»Er hat tatsächlich keinen falschen Pass benutzt«, sagte Kostas.

»Ja, da steht er: Hakan Gül.«

»Gül?«, fragte Ali Kusumbali, und seine Stimme klang blechern, als sie durch den Raum schallte. »Das ist jetzt nicht euer Ernst.«

»Doch«, sagte Sofia und sah wütend auf, »genau: Gül. Und nicht zufällig irgendein Gül. Sondern der Enkel von …«

»Von Abdullah Gül«, ergänzte Kostas, der diesen Kinnhaken natürlich selbst setzen wolle.

»Kafami yicem«, stöhnte Ali, und als seine zypriotischen Kollegen ihn erstaunt ansahen, sagte er: »Das heißt wörtlich: ›Ich esse meinen Kopf‹, und wir sagen das, wenn wir glauben durchzudrehen. Im Ernst: Ich werde die Grenze für euch schließen. Immer wenn ihr rüberkommt, gibt es nicht nur Ärger, sondern gleich so großen Ärger, dass ich bald meinen Job an den Nagel hängen kann.«

»Du kanntest Abdullah Gül?«

»Nicht persönlich natürlich, dafür bin selbst ich zu jung. Aber er ist ein verdammter Nationalheld gewesen – und wenn ich nach Nikosia melde, dass sein Enkel ums Leben gekommen ist – bei euch drüben auf Feindesland –, dann wimmelt es hier gleich vor Polizisten aus Ankara. Verdammt.«

»Dann melde es nicht.«

»Wie bitte?«

»Wir brauchen Zeit«, sagte Sofia fest. »Wenigstens ein paar Stunden. Wir müssen rauskriegen, was er gesucht hat. Und dafür müssen wir rauskriegen, wo er gewohnt hat. Es heißt, Abdullah Gül habe ein Haus in Bellapais gehabt?«

»Das stimmt. Die Regierung hat ihm eines der schönsten

Häuser dort vermacht, aber nach seinem Tod wird es zurück in Staatsbesitz gegangen sein. So ist es meistens. Wartet, ich kann mal nachsehen.«

Er tippte hektisch auf seiner Tastatur herum. Sofia sah die Schweißtropfen auf seiner Stirn. Sie hätte nicht tauschen wollen – der politische Druck auf die Beamten auf dieser Seite der Grenze war viel größer als auf die im Süden. So viele Fettnäpfchen, in die man treten konnte und die einen locker ins Gefängnis oder an noch weitaus düsterere Orte befördern konnten.

»Nein, ich finde hier nichts in der Meldedatei. Gar nichts. Aber ihr könnt euch vorstellen, wie gut die Kollegen die Daten pflegen – oder wie unterirdisch.« Er beugte sich über die Tischplatte und stützte die Hände auf seine Schreibunterlage. »Passt auf. Ich kann mich da nicht sehen lassen. Wenn ich mit euch da auftauche, und hinterher kommt raus, dass Hakan Gül tot ist, und ich habe das nicht gemeldet, dann bin ich ganz schnell einen Kopf kürzer. Ihr habt vier Stunden. Dann ruf ich im Innenministerium an. Bis dahin habt ihr freie Fahrt und freie Hand. Und dann solltet ihr möglichst aus dem Norden verschwinden. Vier Stunden. Keine Minute länger.«

»Gut«, sagte Kostas trocken. »Hast du eine Idee, wie wir vor Ort weiterkommen?«

Ali nickte. »Der Wirt von der Taverne an der Abtei ist ein Bekannter von mir. Cem weiß alles, was dort vor sich geht. Aber sagt ihm nicht, dass ich euch schicke. Wenn es hart auf hart kommt, ist sich jeder selbst der Nächste.«

Sofia nickte und stand auf. »Wir werden ihn finden.«

Kostas wollte ihr folgen, doch dann drehte er sich noch einmal um und trat von der anderen Seite an den Schreibtisch heran. Sein Kopf berührte fast den von Ali Kusumbali.

»Sag Stefania, ich werde mich melden. Ich bin bereit. Ich

will wissen, warum das alles passiert ist. Aber du wirst nicht dabei sein.«

Ali trat einen Schritt zurück. »Viel Glück euch beiden«, sagte er und wandte sich ab.

Kostas folgte Sofia, die auf dem Flur erst mal tief durchatmete. »Danke, dass ihr euch nicht geprügelt habt«, sagte sie. »Das ist echt immer zu peinlich.«

»Los geht's. Suchen wir dieses Haus.«

Dekaenéa – 19

Je näher sie Bellapais kamen, desto eindrücklicher war die Veränderung der Landschaft: Der Westen der besetzten Seite war karg und sah so mitgenommen aus, wie es die Grenzregion nördlich der Pufferzone wohl auch wirtschaftlich war. Doch je weiter sie gen Westen fuhren, desto üppiger wurde die Vegetation, desto bunter wurden die Sträucher und Blumen am Straßenrand, desto satter die grünen Hügel. Es war die Region der Fünf-Finger-Berge, einer Bergkette, die unterhalb von Kyrenia lag. Die dichten Wälder lichteten sich in einem Tal, vor zwei Dutzend Jahren hatte hier ein Waldbrand gewütet. Auf der nächsten Anhöhe rief Sofia staunend:

»Bellapais. Dort vorne ist es.«

In etwa zwei Kilometer Entfernung kamen die Ruinen in den Blick, die alten steinernen Überreste der Abtei.

»Wunderschön«, murmelte Sofia.

»Und wir haben endlich den Namen, nach dem wir so lange gesucht haben.«

»Hast du noch dieses Gefühl?«, fragte Sofia und sah ihren Kollegen am Steuer fragend an.

»Welches denn?«

»Na, dieses Kribbeln. Bist du noch aufgeregt? Also, so wie sonst, wenn du dabei bist, einen Fall zu lösen, meine ich?«

»Wenn das weggeht«, sagte Kostas und lächelte sie auf einmal an, wie er es noch nie zuvor getan hatte, »dann hänge ich meinen Job an den Nagel und betrinke mich wieder täglich.«

»Na, mit mir als Partnerin geht das nicht mehr weg«, sagte Sofia und spürte, wie die Energie sie durchflutete. Obwohl sie so früh aufgestanden waren, war da ein Fieber, jenes Fieber, das sie in ihrem Leben bisher nur bei der Polizeiarbeit gefühlt hatte. »Schließlich sagst du ja, dass immer da, wo ich bin, auch ein neues Verbrechen lauert.«

»Na, so lange werde ich dich ja wohl nicht mehr an meiner Seite haben«, antwortete Kostas, und sein Ton war schon wieder mürrischer. Sofia sah ihn erstaunt an.

»Was meinst du damit?«

»Na, wenn du verheiratet bist, dann schleppt der dich doch sowieso wieder zurück nach England.«

»Und meinst du nicht, dass ich da ein Wort mitzureden habe? Frauen lassen sich doch heute nicht mehr einfach so verschleppen!«

»Wir werden sehen«, sagte Kostas knapp und stierte wieder stumm durch die Windschutzscheibe. Offenbar war ihr Gespräch damit beendet.

Sah der Weg zur Abtei auch kurz aus, gestaltete sich die Fahrt dorthin ungleich schwieriger, denn das kleine Dorf war nur über Serpentinen zu erreichen, die Kostas so sportlich nahm, dass Sofia sich an den Haltegriff klammerte, um nicht zu sehr umhergeschleudert zu werden. Nach zehn Minuten des Auf und Ab und wilder Kurvenfahrt kamen sie endlich in Bellapais an. Zuerst standen vereinzelt weiße Villen in den Bergen, dann verdichtete sich alles zu einem kleinen Ortszentrum mit Gassen, in die sie nicht mal mit dem Kleinwagen hineingepasst hätten. Aber sie mussten ja einfach nur auf das alte Kloster zufahren, das mit seinen blassroten Steinwänden das Zentrum aller Blicke war. Schlanke Palmen umgaben es mit einer solchen Anmut, dass die Kulisse aussah, als hätte sie ein romantischer Maler erdacht.

»Ein Paradies«, sagte Sofia leise und nur für sich.

Die Farben waren beinahe grell: das Blau des Himmels, das Grün der Palmen, dazu die steinernen Monumente. Doch Kostas hatte nur Augen für eine Farbe.

»Verschandelt haben sie diesen Ort«, sagte er mit finsterem Blick und fixierte die rot-weißen Flaggen der türkischen Invasoren, ganz so, als könne er sie mit einem Fluch von den weißen Masten holen.

Sie hielten auf dem Parkplatz unterhalb des Klosters und verließen den Wagen. Sofia fühlte sich gleich unwohl, weil sowohl die Touristen als auch die Einheimischen das Polizeiauto aus dem anderen Landesteil ansahen, als sei es ein Ufo mit griechischer Aufschrift. Gott sei Dank hatte sie heute auf ihre Uniform verzichtet. In der dunkelblauen Jacke der zypriotischen Polizei hätte sie sich hier bestimmt Ärger eingehandelt.

Sie stiegen die Treppen zum Kloster hinauf. Oben angekommen, erstarrte Sofia erst einmal: Denn hier, in siebenhundert Metern Höhe, floss das Land herab bis zur Küste, und es bot sich ein einmaliger Ausblick über das tiefblaue Mittelmeer – ein Panorama sondergleichen. Sie erinnerte sich an den Besuch mit ihrem Vater nur bruchstückhaft, sie war noch sehr jung gewesen damals, und so kam es ihr vor, als sehe sie diese traumhafte Harmonie von Kirche, Landschaft und Meer zum ersten Mal.

Vor der Abtei gab es einen Hof mit hellem Kies, hier saßen die Touristen auf niedrigen Mäuerchen, sie hatten vom Aufstieg rote Gesichter und kühlten sich mit Mineralwasser aus kleinen Plastikflaschen, eine asiatische Reisegruppe wedelte sich mit reich verzierten Fächern so konzertiert Luft zu, dass es aussah wie eine Meisterschaft im Synchronsport.

Einige der Mauern der Abtei waren sehr gut erhalten, andere hatten unter den verschiedenen Eroberern stark gelitten. Sofia hätte nicht sagen können, was hier original und was nachgebaut war – oder welche Schäden aus der Nacht stammten, von der Großvater Giorgios ihr erzählt hatte.

»Na, dann gehen wir mal zu Cem«, sagte Kostas und wies auf die Taverne am Ende des Hofes. Die Tische unter den roten Sonnenschirmen waren alle besetzt, es gab sogar eine kurze Warteschlange am Eingangsbereich. Die Geschäfte schienen gut zu laufen.

Sofia und Kostas schoben sich an den Wartenden vorbei, betraten den winzigen Raum und stellten sich an den kleinen Tresen, hinter dem zwei junge Männer werkelten. Einer bediente die Kaffeemaschine, der andere öffnete hektisch einige Colaflaschen.

»Wir suchen Cem«, sagte Kostas grußlos auf Griechisch, als keiner der beiden aufsah.

»Kommt gerade«, antwortete der Barista.

Und richtig: Ein älterer Mann mit weißem Hemd und Schnauzbart kam zur Tür herein, er warf sein leeres Tablett in die Luft und schrie etwas auf Türkisch durch den Raum, was wohl eine Bestellung sein sollte. Dann blieb er vor den beiden Beamten stehen.

»Sie müssen draußen warten, hier ist es zu eng für fünf Leute.«

»Und wir haben zu wenig Zeit, um zu warten. Polizei von drüben«, antwortete Kostas so beiläufig, dass Cem erst eine Sekunde überlegen musste, was er da eben gehört hatte. In seinen Augen blitzte es.

»Drüben«, sagte er leise und in einem wunderbaren Griechisch, sein Singsang war der, den die alten Inseltürken immer gesprochen hatten – und der für die guten, friedlichen Zeiten auf Zypern stand.

»Was wollt ihr von mir? Meine Lizenz geht euch ja leider nichts mehr an.«

»Wäre es Ihnen lieber, sie ginge uns noch was an?«

»Von mir aus kann diese scheußliche Teilung jederzeit beendet werden.«

»Tja, leider hat unsere Seite da was dagegen gehabt.«

»Und ich verstehe jede einzelne Neinstimme«, sagte Cem fest und wurde Sofia immer sympathischer.

So war es: Bei der letzten Abstimmung im Jahr 2004 hatte sich eine Mehrheit der Nordzyprioten für das Zusammengehen mit dem Süden ausgesprochen. Die griechischen Zyprioten aber hatten den Zusammenschluss mit großer Mehrheit abgelehnt. Dabei war es der Friedensnobelpreisträger Kofi Annan gewesen, der den Friedensplan ausgearbeitet hatte. Doch den Griechen war vieles nicht geheuer: dass die Türkei weiterhin ein großes Militärkontingent auf der Insel behalten hätte, dass im Wechsel auch Repräsentanten aus dem Norden die ganze Insel regiert hätten. Dass die Türken im Parlament zwei Drittel der Sitze erhalten hätten, obwohl sie nur knapp ein Fünftel der Bevölkerung stellten. Kurz gesagt: Die Leute im Süden trauten den Türken einfach nicht. Nun, den Inseltürken vertrauten sie schon. Aber sie wussten, dass es immer brenzlig werden konnte, wenn Ankara die Finger im Spiel behielt. Und nach den Erdgas- und Erdölfunden vor der zypriotischen Küste und den neuerlichen Spannungen, seit türkische Kriegsschiffe vor der Küste aufkreuzten, schien Vorsicht eine kluge Wahl.

»Wir sind wegen etwas anderem hier«, sagte Sofia, während die jungen Barleute umständlich um den alten Wirt herumarbeiten mussten. »Es heißt, Sie wissen alles über diesen herrlichen Flecken Erde.«

»Ach, das erzählen die Leute nur«, sagte Cem und zwinkerte ihr zu. Sofia musste sich auf unsicheres Terrain vorwagen, sie wusste nicht, wie viel sie verraten durfte.

»Es gibt hier einen jungen Mann, der sich sehr für die Vergangenheit dieses Ortes interessiert. Er wohnt noch nicht lange im Ort – wir wissen nicht mal, in welchem Haus. Er ist Mitte zwanzig und vom türkischen Festland.«

In Cems Augen zeigte sich jetzt ein merkwürdiger Glanz, ganz so, als sei ein Spürhund auf seine Fährte gesetzt worden. »In Ihren Worten verbirgt sich ein Geheimnis, junge Dame. Ich denke, Sie wissen viel mehr, als Sie mir sagen.«

Kostas stellte sich ein Stück vor seine Kollegin.

»Hören Sie, es macht uns nicht gerade Spaß, hier zu ermitteln, weil wir das natürlich offiziell gar nicht dürfen. Können Sie uns bitte einfach helfen? Dann verschwinden wir wieder und lassen Sie in Ruhe.«

»Ein junger Mann von muskulöser Gestalt? Dunkle Haare? Eine Tätowierung auf dem Oberarm, die jeden Türken erschaudern lässt, vor Furcht oder Ehrfurcht?«

Sofia und Kostas nickten einmütig und gespannt.

»Wenn das so ist, dann weiß ich, wen Sie suchen. Kommen Sie. Jungs, macht ihr weiter? Ich muss mal kurz runter.«

Die Barjungs murmelten etwas, und einer von ihnen band sich sofort die Schürze um und ging zu den Tischen, um den Service fortzusetzen.

Cem führte sie nach draußen. »Jetzt hab ich Ihnen gar nichts angeboten. Wollen Sie noch etwas trinken? Es ist sehr heiß. Unglaublich, es ist ja noch Vormittag.«

»Wir würden gern erst mal sehen, was Sie uns zeigen möchten«, sagte Kostas freundlich, noch bevor Sofia zugeben konnte, dass sie wirklich sehr durstig war. Sie gingen durch den Eingang zum Kloster, der Wachmann nickte Cem kurz zu. Die Menschen des Ortes kannten sich natürlich, und niemand hätte den Wirt aufgehalten, um Eintritt zu kassieren. Und dann durchquerten sie das gotische Zentrum der Levante, die alte Abtei, um die sich ganze Sagen rankten. Sofia war erstaunt, wie gut erhalten die Mauern waren und wie anmutig sich das gesamte Bauwerk in die Landschaft fügte. Die Torbögen in ihrem hellen Stein, der fast zu schweben schien, die schmalen Säulen mit ihren feinziselierten Ornamenten – eine wunderbar leichte Architektur. Dahinter die Zypressen, die sich hoch in den Himmel erhoben. Die Orangenbäume, die im Kreuzgang standen. Ihre Äste bogen sich unter der Last der vollen Früchte, die dem Platzen nahe schienen. Dazu gab es allenthalben bunte Rankpflanzen, die sich an den alten Mauern emporzogen und durch die Steine wuchsen, es war ein Ort voller Anmut: der alte Stein und die Lebendigkeit der Natur.

Sie stiegen die Stufen wieder hinab und gelangten in das winzige Zentrum des alten Dorfes, das im Schatten der Abtei lag. Vor einer Taverne hielt Cem an und sagte lachend: »Hier dürfen Sie sich nicht setzen. Dann stehen Sie den Tag über nicht mehr auf.«

Sofia sah ihn fragend an.

»Wissen Sie nicht, was Lawrence Durrell geschrieben hat? Das hier ist er. Der Baum des Müßiggangs.«

Sie blickte in die Richtung, in die er wies: ein Dorfplatz. Auf einer kleinen Anhöhe standen die Stühle der Taverne unter einem alten Maulbeerbaum, dessen Blätter die Terrasse von der Sonne abschirmten.

»Wer unter diesem Baum sitzt, wird zu keiner Arbeit mehr zu gebrauchen sein. Der Schatten bremst alle Energie und gibt sofort ein Gefühl von Ruhe und Entspannung, so sagt man hier. Wir Bewohner sollen die Faulsten der ganzen Insel sein, so lässt es Durrell seinen Mukhtar sagen. Deshalb werden wir auch so alt. Ich glaube, die Menschen hier im Dorf sind die ältesten der ganzen Insel.«

»Da kennen Sie aber Großvater Giorgios nicht«, rutschte es Sofia heraus, und Cem sah sie fragend an.

»Vergessen Sie's«, sagte Sofia lachend.

»Nun, dieser Baum ist leider nicht mehr der, den Durrell beschrieben hat«, flüsterte Cem. »Auch wenn mein Konkurrent in der Taverne etwas anderes behauptet. Aber der alte Baum war krank, und er hat ihn kurzerhand ersetzen lassen, vor vielen, vielen Jahren. Ich würde sagen, er lebt bis heute sehr gut davon. Die Touristen lieben diese Geschichte.«

Sofia betrachtete die Menschen auf der Terrasse und befand, dass sie eher nach Einheimischen aussahen – alte Männer, die allesamt Kaffee tranken und Karten spielten und die zugegebenermaßen sehr zufrieden und faul aussahen. Es wirkte, als hätten hier alle ein sehr glückliches Leben, fernab von Stress und Hektik. Selbst die vielen Katzen schienen unter dem Baum im Tiefschlaf zu liegen und die große Sommerhitze einfach verträumen zu wollen.

»Nun, kommen Sie«, sagte Cem und führte sie weiter in die enge Gasse, die vom Dorfplatz wegführte. »Es ist das letzte Haus am Hang.« Sämtliche Fensterläden der Gasse waren zum Schutz vor der Wärme zugeklappt, hinter manch einem Fenster waren Stimmen oder das Gemurmel eines Fernsehers zu hören. Es war eine eigentümliche Atmosphäre in diesem Dorf. Verschlafen, wie es war, wirkte es, als wandelten sie hier durch eine vergangene Zeit. So wie sich Sofia das Zypern ausmalte, das die Schwarz-Weiß-Fotos aus der Kindheit ihrer Eltern zeigten. Wie sehr sich diese Insel insgesamt verändert hatte.

»Das ist es? Haben Sie nicht gesagt, es wäre ein Haus?«, fragte Kostas und klang so erstaunt, dass Sofia sofort aus ihren Gedanken gerissen wurde. Sie war ein Stück zurückgefallen und schloss nun zu dem Haus am Hang auf. Wobei, nein, es war kein Haus. Kostas hatte recht. Es war eine Villa, eine mediterrane Villa, deren riesige Fensterfronten auf die Fünf-Finger-Berge wiesen und deren Ausmaße so imposant waren, dass sie in der Architektur des restlichen Dorfes wie ein Raumschiff wirkte, das in Bellapais nur notgelandet war.

»Nun, wenn die Türken ein Haus für ihre besten Soldaten bauen, dann sieht das eben so aus.«

Sofia sah Cem prüfend an.

»Sie wissen, warum wir hier sind, oder?«

»Nun, ich denke, es geht Hakan nicht besonders gut. Warum sollten Sie sonst hier sein?«

Sofia senkte den Kopf und nickte.

»Dachte ich's mir doch. Ich habe Hakan jedenfalls lange nicht gesehen. Bestimmt drei, vier Tage nicht. So lange am Stück war er nie weg, seitdem er hier angekommen ist.«

»Erzählen Sie uns von ihm.«

»Ich hatte ihn, ehrlich gesagt, schon fast vergessen. Kommen Sie, setzen wir uns hierhin. Wenn hier keiner mehr wohnt, dann ist das ja wieder erlaubt.«

Sie ließen sich am Rande des Hanges auf der Treppe nieder, die hinauf zur Villa führte.

»Sie kennen die Geschichte, wie Hakans Großvater diesen Ort *befreit* hat?«

»Ja, uns wurde davon erzählt.«

»Es ist eine Heldensage hier im Norden. Ich hingegen hielt diesen Mann nur für einen machtbesessenen Soldaten. Aber gut, der Herr hat über ihn gerichtet, er hatte einige schmerzhafte letzte Jahre. Nun, als sich nach dem Einmarsch seiner Truppen die Verhältnisse geklärt hatten, bauten ihm seine Türken dieses Haus. Nicht genau dieses, sondern eine viel plumpere Villa, grau und abweisend, aber auf diesem wunderbaren Stückchen Land, an das sie nur gekommen sind, indem sie alte Türkenzyprioten enteigneten. Die Winter verbrachte Abdullah immer hier. Stellen Sie sich das vor, so ein riesiges Haus, und der Mann kam nur im Winter, den Rest des Jahres war er auf dem Festland. Nun ja, seine Kinder haben ihn immer begleitet und irgendwann auch sein Enkel. Hakan. Er war ein lieber Junge, und er verehrte seinen Großvater wirklich abgöttisch. Das beruhte übrigens auf Gegenseitigkeit. Wenn ich mich recht erinnere, machte die Krankheit den alten Abdullah weichherziger. Er verbrachte viel Zeit mit Hakan, er ging mit ihm durchs Dorf, saß sogar oft mit ihm auf unserer Terrasse in der Abtei. Sie müssen wissen, die Winter sind lang und sonnig hier oben. Ich habe sie also oft zusammen gesehen. Als Abdullah vor acht Jahren starb, kam die Familie nur noch einmal einen Sommer hierher, um das Haus auszuräumen. Dann sollte es zurück an die türkische Republik fallen. So hieß es zumindest. Aber nichts da, eines Tages kamen die Bagger und Baumaschinen. Wissen Sie, das alles hier ist eigentlich architektonisch geschützt. Aber es gab umfangreiche Arbeiten an der Villa, und hinterher sah sie so aus wie, na ja, das, was Sie jetzt sehen: eine moderne Anlage, die man eher im Silicon Valley vermuten würde als hier, im Tal der Vergangenheit.«

»Und dann zog Hakan Gül ein?«

»Weit gefehlt. Es scheint so, als hätten sich die Männer in Ankara die Devisenkasse aufbessern wollen. Es kam …«, die Zikaden in den Bäumen ringsum sorgten für einen Trommelwirbel, »… ein Deutscher. Ein sehr reicher Mann. Distinguiert, wie die Deutschen eben sind. Ein Kunsthändler, so ging jedenfalls das Gerücht.«

»Ein Kunsthändler?« Sofia und Kostas sagten es beinahe gleichzeitig.

»Ganz genau. Er hatte die Villa für vier Millionen von den Türken erworben, so hieß es, und damit für weit mehr, als der eigentliche Marktwert ist. Und dieser Mann zog hier ein. Sein Name war Bernhard«, Cem zog die Stirn kraus, dann entspannten sich seine Züge wieder. »Ja, jetzt weiß ich es, Bernhard von Landgraf, ein Mann von Welt, das war er, glauben Sie mir.«

»Und wieso wohnte dann Hakan Gül in der Villa?«

»Einen Moment noch. Von Landgraf zog vor sechseinhalb oder sieben Jahren her. Anfangs versuchte er sich ins Dorfleben einzufügen, aber es gelang ihm nicht. Wie auch? Er lief selbst bei der größten Hitze in einem feinen Anzug mit Krawatte durchs Dorf, sprach nur Englisch und wollte uns immer ausfragen über die Tage der Teilung, über die Kunstschätze, über all diese Wunden der Vergangenheit. Die Leute haben ihn nur komisch angesehen und geschwiegen, so wie wir das nun mal tun. Irgendwann gab er auf und zog sich zurück. Und dann kamen eines Tages vor zwei Jahren die Möbelwagen, und von Landgraf zog weg, wie er gekommen war, in einer Nacht-und-Nebel-Aktion. Es heißt, er wohnt jetzt im Südteil. Bei euch fallen Männer in Anzügen ja nicht so auf.«

»Der Deutsche hat sich also nach den Kunstschätzen erkundigt?«

»Er war wie versessen darauf. Ich erinnere mich noch, eines Tages hatte ich die Bar voll, und er stand am Tresen und hat immer wieder Fragen gestellt: nach den Bildern aus der Kirche, nach Ikonen – ich habe ihm irgendwann gesagt, er solle sich verpissen, es gebe Menschen, die richtig arbeiten müssten. Danach habe ich ihn nie wiedergesehen. Er kam nicht gut damit klar, dass wir hier sehr wenig sprechen – und wenn, dann sehr deutlich.«

Sofia konnte sich nicht vorstellen, dass Cem wenig sprach, in diesem Moment jedenfalls plauderte der Mann mit Schnauzbart wie ein Wasserfall.

»Dann stand die Villa leer, bis zum Frühsommer diesen Jahres. Ich habe meinen Augen nicht getraut, als er aus dem Bus stieg und seine kleine Reisetasche hinter sich herzog und den Berg runterging, zur Villa.«

»Er? Sie meinen Hakan Gül?«

»So ist es. Der kleine Hakan war zurückgekehrt und zog in die Villa des merkwürdigen Deutschen.«

»Die aber immer noch Bernhard von Landgraf gehört?«

»Ich habe nichts Gegenteiliges gehört. Aber jetzt sagen Sie mir doch endlich, was mit Hakan passiert ist. Ich kenne ihn schließlich seit seiner Kindheit.«

Sofia sah Kostas an, dann sagte sie leise: »Er ist gestorben.«

»Was? Wie?« Cem klang ernstlich erschrocken.

»Er ist ertrunken, in einer Mine drüben im Süden.«

»Der arme Junge. Was hat er denn in einer Mine gemacht? Meines Wissens hatte er mit harter Arbeit nichts am Hut. Er war der Enkel eines Helden.«

»Das fragen wir uns auch. Und deshalb werden wir jetzt in dieses Haus gehen«, sagte Kostas, und Sofia fügte hinzu: »Haben Sie vielen Dank. Sie haben uns sehr geholfen.«

»Niemand hier im Dorf schließt sein Haus ab, weil es in Bellapais keine Verbrechen gibt. Ich glaube, dass diese Villa das einzige Haus ist, das immer verschlossen ist. Aber wenn Sie von Ali geschickt wurden, dann sind Sie ein Schlitzohr wie er. Dann werden Sie die Tür schon aufkriegen.«

»Woher wissen Sie das?«, fragte Sofia.

»Schlitzohren erkennen einander«, sagte Cem und zwinkerte Sofia zu. Dann kletterte er in Bellapais-Geschwindigkeit die enge Gasse herab.

»Denkst du auch, was ich denke?«, fragte Sofia, als sie Kostas' grimmigen Blick auf die Villa sah.

»Ein Kunsthändler, verschwundene Ikonen und ein Junge, ertrunken in einem See. Es sind zu viele Zufälle, um ein großer Zufall zu sein.«

»Gehen wir rein.«

Sie stiegen die Treppenstufen hinauf, und Sofia sah sich immer wieder suchend um, als fürchte sie, gleich ertappt zu werden. Doch da war nur ein kleiner wilder Hund, der über eine Mauer lief und kurz zu ihnen herübersah.

»Hmm, die Tür sieht nicht so aus, als wolle sie jemanden hereinlassen«, sagte Sofia nach einem kurzen Blick auf das massive Portal aus abweisendem Stahl.

»Tja, auch wenn die Tür ein deutsches Fabrikat ist, das Schloss hat ein Zypriot eingebaut, würde ich sagen. Und das bedeutet …« Kostas beugte sich herab und fummelte ein kleines Werkzeugtäschchen aus seiner Hosentasche. Er suchte darin etwas, nickte nach einer Weile, dann nahm er einen dünnen Draht heraus und dann noch einen.

Sofia hielt den Atem an, doch es dauerte nicht einmal zehn Sekunden, dann klickte es, und die Tür glitt lautlos auf. Sofia konnte nur grinsend den Kopf schütteln. »Du hast ja richtige Verbrecher-Gene«, sagte sie.

»Ist doch Gefahr im Verzuge, oder etwa nicht?«, antwortete Kostas mit seinem jungenhaften Lächeln. »Sieh dir an, wie dick die Tür ist. Und dann merk dir für später: Es kommt nur auf das Schloss an, nicht auf die Tür. Außer bei dir im Kafenion. Die dünnen Spanplatten, die kann man einfach eintreten, da hilft auch ein teures Schloss nicht.« Er hielt ihr die Tür auf. »Bitte, nach Ihnen.«

Leise gingen sie in den dunklen Flur. Alle Rollläden auf dieser Seite des Hauses waren heruntergelassen, auch das sicher als Schutz gegen die Hitze.

»Wow, na, das ist ja mal 'ne Hütte«, entfuhr es Sofia. »Brauchst nicht so zu tun«, sagte Kostas hinter ihr, »ist schon klar, dass so was hier dein normaler Standard ist.«

»Wenn du weiter so ein Arsch sein willst, dann reagier ich einfach gar nicht mehr, okay?«

Es musste im Haus eine gigantische Klimaanlage geben, denn die riesige Lobby war immer noch eiskalt, obwohl der Bewohner nachweislich schon zwei Tage tot war. Sie gingen weiter ins Haus hinein und dem Licht entgegen, dann traten sie in ein loftartiges Wohnzimmer, das aber in seiner Kargheit eher an eine leere Museumshalle erinnerte. Da standen nur zwei Designerstühle und ein Küchentresen mitten im Raum, alles war in kaltem Weiß gehalten. Der Raum war bis auf diese drei Dinge gänzlich leer, der Boden aus weißem Stein ließ sich auch als Spiegel benutzen, ein Sechzig-Quadratmeter-Spiegel.

»Na, hier kann man sich ja richtig wohlfühlen«, sagte Sofia leise.

»Ja, da kommen heimelige Gefühle auf«, entgegnete Kostas.

»Sieht aus, als hätte der Kunsthändler alle Möbel mit in den Süden genommen.«

Kostas nickte. »Aber der Junge muss ja hier irgendwo gehaust haben.«

Sofia zeigte mit dem Finger an die Decke. Sie nahmen am Rand des Zimmers die Treppe spiegelglatter Stufen und kamen durch ein offenes Bad mit einer weißen Designerbadewanne, die mitten im Raum stand, und einem Waschtisch aus Stein in ein Schlafzimmer.

»Volltreffer«, sagte Kostas. Das Bett war offensichtlich benutzt worden, die Bettdecke war nur nachlässig hingeworfen, neben dem Bett stand eine leere Dose Efes-Bier. Und da stand auch die Reisetasche, die Cem erwähnt hatte. Es war das einzige persönliche Stück im ganzen Haus. Vorsichtig öffnete Kostas den Reißverschluss.

»Klamotten«, sagte Kostas und blickte grimmig drein, als er die T-Shirts und Jeans aus der Tasche nahm. »Wir sind doch nicht hier rein, um nur Klamotten zu finden.«

»Männer packen die wichtigen Sachen nach unten«, sagte Sofia, übernahm und wühlte tiefer in der Tasche herum. »Ha«, sagte sie und zog triumphierend einen Packen Papiere hervor. »Na, ich kenne euch eben doch.«

Sie legte sie vorsichtig auf den Boden und erkannte, dass die »Papiere« Karten waren. Landkarten.

»Wow, sieh dir das an. Wie eine Schatzkarte.«

Sie faltete eine der Karten auf, und gemeinsam beugten sie sich darüber.

»Schau mal.« Sofia zeigte auf fünf Stellen, die mit einem roten Stift markiert waren. Sie lagen alle im Südteil der Insel und schienen dem Grenzverlauf zu folgen.. Es waren zwei Markierungen tief im Troodos-Gebirge, eine oberhalb des Kykkos-Klosters und … »Die Mine von Skouriotissa«, sagte Kostas knapp.

Die Stellen waren durchnummeriert, die Mine trug die Nummer 4.

»Er hat alle diese Stellen abgesucht.«

»Alle bis auf die letzte. Nummer fünf.«

»Fällt dir was auf? Da ist überall Wasser in der Nähe. Deshalb hat er sich die Tauchausrüstung ausgeliehen.«

»Und was er gesucht hat, ist sicher auch kein Rätsel mehr, oder?«

»Verdammt. Es ist wirklich, wie Großvater Giorgios gesagt hat.«

»Was würdest du jetzt als Erstes tun, Officer Perikles?«

Sofia sah auf die Uhr. Kurz vor Mittag.

»Wir sollten uns die Zeit gut einteilen, schließlich müssen wir heute Abend bei der Mine sein«, überlegte sie. »Ich würde jetzt zu diesem Deutschen fahren. Er ist der Schlüssel zu allem. Warum wohl sollte er Hakan Gül in seinem Haus leben lassen?«

»Er wollte ihn benutzen. Als sein …«

»Werkzeug.«

»Auf geht's. Ich rufe in Nikosia an. Ein Deutscher mit diesem besonderen Namen, der sollte nun wirklich schnell zu finden sein, selbst von den Kollegen.«

»Dein Wort in Gottes Ohr.«

Sie gingen die Treppe hinab und traten hinaus in die Sonne.

Kostas zog die Tür hinter ihnen zu, nicht ohne noch einen Blick aufs zerstörte Schloss zu werfen.

»Abschließen kann ich nicht mehr. Aber Bellapais soll ja so sicher sein …«

Éikosi – 20

»Alle Wege führen nach …«

Kostas ließ das Satzende in der Luft schweben, doch so, wie er sie ansah, wusste sie schon, wohin sie nun fahren sollte.

»… etwa wieder nach Limassol?«

»Du ersparst mir wirklich gar nichts, Tausendschön.«

Sie wusste, dass Kostas früher als Leiter der Mordkommission in der größten Hafenstadt der Insel gearbeitet hatte, die zufällig auch Sofias Heimatstadt war. Wegen der Liebe zu ebenjener Stefania hatte er sich nach Kato Koutrafas versetzen lassen und damit seine steile Karriere mit einem Schlag beendet. Nur war dann eben auch die Liebe gestorben – am unseligen Ali Kusumbali.

Sofia schlug den Weg ein, den sie am Vortag schon einmal genommen hatten.

»Er hat sein Haus an der Marina, genau um die Ecke vom Tauchladen. Die Meldebehörde in Nikosia kannte die Adresse auswendig, offenbar ist er ein ziemlich bekannter Steuerzahler.«

»Ich dachte, die Ausländer sind alle hier, um keine Steuern zu zahlen.«

»Ich glaube, das sind nur die Russen.«

Sie nahmen den Grenzübergang am Stadtrand von Nikosia und dann die Autobahn 1, die sie erst die Berge hinab und dann immer am Meer entlang bis nach Lemesós führte, wie Limassol auf Griechisch genannt wurde.

Sofia kannte die Stadt wie ihre Westentasche, deshalb nahm sie die allerletzte Ausfahrt und schlug sich dann durch die Gewerbegebiete bis zum jüngsten Viertel der Stadt, das nebenbei auch das teuerste Viertel geworden war. Früher war hier nur der alte Fischerhafen gewesen und eine Industriebrache, doch abenteuerlustige Investoren hatten spekuliert – und gewonnen.

Sofia lenkte den Wagen eben am Gebetsturm der Großen Moschee vorbei und parkte dann auf dem Gehsteig genau an der Einfahrt zum Hafen. Kostas pfiff bei dem Anblick durch die Zähne, und es klang so abfällig, wie es gemeint war. Sie hatten tatsächlich eine Marina mitten hinein ins Meer gebaut, schneeweiße Häuser, die aussahen wie Würfel, die Hunderte Meter weit im Wasser standen und durch lange Stege mit dem Festland verbunden waren. Jede dieser Villen hatte einen eigenen Pool und den dazugehörigen Bootsanlegeplatz und war so teuer, dass sich nur zehn zypriotische Reeder hier überhaupt etwas hätten leisten können, der Rest gehörte Oligarchen aus den Emiraten oder aus irgendeinem postsowjetischen Satellitenstaat. Für die Einheimischen gab es wenigstens noch viermal so viele Neubauten um die Marina herum, in denen es auch Wohnungen unter einer Million Euro gab.

Der Clou: Optisch vermischten sich Häuser und Jachten mit ihrem Weiß so perfekt, dass Sofia gar nicht mehr unterscheiden konnte, was jetzt eigentlich auf dem Wasser schwamm und was auf festem Betonuntergrund stand. Sie konnte dennoch nicht umhin, diese Anlage zu bewundern, denn endlich tat sich mal etwas auf dieser Insel, die jahrzehntelang im eigenen Saft geschmort hatte. Es gab hochmoderne Restaurants und Bars entlang der Promenade, und die Investoren kamen in Scharen, angezogen vom neuen Publikumsmagneten Limassol. Kostas konnte dem naturgemäß nichts abgewinnen.

»Herrgott, hier sieht es ja mittlerweile wirklich aus wie in einem Musical über die griechische Seele. Bei so viel Weiß kann man doch sicherlich erblinden?« Er kniff die Augen zusammen.

»Das Haus muss ganz dahinten sein«, sagte Sofia, die es plötzlich eilig hatte, weil ihr nicht klar gewesen war, wie nah die Adresse bei einer anderen temporären Sehenswürdigkeit der Stadt lag. »Auf geht's, Kostas.«

Kostas grunzte und folgte ihr widerwillig.

»Natürlich«, murmelte Sofia. Es war die letzte Villa am hinteren Ende der Marina, die Panorama-Aussicht auf der Spitze der Insel. Das größte, schönste, teuerste Haus. *Von Landgraf.* Der Name am Klingelschild, so bescheiden schwarz auf weiß, wie es nur die Deutschen halten konnten. Ein Russe hätte seinen Namen direkt auf Gold drucken lassen.

Kostas klingelte an dem weißen Zaun, der alle Blicke auf das Anwesen verbarg. Es dauerte mindestens zwei Minuten, bis etwas passierte. Über ihnen surrte es, und eine Kamera drehte sich in ihre Richtung. Dann ertönte die Gegensprechanlage.

»Sie wünschen?«

Schwerfälliger griechischer Akzent bei gleichzeitig hochtrabendem Vokabular.

»Officer Perikles, Chief Inspector Kostas. Polizei von Zypern. Herr von Landgraf?«

»Ganz recht.«

Sofia zog eine Augenbraue hoch.

»Wir würden gern mit Ihnen sprechen.«

»Worum geht es?«

Eine Spur lauter noch sagte Kostas:

»Um Kunstraub und um Mord. Öffnen Sie.«

Sofia sah den Chief Inspector erschrocken an. Diese Taktik hatten sie ihr an der Uni nicht beigebracht, vermutlich hatte sie am Tag mit dem Unterrichtsinhalt *Konfrontation* wegen eines schweren Katers gefehlt. Doch es funktionierte, es dauerte keine Sekunde, schon schob sich das Tor lautlos auf und gab den Blick auf den Garten und die Villa frei. Das rechteckige Rasenstück war so leuchtend grün und perfekt, als hätte es jemand mit der Nagelschere geschnitten und anschließend mit Acrylfarbe gestrichen. Im hinteren Teil des Grundstücks glitzerte der türkisfarbene Pool im Sonnenlicht. Die Tür zur Villa ging auf, und ein kleiner, korpulenter Mann erschien. Er trug eine runde Brille mit Goldrand auf der Nase. Sofia musste an sich halten, um nicht loszuprusten. Cem hatte nicht gelogen, und dennoch hatte sie sich nicht genügend auf diesen Anblick vorbereiten können. Dieser Herr von Landgraf trug tatsächlich in der gnadenlosesten Sonne des zypriotischen Sommers einen zweireihigen dunkelblauen Anzug mit goldenen Knöpfen, als wäre er von der Handelsmarine, dazu ein weißes Hemd und eine Krawatte. Nun, unrecht tun wollte Sofia ihm nicht, vielleicht erwartete er ja jemanden, aber sie hatte wiederum durchaus Grund zu der Annahme, dass es sich hier um sein ganz reguläres Outfit handelte.

»Kommen Sie herein«, sagte er, und seine Stimme klang in der Realität angenehmer, als Sofia erwartet hatte.

Sie trat zuerst in das Haus, Kostas folgte ihr auf dem Fuß. Durch einen großzügigen Eingangsbereich führte der Deutsche sie in sein Arbeitszimmer, das auf einer Seite nur aus Glas bestand, aber an den beiden einzigen Wänden über und über mit Bildern behangen war. Sofia wusste nicht, wohin sie zuerst schauen sollte: nach draußen aufs offene Meer – oder auf die expressionistischen Werke, die ohne jeden Zweifel alle Originale waren und sündhaft teuer.

»Schon wieder diese riesige Jacht von gestern«, sagte Kostas kopfschüttelnd mit einem Blick hinaus. »Ist das Ihre?«

»Ach, Chief Inspector«, antwortete der Mann verkniffen, »ich bin zwar vermögend, aber ich bin nicht ultrareich – zudem wäre mir so ein Boot ein wenig zu protzig, ehrlich gesagt.«

»Nun, wenigstens haben Sie hier eine ähnlich starke Klimaanlage wie in Ihrem Haus in Bellapais.«

Von Landgrafs Selbstsicherheit bröckelte mit einem Mal sichtlich, sein heller Teint schien noch blasser zu werden, dafür erschienen kleine rote Flecken über seinem Hemdkragen.

»Sie waren … in Bellapais?«

»Oh ja. Schicke Hütte. Bisschen protzig für meinen Geschmack. Einfach so in diese wunderschöne Landschaft gebaut.«

»Ach, kommen Sie, es war doch schon alles da, damals, als ich das Haus gekauft habe. Ich habe meinen Architekten extra angewiesen, beim Neuaufbau die Landschaft in allem zu berücksichtigen.«

»Nun gut, wir sind ja nicht hier, um mit Ihnen über landschaftsnahes Bauen zu sprechen«, sagte Sofia. »Sie wissen, warum wir dort waren?«

»Ich habe, ehrlich gesagt, keinen blassen Schimmer. Wollen Sie etwas trinken?«

»Wir wollen nicht …«, begann Kostas, aber Sofia fiel ihm ins Wort: »Ich würde sehr gern ein Glas Wasser trinken.«

»Natürlich«, sagte von Landgraf und ging mit unsicherem Schritt in die Küche.

»Willst du, dass er sich Ausreden überlegt?«, zischte Kostas.

»Hör auf damit«, flüsterte Sofia ihm zu. »Wie du schon gesagt hast: Ich kenne solche Leute. Bitte lass mich das machen.« Sie blitzte ihn an.

Als der Deutsche wieder eintrat, in seiner Hand drei kleine

Flaschen – natürlich mit San-Pellegrino-Wasser –, nickte ihr Kostas ergeben zu. Während er das Wasser in Kristallgläser goss, wog Sofia ihre Alternativen ab. Und als er sich setzte, ließ sie noch einige Momente Stille zu, erst dann atmete sie durch und begann.

»Hören Sie, Herr von Landgraf, vielleicht waren wir etwas stürmisch. Es ist so, dass wir einen ungeklärten Mordfall haben. Und es wäre uns sehr wichtig, dass Sie uns helfen. Alle Wege führen irgendwie zu Ihnen oder zumindest an Ihnen vorbei, aber ich bin mir sicher, dass es dafür eine ganz einfache Erklärung gibt. Schließlich sind Sie ein unbescholtener Bürger und ein wichtiges Mitglied der Limassoler Gesellschaft. Also, ich bitte Sie: Helfen Sie uns bei unseren Ermittlungen.«

Sie konnte förmlich dabei zusehen, wie sich der Mann entspannte, seine Hände lösten sich von den Sessellehnen, die sie bisher krampfhaft festgehalten hatten, und er legte sie nun locker auf seine Oberschenkel. Ihr war, als wische er sich den Schweiß von den Händen.

»Sie ermitteln also in einem Todesfall?«

»Ja, ich weiß nicht, ob Sie davon gehört haben. Ein junger Mann ist ums Leben gekommen. Ein Türke. Wir wissen nicht, wer er ist, und es würde uns sehr helfen, das herauszufinden.«

Sie spürte Kostas' Blick auf sich ruhen und fürchtete, nervös zu werden. Aber sie riss sich zusammen – das hier war ihr Terrain, sie konnte das.

»Ah, ich sehe«, sagte er, und seine Stimme klang nun anders, tiefer, selbstsicherer, als habe er wieder zu Atem gefunden. »Haben Sie etwa diesen jungen Mann gefunden, der an mich herangetreten ist? Ich wundere mich seit Tagen, dass er sich nicht mehr meldet. Er soll tot sein? Das würde mich sehr betrüben.«

»Würden Sie uns seinen Namen sagen? Dann wissen wir, ob wir von derselben Person sprechen.«

Der kleine Mann maß sie mit seinen listigen Augen, Kostas hingegen hatte er seit Minuten nicht mehr angesehen.

»Er hieß Hakan Gül. Ich glaube, der Name seiner Familie ist in der Türkei ein sehr bekannter, jedenfalls erzählte er das. Ich kannte die Güls allerdings nicht, dieses ganze Wirrwarr Ihrer aller Geschichte hier unten ist mir sehr fremd, auch wenn es mir natürlich sehr leidtut, dass noch kein Frieden herrscht.«

»Ja, Hakan Gül ist tot. Herr von Landgraf, können Sie uns erklären, wie Sie und Herr Gül überhaupt zusammengetroffen sind?«

Es musste genau um die Mittagsstunde sein, denn draußen schob sich die Sonne gerade über die Terrasse und ließ das Weiß der Häuser und Boote noch mehr erstrahlen, sogar Sofia musste nun ihre Augen zusammenkneifen, weil der Deutsche das Licht in seinem Rücken hatte.

»Nun, es ist noch nicht so lange her, deswegen erinnere ich mich sehr gut daran. Ich muss sagen, ich kenne Herrn Gül nicht wirklich, wir haben uns einmal getroffen, und er hat mir seine Idee vorgetragen. Ich erlebe viele solcher Vorkommnisse – wenn Sie in meinem Beruf arbeiten, ziehen Sie die größten Abenteurer an. Doch seine Idee erschien mir zuerst allzu absonderlich, so absonderlich, dass ich lange überlegt habe, bis ich ihm zusagte.«

»Was war das denn für eine Idee, Herr von Landgraf?«

Der Kunsthändler senkte seine Stimme, als bereite er die Zuhörer auf den Höhepunkt vor.

»Oh, er sagte, er hätte Zugang zu sehr speziellen Kunstwerken, Stücke von großem Wert, die in den Wirren des Krieges verschwunden seien. Es seien einzig und allein Stücke, die der nordzyprischen Republik gehören würden, andere dürfte er mir ja auch gar nicht verkaufen. Stücke also, die schon vor der Annexion des Nordens in türkischem Besitz waren, wenn ich das hinzufügen darf. Ich habe mich hier also in keiner Weise strafbar gemacht. Er würde sie mir beschaffen, wenn ich das wünschte.«

»Wie kam er denn ausgerechnet auf Sie?« Die Frage konnte nicht mehr warten, weshalb Kostas dazwischengefahren war. Von Landgraf, von der Unterbrechung gestört, rümpfte kurz die Nase und adressierte seine Antwort wiederum nur an Sofia.

»Er bat erst per Mail um einen Termin, aber ich antwortete ihm nicht, weil ich normalerweise nicht mit Fremden arbeite. Dann wiederholte er seine Bitte, ich sagte ihm freundlich ab. Und dann stand er eines Tages hier vor der Tür. Ich wollte ihn nicht hereinlassen, aber er klang so dringlich, dass ich es dann doch getan habe. Er sagte, er kenne da diese Schätze, die versteckt seien, sein Großvater habe ihn davon in Kenntnis gesetzt. Vor seinem Ableben, so formulierte er es. Er wisse nicht, was er mit dieser Erkenntnis anfangen sollte, aber er habe gehört, dass ich ein vertrauensvoller Kenner der Materie sei. Damit hatte er natürlich recht, für die Kunstwerke der Levante bin ich ein ausgesprochener Experte, vielleicht der kenntnisreichste auf der ganzen Welt. Wenn ich das in aller Bescheidenheit sagen darf.«

Er lächelte sie an, und Sofia tat ihm den Gefallen und schenkte ihm ihrerseits ein anerkennendes Lachen.

»Nun, das Einzige, was er bräuchte, wäre Zeit, um alles zu beschaffen, um Ausgrabungen vorzunehmen und in Ruinen zu suchen. Und neben Zeit brauchte er auch eine Bleibe im Norden und etwas Geld, sozusagen eine Vorauszahlung. Die Kunstwerke würden ein Vielfaches davon wert sein. Mir ging es nun gar nicht ums Geld, überhaupt nicht. Mir geht es darum, diesem geschröpften Land ein Stück seiner Geschichte wiederzugeben. Deshalb habe ich nicht lange überlegt und zugesagt. Ich habe das Haus in Bellapais, das ich seit Jahren nicht mehr bewohne, und ich habe genug Geld, um auch mal danebenzugreifen, falls alles unwahr ist, was Herr Gül sagte. Aber irgendwas war in seiner Miene, was mich angesprochen hat, etwas, das mich vermuten ließ, dass er es wirklich ehrlich meinte.«

»In Ihrem Metier ist man doch sehr vorsichtig, nehme ich an«, sagte Sofia. »Trotzdem lassen Sie einen Mann in Ihrem Haus wohnen, den Sie gar nicht kennen?«

»Ich habe zu dem Haus keine persönliche Bindung aufbauen können. Die Menschen in der Türkei … wie sage ich es am besten … sie sind primitiv, während hier in Ihrem Süden alles so schön geordnet und gesittet ist. Ich habe nie Anschluss gefunden dort oben, aber ich habe aus irgendeinem Grund dieses Haus behalten. So hatte ich keine Skrupel, diesen Gül dort wohnen zu lassen. Und außerdem, junge Dame, in meinem Beruf ist man immer auch ein bisschen Abenteurer. Deshalb habe ich so entschieden. Und ein Abenteuer ist es ja nun auch geworden. Leider im negativen Sinn. Darf ich fragen, wie der junge Mann ums Leben gekommen ist?«

»Dazu kommen wir gleich«, sagte Sofia, und ihr Ton war nur eine winzige Spur verändert, einen Hauch schärfer. Die Dosis machte das Gift. »Sie sagen, Sie haben Hakan nur einmal gesehen. Wie lange war er denn schon in Ihrem Haus? Und hatte er denn schon etwas gefunden? Ein Stück, das seine Spur bestätigte? Sie sind ja nun auch kein Samariter, denke ich. Sonst hätten Sie sich nicht ein so wunderschönes Anwesen sichern können.«

»Vortrefflich, junge Frau, vortrefflich. Ihre Intelligenz beeindruckt mich. Aber ich muss zugeben, das alles ist erst vor wenigen Wochen geschehen, und ich wollte Herrn Gül nicht drängen. Ich war mir sicher, er wäre in wenigen Tagen auf mich zugekommen. Nun sagen Sie schon, was ist ihm zugestoßen? Hatte er einen Unfall während seiner Ausgrabungen?«

»Er ist ertrunken. In einem Kupfersee oberhalb von Skouriotissa. Wir sind uns sicher, dass er dort Kunstwerke gesucht hat.«

»Skouriotissa? Aber der Name klingt griechisch. Wieso sollte er …«

»Genau das fragen wir uns auch. Wieso sollte er auf griechischer Seite türkische Schätze suchen, Herr von Landgraf? Haben Sie darauf eine Antwort?«

»Nun, es sind viele verworrene Dinge passiert in diesen Kriegsjahren.«

»Er hat Ihnen erzählt, wer sein Großvater war?« Sofias Ton war noch eine Umdrehung schärfer.

»Ein bedeutender Soldat, ja, das hat er mir erzählt. Aber mir hat der Name nichts gesagt.« Die alte Unsicherheit schlich sich langsam an wie eine träge Eidechse auf dem warmen Stein. »Wenn Sie sagen, ertrunken, dann wurde er ja nicht ermordet. Warum ermitteln Sie denn dann?«

»Die Gerichtsmedizin untersucht noch, was genau passiert ist. Man kann ja auch in seiner Badewanne ertrinken, wenn die richtigen Leute hinter einem her sind.« Jetzt war es Kostas, der Sofias Blick aufgefangen hatte und half, das Tempo anzuziehen.

»Wie viel Provision wollte er denn von Ihnen haben, dafür, dass er die Kunstwerke besorgt und sie Ihnen zum Verkauf überlässt?«

»Hören Sie mal, ich wusste doch noch gar nicht, was es für Kunstwerke sind.«

»Wie viel Provision, Herr von Landgraf?«

»Ich habe ihm fünfunddreißig Prozent vom Kauferlös zugesagt.«

»Fünfunddreißig Prozent?«

Er sah sie unsicher an.

»Ja, fünfunddreißig Prozent, warum fragen Sie …«

»Okay, Herr von Landgraf, jetzt hören wir mal auf mit all dem Unsinn, sonst müssen wir Sie für ein paar Wochen in Untersuchungshaft stecken, aber in dem Gefängnis in den Bergen, das nicht kürzlich renoviert wurde. Wie viele Ikonen hat er Ihnen versprochen, und was hätten Sie damit verdient?«

»Was? Hören Sie mal, junge Frau, Sie sind ja genauso … verrückt, ja, verrückt wie Ihr Kollege.«

»Sie wollen uns wohl für dumm verkaufen«, fuhr Sofia ihn an, »ich kenne zufällig viele Kunsthändler, ich war oft bei Sotheby's in London – und wenn dort eine Provision von fünfunddreißig Prozent abgenickt würde, dann wäre nicht nur eine Kleinigkeit an diesem Kunstwerk faul. Und es gibt sehr viel mehr, was hier faul ist: Der Tauchladen, bei dem Hakan seine Ausrüstung geliehen hat, liegt gerade mal dreihundert Meter Luftlinie von hier. Und Sie leihen Ihr Haus einem völlig Fremden? Sie? Der in einem anderen Haus lebt, in dem man vom Boden essen kann, eingemauert hinter meterhohen Zäunen? Im Ernst? Das sollen wir Ihnen abnehmen? Ehrlich, Herr von Landgraf, Sie haben hier auf das ganz große Geschäft gehofft. Und nun laufen die Dinge nicht mehr so, wie Sie es sich erhofft haben.«

Mehrere Dinge passierten nun gleichzeitig und liefen wie ein Film vor Sofia und Kostas ab: Das Gesicht des Kunsthändlers verfärbte sich rot, seine Hände gerieten ins Zittern, und er stand auf, drehte sich von den Polizisten weg, als wolle er augenblicklich die Flucht durch die geschlossene Terrassentür ergreifen, doch dann fügte er sich ins Unvermeidbare, ließ die Hände sinken und wandte sich wieder Sofia zu.

»Ich möchte mit dem deutschen Botschafter sprechen«, flüsterte er.

»Wie bitte?«

»Mit dem deutschen Botschafter.«

»Mein Vater ist zufällig Botschafter dieses Landes – und Sie wissen wie ich, dass in diesen Angelegenheiten die gastgebenden EU-Länder die alleinige polizeiliche Ermittlungsarbeit leisten. Sie können später einen Anwalt konsultieren. Also, wie viele Ikonen?«

»Wie kommen Sie denn bloß auf die Ikonen?«, fragte er und schien wirklich verzweifelt darüber, dass sein verbrecherisches Geschäft auf magische Weise aufgeflogen war.

»Sagen wir, ich habe einen Zeugen, der diese Zeit noch besser kannte als der Großvater des Toten. Herrgott, Herr von Landgraf, nun reden Sie endlich.«

»Ich habe das doch alles nicht gewollt«, stammelte er und begann auf und ab zu laufen. »Aber er hat mich geradezu gedrängt. Er sagte, das seien einmalige Schätze und ich müsse ihm Geld geben, damit er sie suchen könnte. Und er müsse in mein Haus. Er brauche eine Basis.«

»Um wie viele Ikonen und Kunstwerke ging es?«

»Mein Herz lief über, als er davon erzählt hat, so glauben Sie es mir doch. Es ging um Hunderte goldene und silberne Ikonen aus den ältesten Kirchen des Landes, Stücke, bei denen sich Sammler in aller Welt die Hände reiben würden, Millionenwerte. Dazu ging es auch um Bilder und Altarkunst, um Schätze, die in der Kunstwelt seit langem als verloren gelten – oder galten. Deshalb konnte ich ja nicht anders, ich war wie gebannt.«

»Warum haben Sie sich dann nicht an die Behörden gewandt? Das ist doch Raubkunst. Sie hätten diesem Volk seine Kunst geraubt.«

Von Landgraf ließ die Schultern hängen und wagte es nicht, sie anzusehen.

»Wie oft haben Sie sich getroffen?«

»Vier oder fünf Mal, das erste Mal bei der Anbahnung und die anderen Male, als er seine Tauchutensilien abholte. Er hätte ja nicht damit über die Grenze einreisen können, da wären die griechischen Zöllner nervös geworden.«

»Wie kam er auf Sie?«

Der Deutsche sah sie noch immer nicht an. Er antwortete erst nach einer Weile, dann aber schnell und hastig. »Ich bin eben der ausgewiesene Kunstkenner auf dieser Insel. Jeder weiß das. Ich habe ihn nicht gefragt, wie er auf mich kam. Ehrlich nicht. Hören Sie …«, jetzt blickte er endlich auf und sah sie direkt an, »ich habe nichts getan, Sie können mir gar nichts nachweisen. Erst recht keinen Mord. Ich werde jetzt meinen Anwalt anrufen, und bis er hier ist, haben Sie mein Haus verlassen.«

»Wo stecken die Ikonen?«

»Ich weiß es nicht.«

»Herr von Landgraf, wo …«

»Wirklich, ich weiß es nicht. Er erzählte, er wisse von fünf Stellen, an denen sie sein könnten, aber wo dort genau, das müsse er eben herausfinden. Drei Stellen hatte er bereits erforscht, nun wollte er an der vierten suchen, der Mine von Skouriotissa. Sein Großvater hatte alles auf einer Karte markiert. Ich habe mich nach der dritten Mine schon gefragt, ob das nicht alles ein Riesenschwindel ist. Warum sollten die denn die Sachen von einem Ort zum nächsten gebracht haben? Das ergab doch alles keinen Sinn.«

»Wir werden die Schätze jetzt suchen.«

»Tun Sie das, aber lassen Sie mich damit in Ruhe. Für mich ist die ganze Sache gestorben.«

»Sie sind für uns aber noch nicht gestorben, Herr von Landgraf«, sagte Kostas mit all der Kälte, für die ihn Sofia früher zu fürchten gelernt hatte. »Und Hakan Gül wird nicht umsonst gestorben sein. Wir kriegen Sie dran, allein für den Auftrag zum Kunstraub. Glauben Sie mir. Ich verhänge hiermit einen Ausreisestopp gegen Sie, wegen Flucht- und Verdunkelungsgefahr. Ihren Pass brauche ich nicht, es gibt ja auf dieser Insel nur zwei Flughäfen zur Flucht – und die Kollegen dort werde ich ebenso informieren wie die Hafenpolizei. Sobald sich Ihr Boot auch nur zehn Zentimeter bewegt, werden Sie erfahren, warum die Zyprioten eine Seefahrernation sind, Unterwasserkanonen inklusive. Also, Sie bleiben hier und können meinetwegen anrufen, wen Sie mögen: Anwälte, Botschafter, auch den Papst, wenn er abnimmt. Einen schönen Tag, Herr …«

Kostas brach ab, und Sofia sorgte sich einen kurzen Moment, er hätte einen Schlaganfall erlitten. Doch dann sah sie, wohin sein Blick fiel und wie aus der Fassungslosigkeit in seinem Gesicht langsam aber sicher ein finsteres Grinsen wurde. Sie wandte den Kopf zum Fenster und schloss schnell die Augen. Oh nein.

»Tausendschön, das glaube ich ja nicht.«

Sie war nicht imstande, etwas zu erwidern.

»Das da draußen ist wirklich deine Hochzeitsjacht? Dein Ernst? Heiratest du etwa einen russischen Oligarchen? Herrgott, ich wusste ja, dass du und deine Familie und dein Verlobter, dass ihr alle verrückt seid, aber das …« Er brach in lautes Lachen aus. »Machst du das, um dich von deiner eigentlichen großen Liebe abzulenken?« Sein Lachen wurde noch lauter. Sie hielt es nicht mehr aus und öffnete die Augen. Es war wirklich eine Tragödie, oder war es eine Tragikomödie, dieser riesige Schatten, der die Sonne verdeckte: Da stand es, das Monstrum von einem Schiff. Und an Deck, wo die weißen Stühle aufgereiht standen und die Pergola mit echten Rosen berankt war, unter der Carl und sie sich noch mal das Jawort geben würden, dort an Deck wurde gerade ein riesiges Plakat aufgespannt, auf dem in funkelnden Lettern, als wäre es mit Diamanten besetzt, stand:

Carl & Sofia Evans – Die Hochzeit des Jahres

Oh, sie wollte im Boden versinken. Warum nur hatte Martha das nicht mit ihr abgesprochen? Peinlicher ging es ja überhaupt nicht. Ihr Vater, ein überaus diskreter Mann, würde vor Scham nie wieder einen Fuß auf die Insel setzen.

Es stimmte: Im Jachthafen von Limassol hatten die Evans die größte Jacht gechartert, die für Geld aufzutreiben war. Wo Kostas falschlag: Selbst normal schwere russische Oligarchen hätten hier gezögert, der Preis war so horrend, dass sogar Martha einmal von dem besorgten Berater ihrer Hausbank angerufen worden war.

Das schneeweiße Monster schaukelte nun seit ein paar Tagen an dem Anleger herum, der sich ausgerechnet in Sichtweite zur Villa des Herrn von Landgraf befand. Das Boot wurde so lange gewienert und geschrubbt, dass Sofia schon fürchtete, die Farbe würde dünn. Die Aufbauten waren nun – mit dem Plakat – alle fertig, sie mussten seefest sein, schließlich sollte der goldene Höhepunkt der Hochzeitsnacht die Fahrt hinaus aufs Mittelmeer sein, Höhenfeuerwerk am Aphrodite-Felsen inklusive. Es war eine absurde Geldverbrennung.

»Oh Mann«, sagte Kostas, »du bist ja so bleich, als würdest du das zum ersten Mal richtig sehen.«

Sofia konnte gar nicht antworten, sie wollte gerade abdrehen, da hörte sie aus der Ecke den Deutschen sagen: »Na, das sind ja schöne Polizeibeamte, die selber dem Geld nachjagen, aber andere Menschen, die dies auch wollen, diskredi…«

Sofia wollte nur noch raus hier, sie hatte keine Kraft mehr, sich zu wehren, doch dann erschrak sie angesichts der schnellen Bewegung vor ihren Augen. Kostas ging, ohne zu zögern, auf von Landgraf zu, baute sich dicht vor ihm auf und brummte mit tiefer Stimme: »Sie lassen sofort meine

Kollegin in Ruhe – wenn sich hier einer lustig macht, dann bestimmt nicht Sie. Sie werden so schnell keinem Geld mehr nachjagen, stattdessen können Sie in der Gyrosschlange im Gefängnis anstehen, verstanden?«

Dann wandte er sich brüsk ab und ließ den vor Wut zitternden Deutschen stehen, Sofia folgte ihm. Erst als sie den Steg hinter sich gelassen hatte und sich auf eine Mole setzte, den Blick vom Hafen abgewandt, wagte sie es, durchzuatmen.

»Danke«, sagte sie matt, als Kostas sich neben ihr niederließ. »Obwohl ich gar nicht weiß, warum ich dir eigentlich danke. Klar, du hast dich vor mich gestellt, aber …«

»Ach, Tausendschön«, antwortete er, und sie hörte immer noch sein Glucksen, offenbar überwog die Schadenfreude sein Bedauern noch immer deutlich, »ich konnte nicht anders. Als ich das gesehen habe, war ich zu überrascht. Und sieh es dir doch mal an, es ist ja auch wirklich zu komisch.«

Sofia tat wie ihr geheißen, obwohl es sie einige Überwindung kostete. Sie betrachtete den spitzen Bug, der wie ein Speer in den Hafen ragte, die Männer in weißen Hemden, die an Backbord hingen und die Scheiben putzten, dieses Plakat im Stile einer königlichen Krönungseinladung, und dann begann sie zu lachen. Und Kostas, der neben ihr saß, auf diesem schwarzen Poller, an dem Bootsführer ihre Leinen festmachten, lachte mit, Sofia konnte gar nicht mehr aufhören, sie prustete, schlug sich auf die Schenkel und schrie, weil ihr der Bauch wehzutun begann, Kostas heiseres Lachen wurde auch immer lauter, sie schienen sich gegenseitig anzufeuern, anzuheizen, immer wieder fiel ihr Blick auf ein neues Detail auf dem Boot, und obwohl sie vor lauter Tränen schon fast nichts mehr sah, ging es nochmals und nochmals von vorne los: wegen des Dieners in Livrée, der ein Tablett trug, wegen des Küchenbootes, von dem gerade riesige Kisten auf die Jacht gehoben wurden, wegen der beiden Frauen in langen Kleidern, die an Deck ihre Celli in Position brachten.

»Klassische Musik?«, schrie Kostas unter einem neuen Lachflash. »Wirklich? Was spielen sie denn? Pomp and Circumstance?« Sofia konnte nicht antworten, und dann sagte ihr Kollege: »Ehrlich mal, das bist doch gar nicht du, hast du irgendwas mitplanen dürfen? Das entspricht dir doch gar nicht. Kennt diese Familie dich überhaupt?«

Ihr Lachen war so plötzlich verschwunden, wie es gekommen war. Sie sprang auf und fuhr ihn an:

»Du bist so ein Arsch, du kannst und willst mir das nicht gönnen, weil es bei dir in die Hose gegangen ist, oder?«

Sie stemmte die Hände in die Hüften und funkelte ihn wütend an. Und was tat Kostas? Er sah hinauf zu ihr, blinzelte gegen die Sonne und schüttelte den Kopf. »Nein, Sofia, nein«, sagte er ruhig, »so ist es nicht. Aber wenn du es so siehst, dann ist es besser, wenn ich jetzt gehe.«

Er stand auf, und Mitleid durchfuhr sie, Mitleid mit ihm, auch Selbstmitleid, gewiss, sie sah ihn davongehen und ging ein Stück hinterher, dann sagte sie leise: »Nein, Kostas, bleib.«

Er ging noch ein paar Meter, dann wandte er sich um und setzte sich auf den Rand der Hafenmauer, Sofia nahm neben ihm Platz. Sie wischte sich wütend die Tränen aus den Augen, dann setzte sie sich aufrecht und betrachtete sein Gesicht lange und prüfend.

»Denkst du das wirklich? Dass ich einen Fehler mache? Oh Mann«, sie schlug sich die Hände vors Gesicht, »ich weiß jetzt gar nichts mehr.«

»Du musst keine Panik oder kalte Füße bekommen, nur weil die Hochzeit naht«, sagte er mit ruhiger Stimme. »Das passiert doch fast jedem. Aber ich frage mich eben, wie sehr dir dieses ganze Brimborium hier zusagt. Ob das wirklich die

Hochzeit deiner Träume ist. Weißt du, als du hier ankamst, klar, da warst du das rundum verwöhnte Luxus-Girl. Aber je mehr Wochen ins Land zogen, desto mehr – tja, wurdest du zu der Sofia, die alle mögen. Du machst einen richtig guten Job, und ich – mache ihn gern mit dir. Aber ich wünsche dir so gar nicht, dass du jetzt dein Leben in einem goldenen Käfig verbringst. Also, Hand aufs Herz, war irgendwas daran deine Idee?«

Sie schüttelte den Kopf, schwankte immer noch zwischen Trauer und Wut. »Natürlich ist das hier nicht auf meinem Mist gewachsen. Auch nicht auf Carls Mist. Es war seine Mutter, die all das angeordnet, quasi befohlen hat. Aber, hey, du musst das auch verstehen. Das ist eine andere Welt, da gelten andere Regeln. Wenn der Sohn heiratet, dann muss alles stimmen, so ist das in der gehobenen Gesellschaft. Und da ordnet man dann einiges unter.«

»Auch dein Glück?«

»Aber hängt das denn wirklich von diesem einen Tag ab?«

»Ich glaube, dann hättest du eben anders reagiert. Sofia, wie stellst du dir deine Traumhochzeit vor?«

Sie machte eine wegwerfende Geste und versuchte, irgendwie den Sound ihres Herzens zu hören. Aber das Getöse in ihrem Kopf war zu laut dafür.

»Ja, ich will schon eine Traumhochzeit, klar, jedes Mädchen will das. Es war immer mein Kindertraum, ein Prinzessinnenkleid zu haben und … ach, was weiß ich, das hat sich natürlich auch verändert, weil ich mich jetzt besser kenne, und wahrscheinlich …«

»… bist du einfach zu wild für dieses fein aufgefädelte Luxusding.«

»Du findest mich wild?«

»Du bist wild, unbändig, und du liebst die Freiheit, ja, das finde ich, du bist so mutig wie niemand sonst, den ich kenne. Weißt du noch, wie du vor ein paar Wochen einfach nachts in den Wald gefahren bist, um den Fall zu lösen?«

»Ja, mit all den Folgen. Ich hätte dich fast erschossen.«

»Nun ja, aber nur fast.«

»Ja, du hast ja recht. Ich habe früher gedacht, ich bräuchte den goldenen Löffel, aber ich will gar nicht etwas Besonderes, weil meine oder seine Familie viel Geld hat, sondern ich will etwas Besonderes, was gar nichts kosten muss. Verstehst du das?«

»Ja, das verstehe ich.«

»Eine Hochzeit am Strand, ein paar Blumen im Haar, und den richtigen Kerl natürlich, das will ich.«

»Und ist Carl der richtige Kerl?«

Ihr Gesicht verformte sich, als wolle sie sich wieder verschließen, dann trat der Trotz in ihre Augen.

»Jetzt hast du mich da, wo du mich haben willst, hm?«

»Ich will nur, dass du nicht halb sehenden Auges in einen Käfig marschierst, Sofia.«

»Immer wenn du mich Sofia nennst, denke ich, ich hätte was ausgefressen. Furchtbar, der Ton erinnert mich an meinen Vater.«

»Ist ja nicht sehr beleidigend, mit dem wichtigsten Botschafter des Landes verglichen zu werden.«

»Lass den Quatsch. Im Ernst: Carl ist toll, und er findet das ganze Spektakel auch furchtbar. Unser Leben wird doch nicht so sein wie diese Hochzeit.«

»Ach nein? Wirst du also weiter als Polizistin arbeiten? In Kato Koutrafas?«

»Ich … Kostas …«

»Siehst du?«, fragte er und wandte den Blick ab. »Du wirst aufhören mit dem Job, du wirst Kinder bekommen und dein Talent vergeuden.«

»Das weißt du doch noch gar nicht. Ich liebe diesen Job. Vor allem, wenn du dabei bist.«

»Tja, denk wirklich noch mal drüber nach, Sofia, das Problem ist nur, viel Zeit bleibt nicht.«

»Ich weiß, was ich will, Kostas.« Jetzt war es genug.

»Gut. Ich gehe jetzt was essen. Danach schaue ich, was ich zu diesem Landgrafen rauskriege.«

»Ich muss ins Hotel, sehen, was noch zu tun ist.«

»Wir treffen uns dann um sieben und fahren zusammen zur Mine. Ich bestelle die Kollegen. Bis nachher, Tausendschön.«

Langsam entfernte er sich. Sofia aber blieb noch eine Weile auf der Mauer sitzen und hing ihren Gedanken nach.

Éikosi éna – 21

Die Lobby des *Old Hotel* glich einem Bienenstock, es war ein Rein und Raus und ein Durcheinander, das seinesgleichen suchte, jeder trug etwas in den Händen, schob etwas umher, platzierte etwas auf den Tischen, Garderobenstangen, Musikanlagen – Blumengebinde, wohin sie sah. Und die Bienenkönigin rannte in der Mitte der Lobby immer wieder auf die Arbeiter zu, um ihnen neue Anweisungen zu geben, es fehlten nur noch Krone und Taktstock, dann wäre sie als Königinnendirigentin durchgegangen.

Die Familie Evans hatte selbstverständlich das ganze Hotel gemietet, es befand sich direkt an der Marina und war erst vor kurzem neu eröffnet worden. Hier sollten die Gäste aus dem Vereinten Königreich übernachten, und hier sollte am übernächsten Tag der Frühstücksempfang stattfinden, bevor man sich zur Kirche aufmachen würde. Ein Frühstück, dachte Sofia, nur ein Frühstück, was konnte man da schon für einen Aufwand betreiben? Aber nun sah sie den Aufwand, der dem des Diners auf dem Schiff um keinen Millimeter nachstand. In diesem Augenblick kamen nämlich von draußen zwei Männer herein, die einen glänzenden schwarzen Flügel durch die Tür rollten.

Sofia hätte gerne gefragt, ob der wirklich für die Hochzeit sein sollte, aber das erübrigte sich, weil ihre Schwiegermutter in spe die Männer bereits anfuhr: »Da sind Sie ja endlich. Los, der Flügel kommt dort in die Ecke. Aber machen Sie keinen Kratzer rein, das Ding ist nur gemietet. Nun los doch, los, los! Gleich kommt der Musiker, der muss noch proben, nun los doch, bewegen Sie sich!«

Die Männer schoben die schwere Last kopfschüttelnd durch die Lobby, Sofia hätte die gemurmelten Verwünschungen gerne gehört. Doch da hatte Martha Evans sie schon entdeckt, und nun hatte die Königin ein neues Ziel. Als wäre der Stachel bereits gezückt, kam sie schnurstracks auf Sofia zumarschiert, und hätte sich der Flügel gerade vor ihr befunden, wäre sie wahrscheinlich einfach darüber hinweggestiegen.

»Sofia, da bist du ja endlich, Herrgott, ich dachte, du kommst gar nicht mehr. Der arme Carl, er muss alles allein entscheiden, was bist du nur für eine nachlässige Frau!«

Sofia wollte gepfeffert antworten, doch sie fand gar keine Möglichkeit, einzuhaken. »Wir wissen schließlich nicht, ob du die roten Kerzen willst oder doch die cremefarbenen, und wegen der Blumengebinde habe ich jetzt auch nur nach dem entschieden, was am geschmackvollsten wirkt, damit hast du sicher nicht so viel Erfahrung, aber gut, auch du wirst irgendwann ein großes Haus führen, bis dahin habe ich ja noch viel Zeit, dich in diese Geheimnisse einzuweihen, dazu mehr, wenn es so weit ist, jetzt musst du gleich hinauf, es gibt schließlich noch eine Anprobe und eine Stellprobe, und dann würde Carl sich sicher auch freuen, dich einmal wiederzusehen, Menschenskindchen, wo warst du denn die ganze Zeit, und warum haben wir gar nichts davon …«

»Martha, ich würde dich bitten, jetzt mal die Luft anzuhalten«, fuhr Sofia endlich dazwischen. »Ich habe einen Mord aufzuklären, einen schwierigen Fall, wirklich …«

»Ach, Kindchen, die Menschen sterben doch ständig, aber das hier ist deine Hochzeit!«

»Tod ist das eine, aber es handelt sich um *Mord*, Martha,

und das ist meine Arbeit. Jetzt bin ich hier und habe zwei Stunden Zeit. Mehr nicht. Ich gehe jetzt als Allererstes zu Carl. Und wenn du eine Stellprobe machen willst, dann stell dich halt selbst hin, du kannst auch mein Kleid nehmen.«

Mit diesen brüsken Worten ließ sie Martha inmitten des Chaos in der Lobby stehen und wandte sich schnell in Richtung Fahrstuhl. »Unerhört, unerhört, dieses Mädchen«, hörte sie ihre Schwiegermutter hinter sich fauchen, und in diesem Moment glitt ein böses kleines Grinsen über ihr Gesicht. Dieser alte Drache …

Sie fuhr in die oberste Etage und trat in den klimatisierten Hotelflur, am Ende des Ganges vor der doppelten Tür blieb sie stehen und hielt einen Moment inne. Eigentlich hätte sie hier die ganze Woche vor der Hochzeit verbringen sollen – doch nun war sie bisher nur eine einzige Nacht hier gewesen. Und die kam ihr schon so weit weg vor, dass ihr ganz bange war. Oder fürchtete sie sich vor Carls Wut?

Sofia gab sich einen Ruck. Sie klopfte vorsichtig. Sekunden später flog die Tür auf, und er stand vor ihr, mit nacktem Oberkörper, nur in Boxershorts. Carl. Ihr Carl. Erst stand die Überraschung auf seinem Gesicht, dann strahlte er sie an wie ein Honigkuchenpferd. »Sofia, endlich«, sagte er, dann nahm er sie in die Arme, und sie ließ es widerstandslos geschehen. »Ich hab dich vermisst. Los, komm rein.« Er gab sie frei, und sie folgte ihm in die riesige Suite, deren Fensterfront auf den alten Hafen ging. Nein, es war nicht die Präsidentensuite, denn die hatte sich – na, wer wohl? – natürlich: Martha unter den Nagel gerissen. Aber dies hier war die zweitbeste Wahl.

»Du siehst ja so hübsch aus, mein Babe.«

»Ich hab dich auch vermisst, Carl«, sagte sie und nahm ihn wieder in die Arme, es war schön, seine Haut zu spüren, sie zog ihn mit sich, und sie landeten auf der großen weißen Bettdecke.

»Es tut mir leid, dass ich nicht ans Telefon gehen konnte, ich hatte dermaßen viel zu tun, aber ich mach's wieder gut.« Sie war immer leiser geworden, und ihre Stimme war zum Schluss nur noch ein Hauchen, doch Carl schien wohl noch etwas auf dem Herzen zu haben, er machte sich los und setzte sich im Bett aufrecht, er sah sie an, ganz aufgeregt, und dann nahm er ihre Hände und sagte:

»Hör zu, Babe, ich hab Pläne gemacht. Also, ich weiß, du hast noch eine Weile Dienst auf der Insel, aber dein Chef scheint ja eh nicht viel zu arbeiten, deshalb hab ich uns für die Flitterwochen gleich drei Wochen Urlaub auf den Malediven gebucht. All-inclusive, ein Hotel der Extraklasse, ein Glasboden im Schlafzimmer, durch den man die Fische sehen kann. Was sagst du? Und im Anschluss daran machen wir eine Reise durch England, besuchen all meine Freunde und feiern unsere Liebe. Am Ende der Reise gibt es ein großes Fest auf unserem Schloss in den Highlands, Mum will unbedingt, dass wir dabei sind, dementsprechend kann die Reise durchs Land vier Wochen dauern. So sind wir dann erst mal fast zwei Monate zusammen – und dann hast du ja auch nur noch ein paar Monate hier abzuleisten, bis wir endlich wieder zusammenleben können, bis du endlich wieder ganz bei mir bist.« Er war völlig in seiner Geschichte, sein Gesicht war ein einziges Strahlen, und doch konnte Sofia seit seinem ersten Satz nur an Kostas' Worte denken, und sie grämte sich darüber: erstens, weil sie sich deshalb nicht ganz auf Carls Begeisterung einlassen konnte, und zweitens, weil Kostas recht hatte. Der Mistkerl.

Sie erhob sich ebenfalls, nun saßen sie einander gegenüber, und Sofia konnte draußen das Meer an die Hafenmauern rauschen sehen, sie wäre gern dort unten gewesen, bei den anderen Einheimischen, hätte einen zypriotischen Kaffee getrunken und wäre mit ihnen über den miesen Trainer von AEL

Limassol hergezogen. Stattdessen saß sie hier und fühlte, dass ein anderer ihr Leben in Händen hielt. Oder halten wollte.

»Carl, das klingt alles ganz toll, wirklich. Ich weiß, wie sehr du dich da aufopferst, und ich weiß auch, wie sehr ich das alles schätzen müsste. Hey, es sind die Malediven, welche Frau würde da nicht durchdrehen vor Glück. Aber ich muss dir sagen, ich glaube, das geht einfach nicht.«

Er sah sie an, als hätte sie ihm soeben den Laufpass gegeben.

»Was heißt, es geht nicht?«

»Na, Carl, ich habe nun mal einen Job. Eine Aufgabe. Ich bin Polizistin. Ich bin Officer bei der Police of Cyprus. Und ich habe gerade einen Fall. Einen echten Mordfall. Den hab ich nicht gelöst, und ich weiß nicht, ob ich ihn bis zur Hochzeit lösen werde.«

»Willst du die Hochzeit absagen? Echt jetzt, Sofia?«

»Nein, versteh mich nicht falsch, natürlich will ich nicht die Hochzeit absagen. Wenn wir den Fall bis dahin nicht gelöst haben, dann werde ich eine Pause einlegen an diesem Tag. Aber wir müssen diesen Fall lösen, das steht fest, schließlich wurde ein junger Mann umgebracht. Also könnte es sein, dass ich nicht am Tag nach der Hochzeit gleich in ein Flugzeug steigen kann, um mit dir irgendwohin zu fliegen. Und überhaupt: Ich habe auch noch Probezeit und will mich bewähren in meinem Job. Ich will, dass Kostas mit mir zufrieden ist – und ich will eine gute Polizistin sein. Deshalb denke ich, es wäre besser, wenn wir die Hochzeitsreise erst mal verschieben.«

Es war, als würde etwas in Carl explodieren, und Sofia konnte nicht sagen, was sie genau fühlte, Angst, Mitleid oder nur Verwunderung, als ihr Verlobter mit beiden Händen auf das Bett schlug, dass die Kissen hinter ihm nur so aufsprangen und die Federn flogen, diese Kissen, die so ordentlich und frisch drapiert dagestanden hatten, dabei hatte er wohl noch vor einer Stunde in diesem Bett gelegen, sie fragte sich sowieso, wie er immer so ordentlich sein konnte – wenn sie in diesem Bett geschlafen hätte, würde es aussehen wie ein wirres Vogelnest von pubertären Jungtieren. Jedenfalls hieb er also in dieses Bett, und dann hob sich seine Stimme, und er rief quer durch das Zimmer:

»Sofia, das muss wohl ein verdammter Witz sein. Deinem Chef bist du doch tierisch egal, der ist doch froh, wenn du nicht da bist und er seine Ruhe hat. Meinst du ernsthaft, der will dir etwas beibringen? Der will einem Girlie aus Westlondon, das bisher nichts geleistet hat, außer Party zu machen und mit Drogenkonsum gegen das Gesetz zu verstoßen, die Polizeiarbeit beibringen? Im Ernst, der will doch nichts außer Raki saufen und nebenbei in Selbstmitleid vergehen. Seine Karriere ist vorbei, so vorbei, wie eine Karriere nur sein kann, er lebt in einem Kaff, im wirklich hinterletzten Kaff, das die Welt je gesehen hat. Und dass sie da noch eine Polizeistation haben, kann auch nur ein schlechter Witz sein. Dahin ist er abgeschoben worden, aufs Abstellgleis, und fristet da sein Dasein bis zur Rente, die er wahrscheinlich nur kurz wird genießen können, bis sein Lebertumor ihn dahinrafft. Aber auch egal, das Einzige, was dich an diesem Kaff wirklich anspricht, ist sicher dieser Amor auf zwei Beinen, mit seinen Muskeln und seinem Gehirn, das so winzig ist wie ein halber Feta, nun gut, damit hab ich mich abgefunden, aber ich sage dir, das ist ein Hirngespinst, du wirst niemals eine echte Polizistin, und ich kann dir nur raten, dich an mich zu halten und mit mir diese Reise zu machen, denn ich …«, er holte tief Luft, »ich bin deine Zukunft.«

Es war still im Raum, und sie konnte nicht sagen, wie lange sie so dagesessen und sein rotes Gesicht angesehen hatte, sie wusste nicht, ob sie ihn jemals so lange hatte reden hören, ein Monolog in neunzig Dezibel war das gewesen, die Lautstärke eines mittelenglischen Rasenmähers, sie erinnerte sich, das mal in der *Sun* gelesen zu haben, keine Ahnung, warum sie sich das gemerkt hatte.

Jedenfalls spürte sie, wie ihre Hände zitterten, und ihr Bauch fühlte sich an, als hätte sie drei Wodka mit Ahoi-Brausepulver auf einmal getrunken (es gab tatsächlich eine Nacht, in der sie das gemacht hatte, und sie wollte nie wieder daran denken, was am nächsten Morgen passiert war), sie wollte aufstehen, weil sie Angst hatte, losheulen zu müssen, gleichzeitig aber war sie so richtig wütend. In diesem Moment klopfte es an der Tür. Stille, einen kurzen Moment Stille. Dann rief die bekannte Stimme:

»Mach auf, Carli!«, und ihr Verlobter, der den Blick nicht von ihr nahm, war in einer Sekunde hinaus aus dem Bett und lief beinahe rückwärts zur Tür, blickte sie unverwandt an, es war eine absurde Szene, er war der Mann, der sie für immer lieben sollte, herrje, er öffnete, und Martha rauschte herein wie eine Walküre.

»Hallo, mein Schatz, oh, du siehst ja ganz blass aus, ist alles in Ordnung? Und du, Sofia, du bist ja immer noch nicht für die Stellprobe zurechtgemacht, sag mal, muss ich denn alles zweimal sagen? Was ist denn nur los mit dir! Man heiratet doch nicht in eine der besten Familien Englands ein und hat dann gar keine Gegenleistungen zu erbringen. Jedenfalls ist dein Vater angekommen, er ist unten mit einer Limousine der Regierung vorgefahren, offenbar bist du ja doch nicht so ganz von schlechten Eltern. Wenigstens etwas. Er wartet in der Lobby auf dich. Er wollte hinaufkommen, aber ich habe gesagt, es wäre dir sicher nicht recht, wenn dich jeder in deinem Hochzeitskleid sehen kann. Nun ja, er hat sich dann einfach hingesetzt und wartet da, ich würde dich aber nun wirklich bitten, dass du dich für die Stellprobe …«

»Mein Gott, das ist doch alles so Banane!«, schrie Sofia nun und fühlte selbst, dass sich das alles zu einem fünftklassigen Melodram entwickelte. »Mein Vater kann mich selbstverständlich immer und in jedem Augenblick in einem Hochzeitskleid sehen!«

Martha zuckte zusammen, weil der Ton der Schwiegertochter in ihren Augen nun endgültig entglitten war, aber es war Carl, der das Fass zum Überlaufen brachte: »Sofia, jetzt lass aber meine Mutter aus dem Spiel, sie kann doch nun wirklich nichts für deine Verwirrung, herrsch sie nicht dermaßen an.«

Sofia drehte sich zu ihm um, sie suchte in seinen Augen nach einem Wort, einem Satz, einer Entschuldigung, dass das alles nicht so gemeint war, doch als sie da nichts fand, sagte sie: »Ich geh dann mal«, und verließ das Zimmer. Sie schloss die Tür sogar ziemlich zaghaft, weil sie nicht weiter als Furie durchs Haus laufen wollte, sie rief den Fahrstuhl, aber der war laut der Anzeige gerade ganz unten in der Tiefgarage, also nahm sie die Treppe, und zwar immer zwei Stufen auf einmal, im Erdgeschoss flog sie förmlich aus der Tür, nachdem sie unterwegs so viel Tempo aufgenommen hatte, und dann sah sie sie auch schon da sitzen, brav, wie Martha sie aufgereiht hatte: ihre Mutter in einem leichten Sommerkleid armenischer Prägung und daneben ihr Vater, scheu und diplomatisch wie immer, schwarzer Anzug, hellblaues Hemd, strahlend braun gebrannt, die zypriotische Flagge am Revers. Und sie bremste nicht, sondern fiel ihm, der gerade erst aufgestanden war, in die Arme.

»Papa!«, rief sie und brach sofort in Tränen aus.

»Sofia, mein Schatz«, sagte er und hielt sie so fest, dass sie nichts mehr fürchtete. Keinen Meteoriteneinschlag, keine Grippe, keine Martha. Sie war in Sicherheit.

Éikosi dío – 22

»Da bist du ja endlich, Papa«, sagte sie, als sie ihn wieder losließ, obwohl sie seine Wärme, seine Kraft und den Geruch seines Aftershaves nie wieder loswerden wollte, dessen Marke er nicht gewechselt hatte, seit sie ein kleines Mädchen war. »Ich dachte, du kommst nie, sag schon, wie war dein Flug, wie geht es dir?«

Doch Botschafter Perikles antwortete nicht, sondern nahm sie bei den Armen und hielt sie ein Stück von sich weg, als wolle er sie im Licht betrachten – ein prüfender Blick, dann schüttelte er den Kopf, als habe er ein Urteil gefällt. Ihre Mutter sah sie gerührt an.

»Ach, meine Kleine«, sagte er, und sie fühlte sich sofort, als wäre sie wieder vier Jahre alt, »nun reden wir doch ganz sicher nicht über mich, wenn es dir nicht gut geht, sondern über dich. Komm, wir setzen uns. Andererseits«, er betrachtete das Gewusel rings um sie herum, die Männer und Frauen, die noch immer mit allerhand Krams die Lobby durchstreiften, als gelte es, ein mittelgroßes europäisches Volksfest auszurichten, »andererseits: Wollen wir nicht raus hier und etwas essen? Ich glaube, in meinem Club bieten sie auch zu dieser Zeit noch etwas zu essen an. Komm, es ist einfach scheußlich, dieser Lärm.« Sie hätte ihn gleich wieder umarmen mögen, er spürte genau, was sie brauchte. Sofia sah ihre Mama hilfesuchend an, doch die lachte ihr gütiges Lachen: »Nun macht mal, ihr beiden«, sagte sie, »ich hab meinen Gatten ja das ganze Jahr. Ihr geht etwas essen, und ich halte euch den Drachen vom Hals, falls sie kommt, um dich wieder in ihre Klauen zu kriegen. Los, *kali orexí, paidiá.*«

Sofia gab ihrer Mama einen Kuss auf die Wange, dann nahm sie ihren Vater bei der Hand und zog ihn mit sich aus dem lärmenden Hotel und auf die breite Promenade, auf der nur noch das Meer zu hören war, das Rauschen der Wellen und das Singen der Möwen, die hoch über ihnen ihren gewagten Tanz mit dem Wind aufführten. Plötzlich fühlte sie sich wieder ganz beschwingt, allein durch das Verständnis, das ihre Familie ihr entgegenbrachte.

»Komm, wir laufen«, sagte Papa Perikles, und sie schlugen den Weg gen Osten ein, immer entlang der Strandpromenade, an deren Rand die Angler auf den großen Fang warteten. Die Sehnen an ihren Angelruten glänzten als dünne Fäden in der Sonne. Im Wasser badeten einige Einheimische, die Felsenbuchten der Stadt zogen deutlich weniger Touristen an als die feinen Sandstrände der Hotelanlagen am Stadtrand. Und weit draußen lagen die üblichen zwei Dutzend Tankschiffe und Containerkolosse auf Reede.

»Du sammelst jetzt erst mal deine Gedanken«, sagte der Botschafter, »und ich plaudere einfach über unser neues Leben am Arsch der Welt.« Sofia sah ihn erstaunt an – so offen und undiplomatisch hatte sie ihn lange nicht mehr gehört. Es schien ihm wirklich gut zu gehen. Und während sie unter den Palmen an der Mole entlangliefen, entspann Papa Perikles ein wahres Netz an Anekdoten. »Hach, Sofia, die Kommunisten wissen gar nicht, was sie mir für einen riesigen Gefallen getan haben, mich aus Paris abzuziehen. Natürlich, anfangs waren deine Mutter und ich wie erschlagen von der Nachricht – ich glaubte, meine Karriere wäre zu Ende, für alle Zeiten. Armenien. Ernsthaft. Ich in Armenien.«

Es stimmte, die Nachricht musste bei ihrem Vater eingeschlagen haben wie eine Bombe. Eine Degradierung für den Mann, für den es seit der Schulzeit immer nur bergauf gegangen war. Abitur, Studium an der höchsten Beamtenschule der Insel, dann auch im Foreign Office in London, wo während der Kolonialzeit die zypriotischen Eliten ausgebildet worden waren. Später eine kurze parteipolitische Karriere, dann war er direkt Diplomat geworden. Zunächst erster Botschaftssekretär in Griechenland, dann Botschafter ebendort, später folgte eine kurze Stippvisite im Außenministerium in Nikosia, bevor Paris wartete. Sofia war achtzehn Jahre alt gewesen, als ihre Eltern nach Frankreich gezogen waren. Als nächste Station hätten noch höhere Weihen auf die Perikles' gewartet: US-Botschafter in Washington, D.C., oder UN-Botschafter in New York etwa. Stattdessen Armenien, eine ehemalige Sowjetrepublik.

»Aber ich muss dir sagen, mein liebes Kind, was haben wir uns getäuscht. Wir hatten ja gar nicht gemerkt, wie schlecht die Luft in Paris ist. Dieser Smog, diese enge Bebauung und dieser Lärm von den Motorrollern. Furchtbar.«

Sofia hatte ihre Eltern mehrfach in Paris besucht und das luxuriöse Botschaftsgebäude in der Rue Galilée bestaunt, ein alter Palast im Haussmann'schen Baustil in einer Gegend, die so nobel war, dass selbst die Motorroller Elektroantrieb hatten. Aber gut, ihr Vater war ein Meister im Schönreden.

»Nun, und dann kamen wir in Eriwan an. Wusstest du, dass die Stadt eine der ältesten bekannten Siedlungen der Welt ist? Was für ein herrlicher Ort, an einem Fluss gelegen, in einem wunderschönen Tal, umgeben von drei Bergketten. Wir haben eine Residenz in einem alten Schlossgebäude, und es gibt sogar einen Botschaftspark. Und diese Luft, es ist ein wahres Paradies. Die Botschafter sind längst nicht so hochnäsig wie die in Paris, du weißt doch, ich bin so schrecklich gesellig. Bei den Empfängen in Frankreich war es immer so, dass nur die Botschafter der USA, von Deutschland und Großbritannien wirklich was zählten. In Armenien ist es endlich völlig egal, ob ich aus einem kleinen Land stamme. Es scheint, bei jedem, der in Eriwan gelandet ist, ist die Karriere schon ziemlich am Ende, deshalb ist alles viel entspannter. Wir haben täglich Einladungen, es gibt herrliches Essen …«

»Und jede Menge Wodka, nehme ich an.«

»Ach, meine liebe Sofia, du weißt doch, ein Gentleman schweigt und genießt, und ein diplomatischer Gentleman genießt nur.« Er strahlte sie an. »Deiner Mutter gefällt es auch außerordentlich gut. Also, ich werde das dem alten Matriopoulus nicht auf die Nase binden, aber einen größeren Gefallen hätte er mir nicht tun können. Wenn ich mir vorstelle, dass ich jetzt in New York wäre und richtig viel Arbeit hätte – ich wäre wahrscheinlich in letzter Sekunde zu deiner Hochzeit gehetzt. Und jetzt – habe ich richtig viel Zeit dafür. Du kannst mich sogar in deine Flitterwochen mitnehmen.«

»Ach, vielleicht wäre es wirklich besser, wenn du dahin mitkämst«, bemerkte Sofia vielsagend.

Wieder sah ihr Vater sie besorgt an. »Da vorne ist schon der Club. Erzähl mir alles, ja? Hast du überhaupt genug Zeit? Wir sind ewig gelaufen. Wann musst du wieder los?«

»Wir müssen in zwei Stunden losfahren«, sagte Sofia nach einem prüfenden Blick auf die Uhr. »Mein Kollege holt mich am Hotel ab.« Sie wünschte, dieses Gespräch würde nie enden. Es tat ihr so gut, ihr Vater tat ihr so gut.

»Zwei Stunden, das schaffen wir. Los, suchen wir uns einen schönen Tisch.«

Sie betraten das weiße Gebäude mit der blauen Aufschrift *Nautical Club Famagusta.* Vor dem Eingang lag ein riesiger Anker, der von einem alten Schiff stammte, das einst in Famagusta geankert hatte, der Stadt, die nun von den Türken besetzt war. Einst war der Vater ihres Vaters Mitglied des Clubs in Famagusta gewesen, doch nun hatten die Mitglieder den elitären Club hierher nach Limassol verlegt, im Andenken an den Gründungsort dessen Namen aber beibehalten. Der Club besaß eine wunderschöne Terrasse genau am Strand, der Wirt war ein alter Brummbär, den Sofia schon von Kindesbeinen an kannte.

»Ambassador«, knurrte er auch tatsächlich sofort, als er Herrn Perikles erkannte, »na, da beiß mich doch ein Hammerhai, Sie wieder auf heimischem Boden. Warum haben Sie nicht angerufen, dann hätte ich doch den besten Tisch reserviert.«

»Der beste Tisch ist doch immer der, an dem meine Tochter neben mir sitzt.«

»Gut, dass Sie es aussprechen, Botschafter, dann muss ich es nicht tun. Wäre ja sicher verboten in diesen Tagen, wegen diesem MeToo. Gibt's das auch in Armenien?«

»Wollen Sie die diplomatische Antwort oder meine persönliche? Sofia, erinnerst du dich an Dimitris?«

»Natürlich«, sagte sie, und der Wirt strahlte sie an, seine Augen hatten sofort einen weichen Glanz, seine Stimme schien nicht mal mehr halb so brummig. »Sie sind auch wieder auf der Insel, bitte, so schön, Sie zu sehen, Frau Perikles. Dort draußen, unter dem Dach, da steht Ihr Tisch, da geht ein feines Lüftchen, das können Sie doch heute gebrauchen, oder?«

Der Botschafter und seine Tochter nickten und nahmen an dem weiß gedeckten Tisch Platz, der Wirt kam, aber er trug keine Karten in der Hand. »Wie immer, Botschafter?«

»Wie immer«, sagte Sofias Vater, und Dimitris ratterte die Bestellung herunter, als wäre der Botschafter noch jede Woche dreimal zu Gast.

»Eine große Flasche italienisches Mineralwasser, dazu eine

Flasche Spourtiko.« Den trank ihr Vater immer, der Weiße bestand aus einer der seltenen autochthonen Rebsorten, die es nur auf der Insel gab, und war äußerst frisch und lecker. »Und dann serviere ich euch wie in den guten alten Zeiten einen *Choriatiki*, den *Saganaki* mit Pulpo und die frischen Goldbrassen.«

»Dimitris, du bist immer noch wie ein Vater für mich«, scherzte Botschafter Perikles, aber Sofia hörte die echte Freude in seiner Stimme, wieder zu Hause zu sein.

»Na, eher ein junger Bruder«, gab Dimitris fröhlich zurück. »Also, lehnt euch zurück und genießt die kühle Brise.«

Es stimmte, vom Meer zog ein frischer Wind auf, der sich auf der Terrasse fing und den unerhört heißen Tag einen Hauch angenehmer machte.

»So, meine Liebe, was bedrückt dich, so kurz vorm schönsten Tag deines Lebens?«

»Ich weiß auch nicht, Papa … Es ist, als wäre es ein Spiegelbild von dem, was du erlebt hast. Als ich hier ankam und dann diese Mail las, vom Innenminister, mit der er mich an den Arsch der Welt versetzt hat, da dachte ich, nun würde ein immerwährender Albtraum beginnen. Und nun …«

»Nun findest du es ganz schön?«

»Oh Gott – ist es schlimm, das zuzugeben? Ja, ich finde es schön. Und es fühlt sich wirklich so an, als würde ich gebraucht werden, vielleicht zum ersten Mal in meinem Leben.«

Dimitris brachte die Getränke, und Sofia und ihr Vater stießen mit dem Wein an.

»Auf unsere Familie«, sagte der Botschafter, und Sofia wiederholte: »Auf unsere Familie – und auf Zypern.«

»Du sagst es. Auf Zypern. Kann es nicht auch sein, dass du einfach wieder Heimatgefühle hegst?«

»Na klar, Papa, das ist es auch. Und ich hab Sorge, dass Carl will, dass ich wieder von hier weggehe.«

»Was du nicht willst …«

»Natürlich nicht. Es ist so merkwürdig. Ich habe die weite Welt geliebt, fand es toll, mit ihm zu reisen und so. Aber nun … nun habe ich eine Heimat. Ich, die ich mit euch immer um die Welt gereist bin, fühle mich endlich an einem Ort wohl.«

»Und bei Carl? Wie fühlst du dich da?«

Sofia schloss die Augen, als versuche sie, sich das Bild ihres Verlobten herbeizuzaubern. Aber irgendwie blieb sein Gesicht unscharf.

»Ich mag ihn sehr. Ich …«

»Ich erinnere mich noch, wie du mir blumig erzählt hast, wie sehr du ihn liebst, es ist nicht lange her. Damals wart ihr zusammen in London und wir in Paris. Kann es sein, dass ihr einfach mal wieder länger an einem Ort sein müsst – und kann es auch sein, dass du gerade einfach kalte Füße kriegst? So wie jede Braut und jeder Bräutigam vor der Hochzeit?«

»Mann, Papa«, sagte sie, weil sie spürte, dass er recht haben könnte. »Weißt du, ich hab es aber auch nicht leicht: Ich sehe immerzu das perfekte Paar vor mir. Einen Mann und eine Frau, die sich immer begleiten, die sich immer lieben und einander immer die Freiheit lassen. Und das muss ich doch auch erreichen, ist doch klar.«

»Von wem redest du?«

»Im Ernst, Papa? Na, von Mama und dir. Ihr seid so füreinander geschaffen. Klar, Mama ist dir immer überallhin gefolgt. Aber ich bin mir sicher, du hättest das Gleiche für mich getan. Carl kann sich aber nicht vorstellen, hier auf Zypern zu leben – und seine Familie … ehrlich, es ist … es ist einfach nicht ich.«

»Also, Sofia, um das mal klarzustellen: Ich weiß, wie spannend das ist – der erste eigene Beruf. Und wie es ist, wieder in der Heimat zu sein. Und dennoch weiß ich, dass du auch genau die andere Seite hast: die große Welt, das Rastlossein, das

Aufsteigenwollen. Meinst du wirklich, du willst dein ganzes Leben lang Dorfpolizistin sein?«

Sofia antwortete nicht.

»Siehst du? Weißt du, ich …«

Doch dann kam Dimitris mit großem Schwung aus der Küche und stellte die ausladenden weißen Platten und Schüsseln vor ihnen ab. In einer Schüssel war der saftige *Choriatiki*, der Bauernsalat, in dem die Tomaten, Gurken und roten Zwiebeln um die Wette glänzten und der herrliche Feta Sofia das Wasser im Mund zusammenlaufen ließ. Daneben auf einer Platte lag der goldgelb gebackene Schafskäse, der *Saganaki*, der in diesem Club zusammen mit dunkel gegrilltem Pulpo serviert wurde. Die Tentakeln waren nur mit grobem Salz und Olivenöl bestreut, und Sofia konnte die Röstnoten vom Holzkohlefeuer förmlich riechen. Auf der größten Platte aber lag der gegrillte Wolfsbarsch, dessen Augen hell glänzten, weil der Fischer ihn, wie hier üblich, erst am Morgen im kleinen Hafen von Limassol angelandet hatte. Der Koch hatte den Bauch des Fisches mit Thymian, Knoblauch und Zitrone gefüllt, dazu gab es nur Petersilie und frisch gebackenes Brot in einem Korb. Es war das perfekte Mahl.

»Wow«, sagte Sofia, »und da willst du mich zurück nach London schicken? Zu Fisch in Bierteig? Papa, das hier ist das Leben.«

»Da hast du recht, ich glaube, ich muss auch bald wieder zurück nach Hause ziehen. So, erzähl mir von deinem neuen Fall, Sofia, ich bin ganz gespannt.«

Ihr Vater tat ihr etwas vom Fisch auf, dann nahm sich Sofia noch einen Tentakel vom Pulpo und reichlich Käse, bevor sie zu erzählen begann. Doch in ihrem Kopf hatte sich unterdessen eine Antwort auf die Frage gebildet, die ihr Vater eben gestellt hatte, das merkte sie jetzt. Und die Antwort überraschte sie so sehr, dass sie sie für sich behalten musste.

Es war die Antwort auf die Frage, ob sie glaubte, für immer Dorfpolizistin sein zu wollen.

Dorfpolizistin in Kato Koutrafas.

Éikosi tría – 23

»So, jetzt holen wir uns diese Kerle«, sagte Sofia und steckte sich die Waffe ins Holster, in der Hoffnung, sie nicht bedienen zu müssen. Ihr zehnminütiger Schießkurs bei Kostas war so kurios gewesen, dass sie sich auf das Abdrücken so wenig vorbereitet fühlte wie auf die Ehe.

»Ich konnte reiche Griechen noch nie leiden«, fügte Kostas hinzu, nahm seine Waffe und steckte sie wie immer in den hinteren Hosenbund.

»Wann kommen die Kollegen aus Nikosia?«

»Treffen wir vor Ort. Angeblich halten sie sich schon im Umfeld versteckt, für den Fall, dass die Gauner früher abrücken wollen.«

»Na dann, auf geht's.«

»Warte. Die lassen wir hier. Die brauchen wir erst morgen wieder.«

Kostas zog die Karte aus der Jackentasche und legte sie auf seinen Schreibtisch. Dann gingen sie hinaus und auf den Pick-up des Chief Inspectors zu.

»Endlich ist er wieder repariert, und ich muss nicht mehr mit diesem Mädchenauto fahren«, schnaufte er.

Sofia zog eine Augenbraue hoch, sagte aber nichts. Kostas setzte sich hinters Steuer. Es war eine kurze und schweigsame Fahrt, aber diesmal nicht so sehr, weil Sofia das Adrenalin spürte, das vor so einem Einsatz durch ihre Venen flutete, sondern weil sie immer noch über die Worte ihres Vaters nachdachte.

Ja, er hatte recht. Sie würde sich einfach beruhigen müssen, um dann ihre Gefühle in aller Sorgfalt abzuwägen und eine Entscheidung zu treffen. Alles war gut. Carl war der Richtige. Ihr Carl.

Kurz hinter der Einfahrt zur Mine von Skouriotissa bog Kostas nach links auf einen Waldweg ab und zog hinter einer kleinen Anhöhe direkt nach rechts. Nun war ihr Auto vor Blicken von der Straße aus verborgen. Erst hätte sie es gar nicht bemerkt, aber dann sah sie den grünen Wagen doch, der hundert Meter nördlich von hier zwischen den Bäumen verborgen stand. Auch die Männer erkannte sie, aber nur weil sie sich bewegten. Sie trugen Camouflage-Overalls. Es waren drei, nein, vier Männer, von denen zwei ihnen ein Zeichen mit der Hand gaben. Vorsichtig näherten sie sich.

»Chief Inspector«, sagte der eine Mann, der zusätzlich zum Overall eine Sturmhaube trug, die sein Gesicht verbarg. »Ich bin Zakarias von der Sondereinheit in Nikosia, und das sind meine Jungs.«

»Wer ist vor Ort?«

»Zwei meiner Männer. Sie bewachen die Ein- und Ausfahrt und die Zentrale. Sie haben Motorräder, sie kommen also hinterher, wenn es losgeht.«

Er wies auf sein Funkgerät. »Die melden sich, wenn sich was tut.«

Bisher war nur ein leises Rauschen zu hören. Kostas streckte sich, dann ließ er sich auf dem Boden nieder und lehnte sich an einem großen Reifen des Jeeps der Sondereinheit an.

»So, na, dann beginnt jetzt die beste Aufgabe eines jeden Bullen«, sagte der Chief Inspector.

»Abwarten«, tönte es aus den vier Kehlen der maskierten Polizisten.

»Und keinen Ouzo trinken«, fügte Sofia hinzu, und die anderen lachten. Sogar Kostas lachte mit.

»Sie sind neu bei der Truppe?«, fragte Zakarias und trat einen Schritt auf Sofia zu.

»Es begann als ein großes Missverständnis, und mittlerweile finde ich es …«, sie überlegte, wie sie ihr Gefühl in Worte fassen konnte, »mittlerweile liebe ich diesen Job. Er ist einfach erfüllend.«

Auf einmal fühlte sie sich wirklich ganz leicht und ganz ruhig, als habe sich ihre Sorge in eine weiche Wolke gebettet.

»Ja, schön, Sie mal zu treffen. Selbst in der Hauptstadt redet man über Sie.«

»Was? Wer?«

»Nun, alle. Christina Charalambous hat wohl von Ihnen geschwärmt, Frau Perikles, und mittlerweile ist ›die junge Polizistin von Kato Koutrafas‹ in aller Munde. Es wäre gut, wenn es mehr so talentierten Nachwuchs gäbe, auch in Nikosia. Gehen Sie bloß nicht wieder auf einen dieser Büroposten. Sesselpupser haben wir auf Zypern genug.«

Sofia hätte auch gern eine Sturmhaube getragen, sie spürte, dass sie errötete.

»Rauchen Sie?«, fragte der Mann, der seine Haube abnahm und ihr die Schachtel hinhielt.

»Kostas raucht für zwei, das reicht«, antwortete sie lächelnd.

Sie setzten sich nebeneinander, Sofia und Zakarias. Er sah gut aus, befand sie, sehr gut sogar. Er hatte einen dunklen Teint in dem Olivgrün der Zyprioten, ein markantes Gesicht und lange dunkelblonde Haare. Außergewöhnlich. Aber seine Augen, tiefbraun und sanft, er sah aus wie …

»Sie waren lange im Ausland und sind wieder auf die Insel zurückgekehrt, erzählt man sich. Und wie ist das Leben hier, wenn man schon vom süßen Nektar der großen Welt gekostet hat?«

»Ach, London und Berlin sind aufregend, aber das hier ist …«

»Zuhause, oder?«

»Sie sagen es, es ist Zuhause.«

»Mir geht das immer so, wenn ich mal 'ne Woche weg bin. Wenn das Flugzeug zur Landung in Larnaka ansetzt und der Salzsee in den Blick kommt, dann fällt mir jedes Mal ein Stein vom Herzen.«

Er räusperte sich.

»Nicht falsch verstehen, aber sind Sie …«

Sie blickte ihn mit festem Blick an.

»Ob ich allein bin? Nein, ehrlich gesagt heirate ich übermorgen.«

»Übermorgen? Ehrlich?«

»Ja, in Limassol. Wird 'ne coole Party. Wir haben reichlich Platz, Sie können gerne alle kommen.«

»Und was sagt der Glückliche, wenn seine Angebetete am Vorvorabend der Hochzeit noch mit bewaffneten Männern im Gras sitzt und die ganze Nacht das Böse bekämpft?«

»Ich glaube, er ist stolz auf mich«, antwortete sie und wusste nicht so genau, von wem sie sprach.

»Ist er denn gut …«, begann Zakarias, aber dann piepte es an seinem Gürtel, und Sofia spürte ihrerseits große Erleichterung. »Echo Bravo 2, hier Echo Bravo 1. Es sind drei Lastwagen angekommen, die wir hier noch nicht gesehen haben. Kennzeichen aus No Man's Land. Sie stehen an der Rampe und werden beladen. Was sollen wir tun?«

Zakarias sah erst zu Sofia, dann zu Kostas. Seine Miene war fragend, seine Hand hielt das Funkgerät umklammert. Kostas gab ihm zwei Zeichen, er schien die Sprache der Sondereinheit exquisit zu beherrschen.

»Wir werden sie in Ruhe laden und abfahren lassen«, gab Zakarias durch. »Der Vogel soll in sein Nest.«

»Vogel ins Nest. Verstanden. Wir gehen auf Tauchstation. Over.«

»Over and out.«

Und wieder begann das Warten, doch es war diesmal ein anderes. Nun war klar: Es geht etwas vor sich. Sofia fühlte die Angespanntheit der Männer, immer wieder stand ein Maskierter auf, nahm das Fernglas und sah über den Hügel in die Weite. Kurzes Kopfschütteln, dann setzte er sich wieder. So ging das fünfzehn Minuten, eine halbe Stunde, eine Dreiviertelstunde. Die Sonne war längst untergegangen, die blaue Stunde auch schon vorbei, die Hügel waren nur noch Schatten, genau wie die Zypressen, unter denen sie saßen. Wieder eine Viertelstunde später, Sofia wäre fast eingenickt, knackte es in Zakarias' Funkgerät.

»Achtung, die Lkws verlassen die Rampe. Die Zielperson folgt im Jeep.«

»Okay. Wir sind bereit.«

Doch Kostas stand auf, runzelte die Stirn und ging zu Zakarias. »Gib mir mal.« Der Mann, der eben die Maske übergestreift hatte, gab ihm das Funkgerät.

»Hier ist Chief Inspector Kostas Karamanlis. Haben Sie gesagt, *die Zielperson*? Ist der Direktor allein?«

Ein Knacken in der Leitung, als überlege die Gegenseite.

»Ja. Es war merkwürdig. Er hat vor der Abfahrt in der Tür zu seinem Container gestanden, nach links und rechts geschaut, als warte er auf jemanden, und auf die Uhr gesehen. Aber es kam niemand. Also ist er eingestiegen, hat den Fahrern der Lkws Lichthupe gegeben, und jetzt fahren sie gerade ab. Drei Minuten bis zu euch.«

»Okay, danke.«

Kostas gab Zakarias das Funkgerät zurück. »Merkwürdig«, sagte er leise. Sofia verstand nicht.

»Was machen wir?«, fragte Zakarias.

»Folgen«, sagte Kostas. »Ich will wissen, wo sie hinwollen.«

»Ab zu den Wagen!«, rief Zakarias. Sofia folgte Kostas zu seinem Pick-up. Sie stiegen ein, und der Chief Inspector ließ die Scheinwerfer ausgeschaltet, genau wie die beiden Autos der Sondereinheit, die hinter ihnen standen. Ins Funkgerät sagte Kostas: »Wir bleiben weit hinter ihnen, ferner Sichtkontakt. Wir wechseln uns ab. Alle drei in Rotation, dann auch die Motorräder. Verstanden?«

»Alles klar, viel Glück.«

Sofia fragte sich, ob wirklich so eine Hitze in dem Wagen herrschte oder ob es nur ihrer Aufregung geschuldet war, dass sie schwitzte. Es waren schier endlose Minuten, bis die Bäume auf der Straße erleuchtet wurden, dann, nach Sekunden, rauschte erst ein Lkw vorbei, dann ein zweiter, dann der dritte, abschließend der Jeep als Nachhut. Kostas zählte leise die Sekunden.

»Eins, zwei, drei, vier, fünf, sechs, sieben, acht, neun, zehn …«, bis zwanzig zählte er, dann bog er auf die leere Landstraße ein, beschleunigte, raste im Blindflug los und schaltete erst nach vielleicht zehn weiteren Sekunden die Scheinwerfer ein, damit es so aussah, als handelte es sich um einen ganz normalen Wagen auf dem Weg gen Norden. Mit großem Abstand folgten ihnen die beiden Polizeiwagen. Sie nahmen die kurvenreiche Straße in hohem Tempo, hinter einer der nächsten Kurven auf einer langen Ebene kamen die Scheinwerfer vor ihnen in Sicht. Kostas trat nicht auf die Bremse, damit die Lichter im Heck nicht aufleuchteten, sondern ließ den Wagen ein Stück rollen, um langsamer zu werden.

»Du bist aber ein versierter Beschatter.«

»Nun, nur weil ich ein Säufer war, habe ich doch meine Chief-Inspector-Qualitäten nicht verloren«, sagte er leise, und sie spürte seine Anspannung.

»Ich glaube, ich weiß, wohin sie wollen. Denkst du auch …«

»… dass sie nach drüben wollen?«

Sofia nickte.

»Ja, glaube ich auch.«

»Verdammt, der Direktor umgeht wirklich die Sanktionen.«

»Na, du hast es doch geahnt, nachdem du dir die Statistiken angesehen hast. Warum sonst hätte die Kupferausbeute so stark sinken sollen? Die Rahmenbedingungen waren doch die gleichen.«

»Und die Türken zahlen viel für das Metall.«

»Ja, viel mehr, als er in Griechenland erlösen könnte.«

»Weil die Sanktionen sonst nicht erlauben, dass Edelmetalle ins Land kommen.«

»Genau. Und sie haben aber nicht unser Know-how, um Kupfer in der Qualität zu produzieren.«

»Dieser Arsch«, sagte Sofia.

In diesem Moment schoss eines der Motorräder an ihnen vorbei, und sie sahen dabei zu, wie der Fahrer auch den Jeep und die Lkws überholte, ohne sie aber anzuhalten oder dergleichen. Drei Minuten später sagte der Fahrer mit glasklarer Verbindung über Funk: »Ihr seid zwei Minuten vor der Grenze. Zugriff jederzeit möglich.«

»Noch abwarten«, antwortete Kostas.

»Aber wenn die durchfahren?«

»Noch abwarten«, wiederholte der Chief Inspector. »Ich will einen Kontakt.«

Er wechselte die Frequenz und fauchte hinein: »Grenze Astromeritis, es kommen drei Lkws, keine Prüfung, kein Stopp, Durchfahrt erlauben.«

Er bemühte sich aufzuschließen und war kurz vor dem Übergang dicht hinter dem letzten Lkw, der Jeep musste zwischenzeitlich überholt haben. Rechts und links beleuchteten nun Laternen die dunkle Straße, dann kam der bekannte Grenzposten in den Blick, der jetzt deutlich bedrohlicher aussah als am Tage. Der Konvoi bremste nur kurz, die roten Lichter spiegelten sich in Kostas' Augen. Sofia sah, wie die Lkws wieder anfuhren, und dann auch den Grenzer, der die ganze Karawane durchwinkte – auch für sie hatte er nur eine kurze Handbewegung.

»Wir sind in der Pufferzone«, hörte sie über Funk Zakarias' verwirrte Stimme. »Was ist Ihr Plan, Chief Inspector, wir dürfen nicht hier sein. Erst recht nicht bewaffnet.«

»Das hier ist ein Bruch der Sanktionen. Das darf nicht sein. Ich will die Hintermänner.«

Die Lkws jagten über die ebene Gerade, die durch die Landschaft schnitt, rechts und links nur Dunkelheit, es war ganz und gar unheimlich. Kostas jagte hinterher und sagte kein Wort.

Dieses Gefühl war beinahe unbeschreiblich: diese Mischung aus Furcht und Adrenalin, aus Unvorhersehbarkeit und Machtgefühl, das Sofia durchströmte. Was würde sie gleich erwarten? Würde es zu einem Schusswechsel kommen? Würde sie mit ihren Kollegen die Dinge zum Guten wenden? Ein riesiges Verbrechen aufhalten?

Sie näherten sich dem Licht – schon von ferne sah sie die angestrahlten türkischen Fahnen.

Wieder rauschte der Funk. »Hier steht ein Jeep kurz vor dem Übergang, drinnen sitzen zwei Männer. Türkisches Kennzeichen.«

»Schleuser!«, rief Kostas. »Okay, wir haben noch dreihundert Meter. Sie dürfen nicht durchbrechen. Zugriff! Zugriff sage ich!«

Er riss das Lenkrad herum und trat das Gaspedal so hart durch, dass sich Sofia wunderte, dass sein Fuß nicht das Bodenblech durchstieß und auf der Straße landete, er scherte aus, der Motor heulte, als schlüge sein letztes Stündchen, aber dann hob der Pick-up beinahe ab, er musste einen sehr starken Motor haben, Kostas pflügte los, sie rasten an dem einen Lkw vorbei, Gott sei Dank kam kein Gegenverkehr, dann der zweite Lkw, immer noch hielt er sich auf der Überholspur, die Grenze kam rasend schnell näher, sie hatten keine Zeit mehr, von den türkischen Grenzern mussten sie sich keine Hilfe erwarten, im Gegenteil, Sofia kramte schon nach ihrer Pistole. Ein Zwischenfall in der Pufferzone, ein Schusswechsel mit türkischen Polizisten, sie wollte es sich gar nicht ausmalen, das könnte nicht weniger als einen Krieg bedeuten. Über Funk überschlugen sich die Stimmen, der Motorradfahrer schrie: »Die Türken riegeln ab!« Zakarias schrie: »Herrgott, was soll dieser Wahnsinn?« Kostas aber lachte nur und trat weiter das Pedal durch, sie überholten nun den Jeep, Sofia sah nach rechts und blickte in die angsterfüllten Augen des Direktors, dann flog auch der erste Lkw vorbei, der Anführer der Kolonne. Hundert Meter bis zur Grenze. Kostas schmiss sein Blaulicht aufs Dach, dann riss er das Lenkrad wieder herum und bremste wie ein Irrer, der Pick-up stellte sich quer und stand nun mit den Scheinwerfern und der Rundumleuchte mitten auf der Straße, Sofia und Kostas saßen quasi in der Fahrtschneise der Lkws quer. Sie hörte das Quietschen der Reifen, sie schloss die Augen, stellte sich auf das Unvermeidliche ein, den Einschlag in ihre Tür, sie sah sich schon im Rollstuhl sitzen, immer noch quietschte es, sie dachte an Carl, der sie niemals zur Ehefrau nehmen würde, wenn ihr Gesicht entstellt war, nein, Carl nicht, es war nur der Bruchteil einer Sekunde, in der sie dachte: Carl nicht, aber Christos.

Doch dann musste sie den Gedanken abbrechen, weil es neben ihr fauchte und spuckte, die Bremsen, der Motor des Lkws, die Scheinwerfer leuchteten grell in ihr Fenster, und Kostas schrie: »Raus! Nun los, Sofia!«, und dann öffnete sie die Augen und sah den Kühlergrill des schweren Trucks genau neben sich, nur durch die Beifahrerscheibe getrennt. Mann, war das knapp.

Sie schaffte es nicht mal, die Tür zu öffnen, also wartete sie, bis Kostas herausgesprungen war, und kletterte dann umständlich über den Schaltknüppel hinweg, mit den Knien über den Fahrersitz, dann stand sie endlich auf der Straße. Ihr Kollege stand vor dem vorderen Jeep und hielt die beiden Männer in Schach, die den Motor eben abstellten, dann winkte er den Fahrer des ersten Lkws heraus, die Waffe gezogen, sie drehte sich zur Grenze um, dort standen die türkischen Beamten vor der geöffneten Schranke, tatsächlich, sie hatten die Waffen gezogen und zielten in ihre Richtung, doch sie bewegten sich nicht, noch nicht. In die Pufferzone, das mussten sie abklären, und zwar direkt mit Ankara.

Sofia und die Kollegen hatten also nicht viel Zeit. Sie sah in die Scheinwerfer, dann rannte sie los, die ganze Ladefläche entlang zu dem Jeep, bei dem sich gerade die Tür öffnete. Der Mann wollte eben losrennen, da rief Sofia: »Stehen bleiben, Herr Lampoutsis, keine Bewegung, Sie sind verhaftet.« Er drehte sich zu ihr um, sein Blick war fahrig, als habe er Drogen genommen, er maß die Entfernung zum Straßengraben ab, sie sah, wie nass geschwitzt sein Hemd war, der Blick war die pure Panik.

»Denken Sie nicht mal dran«, sagte sie ganz ruhig, und nach einem kurzen Moment streckte er ihr die offenen Handflächen entgegen, zum Zeichen, dass er sich ergeben wolle.

Sie trat auf ihn zu und nahm die Handschellen aus ihrer Hosentasche. »Ich verhafte Sie wegen des Verdachts des Schmuggels, des Verstoßes gegen Sanktionen der Republik Zypern und wegen Unterschlagung.«

»Sie … ich …«, er stammelte nur, aber all die Selbstsicherheit von dem Gespräch vor wenigen Tagen war wie weggeblasen. »Kommen Sie«, sagte Sofia und zog ihn mit sich zu den rückwärtigen Lkws. Dort sah sie die maskierten Männer der Sondereinheit, Zakarias saß auf dem Rücken eines Fahrers, der hatte weglaufen wollen, der andere stand teilnahmslos herum, als habe das alles mit ihm nichts zu tun.

»Alles gut bei euch?«, rief Sofia.

»Ja«, rief Zakarias, »aber sag deinem Kollegen, er ist irre. Wir müssen hier schnell weg, oder wir brauchen Verstärkung.« Er wies mit dem Kopf auf die türkischen Grenzer. Sofia sagte zu dem Direktor: »Mitkommen, wieder nach vorne.«

Er bewegte sich schwerfällig, deshalb kamen sie nur langsam voran, aber endlich waren sie bei Kostas. Der hatte die beiden Jeep-Insassen Rücken an Rücken auf den Fußboden gesetzt, die Hände gefesselt, der Lkw-Fahrer saß daneben.

»Oh, Herr Lampoutsis«, sagte der, als er den Direktor sah, »na, da werden wir ja einen hübschen großen Gefangenentransport brauchen für all Ihre Gefolgsleute.«

»Wir sind hier in der internationalen Pufferzone«, sagte Lampoutsis, wieder etwas forscher.

»Stimmt, deshalb habe ich die UN-Soldaten eben schon angefunkt. Die Türken werden sich nicht näher herantrauen, weil sie bestimmt nicht wollen, dass die ganze Welt erfährt, was hier gespielt wird. Die Blauhelme sind schon auf dem Weg, und im Norden wird es morgen früh heißen: Grenzdurchbruch? Davon haben wir nichts gewusst. Glauben Sie nicht?«

Lampoutsis spuckte auf den Boden.

»Oh, da verliert der feine Sohn schon mal seine guten Manieren, wenn das schöne Geschäftsmodell zerbricht?«

Der Grieche wendete den Blick ab.

»Wo ist Ihr Gorilla?«

»Wer?«

»Na, der Mann, auf den Sie den ganzen Abend gewartet haben. Ioannou Stakis. Wo ist er?«

»Nicht gekommen«, sagte Dimitris wütend. »Keine Ahnung, wo der Scheißkerl steckt. Bezahl ich dem 'ne Stange Kohle und dann verpisst er sich, wenn's ernst wird …«

Es klingelte laut, und Kostas schaute kurz verwirrt auf sein Display. »Sorry, Sofia, da muss ich ran. Setz ihn zu den anderen.«

Sie griff Dimitris Lampoutsis am Arm und zog ihn zu den türkischen Männern, nur widerwillig ließ er sich neben ihnen nieder. Wenn Blicke hätten töten können, dann wäre Lampoutsis in diesem Moment in Flammen aufgegangen. Hier war noch lange nicht klar, wer Häuptling und wer Indianer war.

Sofia beobachtete Kostas, der leise in sein Telefon zischte. Er sah aus, als rege er sich über etwas furchtbar auf. Oder als wäre er wahnsinnig konzentriert. Oder beides. Nach einer Minute legte er auf und kam zu ihr, sein Blick wirkte unstet.

»Alles im Lot bei dir?«

»Ja, ja«, antwortete er und war doch gänzlich abwesend.

Sofia begann sich Sorgen zu machen, aber dann war es, als würde ein Ruck durch Kostas gehen. Fokussiert sah er sie an und sagte: »Okay, ich durchsuche die Wagen, und du machst mit den Leuten von der Sondereinheit die Lkws auf, ich will wissen, was hier gespielt wird.«

»Aye, aye, Sir«, sagte Sofia lächelnd. »Wir haben sie echt aufgehalten. Du bist toll gefahren, Chief Inspector.«

»Danke«, gab Kostas lächelnd zurück. »Also: Los geht's.«

Sie wandte sich um und ging zu dem zweiten Lkw in der Reihe, immer noch war es ein Lichtermeer in dunkler Nacht, die blauen Rundumleuchten wurden von den roten Planen der Auflieger zurückgeworfen, dazu die Fernscheinwerfer der Polizeiwagen, die ihr weißes Licht auf die Straße warfen. Aus der Ferne sah sie Kolonnen schnell näher kommen, sicherlich die Blauhelme der UN.

»Zakarias?«

»Wir kommen.«

Und schon standen der maskierte Anführer der Sondereinheit und zwei seiner Männer neben ihr.

»Los, wir öffnen jetzt den Laderaum.«

»Machen wir.« Er gab seinen Männern ein Zeichen, und sie traten an die verplombte Hecktür.

»Kannst du ein Stück zurückbleiben?«, fragte Zakarias sie.

»Hm?«

Er senkte den Blick. »Es könnte alles sein. Flüchtlinge, die uns entgegenstürmen, Gift, auch …«

Sie erriet seine Gedanken. »Du meinst Leichen, was? Und du denkst, ich wäre zu schwach dafür? Los, macht die Tür auf, verdammt, ich bin auch Polizistin.«

Zakarias nickte, und die Männer öffneten unter großem Quietschen und Getöse die Heckklappe. Sofia war die Erste, die einen Blick hineinwerfen konnte – und sie war tief erleichtert, dass da keine Toten lagen, auch keine lebenden Menschen, die sie aus großen Augen ansahen. Sondern große Metallkisten, übereinandergestapelt bis zum Dach, mit Aufklebern auf der Seite. Die Sprache war eindeutig: Türkisch.

»Sie haben es vorher schon umdeklariert«, sagte Sofia und kletterte hinein, ohne die helfende Hand von Zakarias zu beachten, stattdessen drehte sie sich um und streckte ihm ihre Hand hin. Er ergriff sie lächelnd und ließ sich die Rampe hinaufziehen.

»Danke, Officer.«

Sie traten an eine der Kisten heran, und Sofia öffnete die Klappen am Rande, der Deckel hob sich federleicht.

»Wow, das glänzt ja!«, sagte Zakarias neben ihr. Ein Motor heulte auf, sie sah Lichter vorbeigleiten, dachte sich aber nichts dabei. Zu gebannt starrte sie auf die roten Steine.

»Ich dachte, sie liefern das abgebaute Kupfer in die Türkei, was ja schon eine Riesensauerei gewesen wäre, aber das hier …«, sie nahm einen der glatten roten Steine heraus und hielt ihn ins Licht des Jeep-Scheinwerfers hinter ihnen, »das hier ist eine ganz andere Sache. Das sind Millionen in diesen Lkws.«

»Was ist das?«

»Wenn mich nicht alles täuscht, ist das Reinkupfer«, antwortete Sofia. »Weißt du, wenn du das Metall aus dem Berg abbaust, dann hast du in dem Stein eine Mischung aus ganz vielen Elementen, es ist quasi unbrauchbar. Du musst die Steine erst mal zu Rohkupfer aufarbeiten. Das konnte die Mine von Skouriotissa immer schon. Dafür braucht es die Schwimmaufbereitung und verschiedene Chemikalien. Irgendwann schöpfst du dann das rohe Erz ab, das eine Reinheit von 95 Prozent hat. Aber das reicht immer noch nicht für die Elektroindustrie, für die also, die richtig viel Kohle für Kupfer bezahlen. Die brauchen noch viel reineres Zeug. In der Republik Zypern gibt es dafür Firmen, auch in Griechenland, aber die Produktion ist sehr schwierig. In Nordzypern können die das nicht – weil die Sanktionen die Lieferung der Produktionswerkzeuge verbieten. Also würde es ihnen nichts bringen, Rohkupfer geliefert zu bekommen. Sie brauchen Reinkupfer, damit sie damit etwas anfangen können. Reinkupfer wie dieses hier. Das hat eine Reinheit von … ich schätze mal, 99,9 Prozent.«

»Krass, woher weißt du das alles? Hast du nebenbei noch Chemie studiert?«

Sofia spürte, wie sie wieder errötete. »Ich habe doch gesagt, ich liebe diesen Job. Und wie soll ich einen Fall lösen, wenn ich nichts über die Materie weiß? Ich habe mich eine ganze Nacht lang mit Kupfer beschäftigt. Vorher hätte ich nicht mal gewusst, ob es rot oder grün ist. Los, wir müssen Kostas davon erzählen, und dann will ich diesen Saukerl von Lampoutsis vernehmen.«

Sie spürte die beeindruckten Blicke des Kollegen, behielt

das Stück Reinkupfer in der Hand und sprang von der Ladefläche. Sie spürte die Euphorie, die sie durchflutete, als sie den Weg zu den Gefangenen antrat. In diesem Moment hörte sie Motorengeräusche.

Der Landrover hielt genau auf ihrer Höhe, er war weiß und trug die beiden Buchstaben in Schwarz auf der Seitentür: *UN*. Zwei Männer stiegen aus, sie trugen die blauen Berets der Blauhelme.

»*Sorry, Guys*«, sagte der Jüngere, ein Blonder, der aussah wie ein Schwede und wahrscheinlich auch einer war, weil er perfektes Englisch sprach, wie es besonders die Skandinavier können, »aber was zur Hölle macht ihr in der Pufferzone?«

»Hi«, sagte Sofia in ihrem anerzogenen Oberschichten-Englisch, das sie in London perfektioniert hatte, sie legte allen Charme in ihre Stimme, »wir haben euch ein wenig Arbeit abgenommen. Kommt, wir übergeben euch sechs Verdächtige in einer Schmuggelsache mit Sanktionsverstößen, ich glaube, dass sich die internationale Gerichtsbarkeit sehr auf den Prozess freut.«

Die überraschten Männer folgten Sofia zu den Männern am Boden. Sofia beugte sich zu dem Direktor hinab und zeigte ihm den Stein. »So, Herr Lampoutsis, das hier ist Reinkupfer. Eine Verfeinerung, die die Skouriotissa-Mine nie durchgeführt hat. Bis Sie kamen, nicht wahr?«

Der junge Mann starrte sie aus wütenden Augen an.

»Sie haben den Stoff verfeinert, damit Sie ihn zu Wucherpreisen an die Nordzyprioten verkaufen können, die sonst nicht an reines Kupfer kommen. Deshalb sind Ihre Kupfermengen gesunken, während Ihr Stromverbrauch explodiert ist. Die Reinkupferherstellung verschlingt Massen an Strom. Und Sie haben den Staat von Südzypern angelogen und vorgetäuscht, die Mine wäre fast leer gefegt. Dabei haben Sie das Kupfer des Südens an den Erzfeind geliefert. Sie wissen, dass

Sie damit der Staatsfeind Nummer eins sind, wenn das morgen in den Abendnachrichten läuft? Und nach Griechenland brauchen Sie sich auch nicht zurückzutrauen. Aber das wird wohl ohnehin nicht möglich sein, weil Sie jetzt erst mal für sehr lange Zeit im Gefängnis sitzen werden … in welchem eigentlich? Na, das weiß doch mein lieber Kollege Kostas … Kostas?«

Sie drehte sich nach ihm um. Sie hatte zwischenzeitlich nicht weiter auf ihn geachtet und vermutete ihn noch im Jeep der Türken, doch das Führerhaus war leer, genau wie die Fahrerkabine des Lkws.

»Kostas?« Sie rief nun lauter, die Blauhelme sahen sie besorgt an. »Wo ist der Chief Inspector?«, fragte sie jetzt wütend den Griechen.

»Als Sie zur Ladefläche gegangen sind, hat er noch kurz gewartet, und dann hat er sich aus dem Staub gemacht.«

»Wie denn das?«

»Na, wie wohl«, sagte Lampoutsis grinsend. »Ist in sein Auto und abgedüst. Hat wohl auch Dreck am Stecken?«

Verdammt, dachte Sofia, das Auto war tatsächlich weg. Sie war so im Rausch des Augenblicks gewesen, dass sie es gar nicht bemerkt hatte.

»Okay«, sagte sie zu den Blauhelmen, »ich übergebe Ihnen diese Männer vorläufig. Wir verhören sie später zusammen, in Ihrem Hauptquartier in Nikosia. Dann werden sich die Verantwortlichen entscheiden, wer hier die Rechtshoheit hat. Ich muss nun aber …«

»Na, suchen Sie schon Ihren Kollegen«, sagte der blonde Mann. »Brauchen Sie einen Wagen?«

»Das wäre … ehrlich gesagt, glaube ich schon.«

»Nehmen Sie den Jeep dort hinten, die Männer können bei uns mitfahren. Bringen Sie ihn später mit ins Hauptquartier. Einverstanden?«

»Sie sind toll. Danke.«

Sie schüttelten sich die Hand, und dann rannte Sofia an den Gefangenen, den Lkws und dem verdutzten Zakarias vorbei zu dem dritten UN-Jeep und setzte sich ans Steuer. Der Schlüssel steckte.

»Danke für alles!«, rief sie Zakarias zu, als sie langsam anfuhr, das Fenster heruntergelassen.

»Trinken wir mal einen Kaffee zusammen?«, rief er ihr nach. Sie steckte ihren Kopf rücklings zum Fenster raus.

»Ich glaube ... eher nicht. Ich bin übermorgen verheiratet – und du bist zu süß ...«, rief sie ihm zu, dann lachte sie und gab Gas.

Eíkosi téssera – 24

Pénte – verdammt, *pénte*. Die Nummer fünf. Er war das tatsächlich völlig falsch angegangen. Seine Bullenehre schmerzte ihn. Ihn rettete nur, dass auch Sofia nicht darauf gekommen war. Diese geniale junge Frau, die in allem zehnmal schneller und pfiffiger zu sein schien, als er es war.

Aber nun, hier und heute und jetzt, würde er beweisen, dass er noch lange nicht zum alten Eisen gehörte. Dass er wieder da war. Nicht mehr Kostas, der Säufer. Kostas, der Traurige. Kostas, der Schläger oder die verlorene Seele. Sondern Kostas, der harte Bulle.

Er raste die Landstraße entlang, außer zweier Bergziegen hatte er seit dem Grenzübergang kein Lebewesen mehr gesehen. Kurz vor Kato Koutrafas schlug er sich nach rechts in die Berge. Es konnte nicht mehr weit sein. Er wusste von den alten Schächten, jeder hier kannte sie. Aber niemand ging dorthin, warum auch? Es gab nichts zu holen, nichts zu suchen, und junge Leute, die dort ein Stelldichein veranstalteten, gab es in Kato Koutrafas auch nicht mehr – nun gut, außer Christos, aber der hatte auch ein Schlafzimmer.

Es war das perfekte Versteck.

Nummer fünf.

Er hörte, wie die Reifen in den Kies griffen, fast wäre er ins Schleudern geraten, weil die Kurve und der Abhang so plötzlich kamen, aber er fing den großen Wagen wieder ein, nahm die Biegung mit quietschenden Reifen und fuhr die Serpentinen hinab, die vor vielen Jahren für die Arbeitsmaschinen in den Berg geschliffen worden waren. Schmale Hänge, auf denen seit Jahren niemand mehr unterwegs gewesen war. Nun, das stimmte wahrscheinlich nicht. *Fast niemand* war schon richtiger. Denn *jemand* war hier gewesen. Und er wusste auch, wer dieser *Jemand* war.

Er löschte das Licht und fuhr die letzten Meter im Dunkeln. Den dunklen Wagen hinter einem Felsvorsprung bemerkte er nicht. Unten angekommen, ließ er den Pick-up stehen und ging an der Felswand entlang. Vor vielen Jahren mussten sie die alten Schächte gesprengt haben, damit nicht etwa Kinder die verlassene Mine als Spielplatz nutzten, denn das hatte schon mehrmals tödlich geendet. Er befühlte den Fels, drückte mit den Händen immer wieder fest dagegen. Es war eine Geduldsprobe. Zehn Meter, wieder zehn, doch der Fels gab nicht nach, da war nichts, kein Lufthauch, nichts. Er geriet ins Schwitzen, drückte, presste, ging wieder weiter. Er sah sich um, weil er glaubte, eine Bewegung im Augenwinkel bemerkt zu haben. Doch da war nichts. Weiter und weiter. Sollte er sich doch getäuscht haben? War das hier die Suche nach dem Bernsteinzimmer, das nie gefunden worden war?

Fast war er am Ende der Ebene angelangt, als er doch einen Luftzug spürte. Konnte das sein? Er betrachtete den Felsen, der Rillen hatte, als sei er zusammengesetzt worden. Er spürte, wie er eine Gänsehaut bekam. Ein leichter Druck, dann geriet die Fläche in Bewegung, und der obere Fels segelte nach hinten in eine Lücke. Kostas konnte in eine dunkle Höhle sehen. Jemand hatte kleine Felsbrocken übereinandergestapelt und so den Eingang verschlossen. Jemand, der etwas verstecken wollte. Jemand, der bei der Sprengung der Schächte zugegen gewesen war. Jemand, der für die Sicherheit der Minen zuständig war.

Kostas fühlte nach der Waffe in seiner Hose. Er war bereit. Die restlichen Steine schob er zur Seite, bis der Weg frei war. Mit seinem Handy, das er als Taschenlampe benutzte, machte er vorsichtige Schritte hinein. Die Luft roch anfangs gar nicht so abgestanden, wie er befürchtet hatte, doch von Meter zu Meter wurde es modriger, als habe sich Schimmelpilz in der Feuchtigkeit der Höhle ausgebreitet. Das zentrierte Licht des Handys wurde von den kahlen Wänden zurückgeworfen, und Kostas bekam es mit der Angst zu tun. Was wäre, wenn er im Lichtschein ein Skelett erblickte? Oder eine Fledermausfarm? Verdammt, er war doch keine Memme. Aber es war lange her, dass er zuletzt einen richtig gefährlichen Einsatz geführt hatte. Er wünschte sich doch tatsächlich Sofia her. Zusammen wären sie stärker. Nein. Zusammen *waren* sie stärker. Aber bald würde sie weggehen von hier, daran hatte er kaum Zweifel.

Er hörte die Schritte hinter sich fast zu spät, aber es brauchte nur eine Sekunde, bis er die Pistole schussbereit hatte, er warf sich herum gegen den Felsen, fiel hin und drehte sich im Fallen um, den Finger am Abzug, er sah von unten herauf und erstarrte.

Dann sagte er leise: »Verdammt, Giorgios, was willst du denn hier?«

Eíkosi pénte – 25

Ein Jeep der UN. Ein Landrover der Vereinten Nationen. Und sie saß am Steuer und fuhr dieses Auto durch die Nacht. Wie in einem dieser Filme von Fernando Meirelles, *Der ewige Gärtner* oder so, wo hübsche Menschen in UN-Jeeps durch Afrika fuhren. Nur fuhr sie ins letzte Kaff der Welt. Ganz ohne Löwen oder Zebras. Nun gut, vielleicht könnte Lady Gladstone als Stammesoberste durchgehen.

Das Dorf lag schlafend, wahrscheinlich seit Stunden. Vor dem Container stand kein Auto, Kostas war nicht hier. Mist. Sie glaubte zu wissen, wohin er wollte. Aber sie wusste nicht, wo genau das war.

Sie stieg aus und rannte auf die Tür zu. Kurz davor stoppte sie und hielt inne. Die Tür zum Container stand offen, dabei war sie sich total sicher, dass sie sie geschlossen hatten.

Sie zog ihre Waffe aus dem Holster und lud durch. Schnell drückte sie sich an die Ecke der Tür und spähte hinein. Nichts. Nur Dunkelheit. Sie trat vorsichtig ein, rief mit dem Mut der Verzweiflung: »Polizei, niemand bewegt sich.« Dann drückte sie auf den Lichtschalter, und die flackernde Neonröhre war das Einzige, was drinnen zitterte. Es war niemand da.

Sie korrigierte: Es war niemand *mehr* da. Denn es war jemand hier gewesen. Sie roch Schweiß. Frischer als jener von Kostas vom Nachmittag. Und dann sah sie es. Jemand hatte den Schreibtisch durchsucht. Erst den ordentlichen, an dem

Sofia saß. Und dann den von Kostas. Kein Papier lag mehr auf dem anderen. Über allem aber lag ausgebreitet die Landkarte von Hakan. Jemand hatte die Orte studiert und die Karte dann liegen gelassen. Verdammt. Es ging tatsächlich um den Schatz von Bellapais.

Sie stellte sich vor die Karte und starrte auf die Nummern. Bei eins, zwei und drei war Hakan erfolglos gewesen. Bei Nummer vier war er ertrunken. Blieb nur Nummer fünf. Sie fuhr mit dem Finger die Karte entlang. Die verlassene Mine lag ganz nahe bei Kato Koutrafas, vielleicht sieben Kilometer nordöstlich des Dorfes.

Sie sicherte die Waffe und steckte sie wieder ins Holster. Dann wählte sie Kostas' Nummer.

Die Mailbox sprang sofort an, so wie bei ihren sechs vorherigen Anrufversuchen.

Sie durfte keine Zeit verlieren. Der, der hier gewesen war, wusste, wo Kostas jetzt war. Ihr Kollege war in großer Gefahr. Sie schnappte sich die Karte, rannte hinaus und startete das Auto, noch während sie sich in den Sitz gleiten ließ, die Reifen schleuderten über den steinigen Boden, und dann raste sie hinaus aus dem Dorf in Richtung Mine.

Eíkosi éxi – 26

»Verdammt, ich hätte dich fast erschossen.« Kostas' erschütterte Stimme wurde von den Felsen zurückgeworfen.

»Das wäre nicht gut gewesen«, antwortete Giorgios trocken. »Meine Lebensversicherung zahlt bei Schusswaffeneinsatz nicht. Alte Regel aus Kriegszeiten.«

»Na, da hat Adonis aber Glück gehabt«, sagte Kostas. »Was machst du hier?«

»Ich nehme an, etwas Ähnliches wie du. Suchst du nicht auch den Schatz von Bellapais?«

»Nein, ehrlich gesagt sind mir die Ikonen total egal. Ich suche einen Mörder.«

»Den Mörder von dem jungen Türken?« Kostas nickte.

»Der wiederum ist mir egal. Ist immer schade, wenn ein junger Mann diese Welt verlässt, aber offenbar hat er sich selbst in Gefahr gebracht …«

»Woher weißt du von dieser Mine?«

»Ich sage dir doch schon seit Jahren, dass du die Tür des Containers abschließen musst. Aber nun bin ich ganz froh, dass du nicht auf mich gehört hast.«

»Du hast die Karte gefunden …«

»Ja, aber nun sei mal nicht so sauer. Durch mich wisst ihr doch überhaupt erst, wonach ihr suchen müsst. Mir ging das Gespräch mit Sofia nicht aus dem Kopf. Du weißt doch, dass sie mich am Strand befragt hat?«

»Wir haben keine Geheimnisse voreinander, Sofia und ich.«

»Na, siehst du. Ich habe die ganze Nacht wach gelegen und gedacht: Vielleicht sind die Schätze doch nicht verloren. Was, wenn sie noch im Süden sind? Und: Vielleicht versuchen die Türken erst jetzt, sie doch noch zu sich zu holen. Das will ich verhindern. Ich will, dass die Ikonen hier im Süden bleiben, bis Bellapais eines fernen Tages endlich wieder unser Land sein wird. Dann können meine Erben die Schätze ins Kloster zurückbringen, und vielleicht gibt es dann eine Plakette, die an mich erinnert.«

»Ich wusste gar nicht, dass du so ein rührseliger Patriot bist, Giorgios.«

»Du hattest deine große Liebe. Ich habe meine, und die heißt Zypern. Es scheint, wir haben beide im Laufe unseres Lebens ein großes Stück Liebe verloren.«

»Wenn du so weiterredest, dann schieße ich vielleicht doch noch.«

»Nun komm schon, Bulle. Suchen wir den Schatz.«

Kostas wandte sich um, hielt die Waffe aber weiter in der Hand. Er hätte seinen Arsch verwettet, dass von Großvater Giorgios keine Gefahr ausging – andererseits: Er war hier, in dieser Nacht.

»Wer hat den Tunnel so verborgen, dass er ein gutes Versteck bietet?«, fragte der alte Mann.

»Ich bin mir sicher, dass ich weiß, wer es war. Aber ich hoffe, wir waren schneller als er.«

Im Schein der Funzel seines Handys ging er voran, Giorgios hatte seinerseits eine lichtstarke Taschenlampe dabei, die Kostas' um Längen überstrahlte. Doch hinter der nächsten Kurve hätten sie fast kein Licht mehr gebraucht. Das Glänzen und Funkeln in der Sackgasse vor dem geschlossenen Felsen war einfach unübersehbar.

»Bei Zeus«, sagte Giorgios, »es ist ein Wunder.«

»Unglaublich«, sagte Kostas und spürte, dass ihm der Mund offen stand. Das hier übertraf seine kühnsten Erwartungen.

»Der Schatz von Bellapais«, sagte der alte Mann.

In diesem Moment knallte es fürchterlich, sodass Kostas den Kopf senkte und mit seinen Händen schützte, ein Dröhnen drang durch die Höhle, die Druckwelle holte ihn von den Beinen und warf ihn einige Meter weiter, ausgerechnet vor die Beine vor Großvater Giorgios, der natürlich noch auf beiden Füßen stand. Wer war dieser Mann? Zeus' Ur-mal-tausend-Enkel? Kostas stand unter Mühen auf.

»Verdammt, das war eine Explosion.«

»Ja, das würde ich auch sagen. Klang wie sehr viel Sprengstoff.«

»Meinst du …«

»… dass uns jemand verschütten will? Ja, das meine ich.«

Kostas durchfuhr die kalte Angst, er fürchtete sofort, die Luft würde knapp werden.

»Was nun?«, fragte er den Alten. Doch jemand kam Giorgos' Antwort zuvor.

»Der Schatz und seine Opfer«, tönte die kalte Stimme ganz in ihrer Nähe. Giorgios und Kostas wandten sich zeitgleich um, Kostas wollte gerade die Waffe hochreißen, da ging ein helles Licht an, und er blickte in den Strahler und darüber in eine schwarze Mündung.

»Hände hoch, die Herren – und du, Karamanlis, wirf deine Waffe hierher.«

Eíkosi eptá – 27

Sie nahm die topographische Karte zur Hand und betrachtete die Abbildung im kleinen Maßstab. Sie musste doch längst … Sie bremste so brutal, dass der Gurt sofort festhakte und ihr den Atem nahm. Der Abhang kam so plötzlich, wäre sie noch etwas schneller gewesen, würde sie nun im UN-Jeep dem Boden entgegenfliegen. Sie raste die enge Straße hinab, unten glänzten zwei Wagen, genau neben dem See. Sie waren also hier. Noch ein Kupfersee – diese Insel war ein echtes Rohstoffparadies gewesen.

Am Ufer des Sees ragten im Licht des abnehmenden Mondes die Felswände glatt empor. Aber was war das? Doch nicht etwa Rauch? An einem Felsen? Sie trat das Gaspedal durch und fuhr hinab, sie bremste erst eine Minute später, genau neben Kostas' Pick-up. Er war hier. Doch auch den anderen Wagen erkannte sie, den Offroader hatte sie am ersten Tag der Ermittlungen gesehen. Verdammt. Hoffentlich war sie nicht zu spät.

Es musste so sein. Hier und nirgendwo sonst. Sie stieg aus und rannte nach vorne, dorthin, wo immer noch Rauch aufstieg, oder war es Staub? Bis hierher war die Felswand lang und eben gewesen, aber … ihr stockte der Atem. Die Felsen waren wie auseinandergerissen, lagen verkeilt übereinander, einzelne Blöcke wie riesige Felssteine, sie schienen zu zittern, als seien sie erst vor kurzem erschüttert worden. Und als sie einen Fels berührte, glühte er förmlich, sodass sie die Hand schnell zurückzog.

War Kostas hier drinnen? Oder war er …

Sie musste hier hinein. Die Felsen waren dicht an dicht gefallen, aber sie spürte einen Luftzug. Dort war also ein Tunnel, oder zumindest ein Gang. Die Schlitze zwischen den Steinen waren nur schmal. Winzig. Sie konnte gerade so eine Hand durchstecken.

Im Staub unter sich erkannte sie Fußspuren. Sie führten in Richtung des Eingangs. Nur hinein. Nicht zurück. Verdammt, dachte sie jetzt, eine Taschenlampe! Sie hatte keine Taschenlampe. Aber sie konnte nicht aufgeben. Er war dort drinnen. Kostas. Und der andere.

Sie ging noch ein Stück nach rechts, noch ein Stück. Immer Zentimeter für Zentimeter. Sie tastete die Felsen ab. Nichts. Keine große Lücke. Noch ein Stück. Sie schüttelte den Kopf. Und dann tastete sie sich höher. Irgendwo musste es doch eine Möglichkeit geben. Und endlich, in anderthalb Metern Höhe etwa, fühlte sie, dass da eine Erhebung war, eine ganze Hand passte durch den Schlitz, und wenn sie dort oben wäre, dann würde es vielleicht noch mehr sein.

Sofia schloss die Augen und atmete tief durch. Dann nahm sie allen Mut und alle Kraft zusammen und setzte ihre Hände wie damals in der Kletterhalle im Osten Berlins. Sie zog sich empor, ihre Füße traten auf die Felsen, es reichten die kleinsten Erhebungen. Und dann … war sie oben. Sie brauchte nicht zu fühlen, sie sah es. Ein dunkles Loch, vielleicht dreißig oder sogar vierzig Zentimeter hoch und genauso breit. Es würde knapp, aber es würde gehen, vielleicht. Sie versuchte zu Atem zu kommen und zog ihre Waffe, entsicherte sie aber noch nicht. Falls sie fiel, durfte sich kein Schuss lösen. Dieses Gefühl der Gewissheit, dass sie die Waffe gleich gebrauchen würde, ließ ihr Herz kurz aussetzen – sterben war jetzt nicht erlaubt. Nicht heute, nicht hier, noch lange nicht.

Sie zwängte sich mit den Füßen zuerst durch den Schlitz, mit dem Kopf voran wäre Wahnsinn gewesen, wer wusste, ob dort nicht alles voller Gesteinsbrocken lag. Sie spürte die spitzen Steine rechts und links, sie schabten an ihrem Körper, die Schienbeine glitten nach, dann die Oberschenkel, und dann war da nur noch Tiefe unter ihr, sie wurde schneller, fiel, spürte, wie der Fels ihr Gesicht streifte, sie wurde von Schmerz durchzuckt, dann stürzte sie zu Boden, spürte, wie das Blut über ihre Wange lief, und stand dennoch sofort auf, nahm die Waffe hoch für den Fall, dass jemand sie erblickte, doch da war nur Dunkelheit. Ein Rauschen in weiter Ferne, als wäre hier ein Fluss. Ein dunkler Tunnel, der weit hineinführte in den Felsen. Sie hielt den Atem an und lauschte. Leise, atme leise, zwang sie sich. Doch ihr Gesicht brannte wie Feuer, sie schmeckte das Eisen im Mund. Sie zwang sich, ruhiger zu werden. Sie hörte ganz genau hin. Ja, es stimmte. Das war kein Rauschen von Wasser. Es waren Stimmen. Stimmen in weiter Ferne. Männerstimmen.

Sie sah sich um. Da waren die Felsen dicht an dicht, sie sah, wie klein das Loch war, durch das sie sich gezwängt hatte. Unvorstellbar eigentlich. Von oben warf der Mond ein wenig Licht herein. Hier drinnen erlaubte der Fels keinen Aufstieg. Wie sollte sie jemals wieder hinauskommen?

Endlich wagte sie es und setzte den ersten Schritt, das Licht des Mondes wurde weniger, sie verschwand in der Dunkelheit. Was war sie nur für eine Amateurin, warum hatte sie keine Taschenlampe? Hier gab es sicher Tiere, Spinnen, Schlangen, Fledermäuse, sie hasste Fledermäuse.

Auch wenn sie Angst hatte vor dem, was sie erwartete, in dieser Dunkelheit und mit dieser Unsicherheit fühlte sie sich den Stimmen in der Ferne fast verbunden. Sie tastete sich mit einer Hand an der Wand entlang, mit der anderen hielt sie die Waffe.

»Autsch!«, rief sie, als ihr Fuß an einem Stein hängen blieb, und sie biss sich auf die Zunge. Verdammt.

Hatten sie sie gehört? Doch die Stimmen waren nicht verstummt. Sie musste aufpassen, der Boden war so uneben, andererseits: Die Fledermäuse würden sich auf sie stürzen, ob sie nun langsam oder schnell ging. Sie beschleunigte, die Hand glitt nun an der Wand entlang und führte sie. Langsam konnte sie die Stimmen besser hören, nach einer Weile sogar auseinanderhalten. Zwei Männer.

Kostas und ... wie war noch mal sein Name? Sie hörte genau hin, sie konnte den Ton dieses Mannes nicht ausstehen, er machte ihr Angst, seine Kälte, die Brutalität, die aus jedem Wort aus seinem Mund bis hierher zu ihr drang.

»Das war's, Kostas. Das ist ein echt übles Ende. Andererseits: Was erwartet dich schon noch im Leben? Aber dass du mir hier zuvorgekommen bist – und dann noch mit so einer Mumie an deiner Seite ...«

»Du dachtest, du hättest deine Ruhe, wenn du mich mit der Nase in die schmutzige Kupfersoße steckst, die ihr verzapft habt, dein griechischer Freund und du, hm? Und so wolltest du uns schön beschäftigen und hier derweil richtig absahnen.«

»So war der Plan. Und wer ist der Opa?«

»Ein kluger Mann, der deinen Plan auch ohne mich durchkreuzt hätte. Sei froh, dass du nicht auf ihn allein getroffen bist. Er hat mehr Mut im Leib, als du in deinem ganzen Leben aufbringen wirst.«

Langsam und vorsichtig ging Sofia vorwärts. Sie war nun schon so nah, dass jedes neue Geräusch sie verraten hätte.

»Nun sag schon, wie bist du auf mich gekommen?«

»Verdammt simpel«, hörte sie Kostas sagen und hätte ihn umarmen wollen, er klang so beiläufig, als sei er mitten in der

Kaffeepause, »eine schlichte Telefonabfrage. Ich habe einen Freund bei CYTA, und der wiederum hat eine sehr gute Bekannte bei der türkischen Telsim, du weißt schon, die beiden haben sich sehr gern. Ich kriege ja als Bulle aus dem Süden niemals eine Mobilfunkabfrage drüben durch. Aber auf dem kurzen Dienstweg schon. Und siehe da: Mit wem hat Hakan Gül noch öfter telefoniert als mit Herrn von Landgraf? Mit dir, du ehrenloses Schwein. Auch am Abend seines Todes. Was sollte Hakan denn mit einem läppischen Türsteher einer Kupfermine wollen? Nein, da steckte mehr dahinter – und als du dann bei dem großen Ding vorhin nicht dabei warst, wo es ja wirklich um was ging, da wusste ich, dass du den Schatz in Sicherheit bringen willst.«

»Ja, du bist ein schlauer Bulle, auch wenn das jetzt dein Ende ist. Ich habe die Aktion an der Mine in der Tat genau auf den heutigen Abend gelegt, damit ich hier meine Ruhe habe. Aber so ist es noch besser, weil ich nicht allein die schweren Felsen wegschaffen musste. Das hast du für mich übernommen.«

»Du hast deinen Boss getäuscht und uns dafür die große Show vorgespielt. Du hast Sofia gesehen, oder? In der Nacht vorm Container.«

»Na klar. Das war perfekt. Ihr solltet wissen, was ich plane. Nur mein Boss durfte nicht wissen, dass ihr es wisst. Das Ding hier, das macht mich zehnmal reicher als diese Kupferschweinereien. Und ich bin natürlich ein Patriot. Mir hat es schon lange gestunken, für die Türken anzuschaffen.«

»Und wie ist er gestorben? Sag schon … Hast du Hand anlegen müssen? Hast du einen Jungen nur des verdammten Geldes wegen ermordet?«

Wieder machte sie acht, neun, zehn Schritte vorwärts, die Wand wurde immer feuchter, und es wurde wärmer, als nähere sie sich dem Mittelpunkt der Erde. Sofia hielt den Atem an. Der Schmerz auf ihrer Wange wurde unerträglich.

»Dieser Deutsche hat sich schon vor über einem Jahr bei mir gemeldet. Er suchte die verdammten Schätze seit sechs Jahren – er war extra dafür hergezogen, erst zu den Türken, dann zu uns. Doch er hat niemanden gefunden, der sie ihm bringen konnte. Also kam er zu mir. Die Schätze seien in den alten Minenschächten versteckt, irgendwo auf der Insel, so war seine Legende. Ich hätte einen exzellenten Ruf, sagte er. Eitler Fatzke. Aber er zahlt nicht schlecht. Ich habe also angefangen, neben meinem Job als Sicherheitsmann die Mine auch noch zu anderen Zwecken zu durchstreifen. Bis ich sicher war, dass die Ikonen nirgendwo dort versteckt sein konnten. Also suchte ich weiter. Bis vor drei Monaten, als dieser junge Türke auf der Bildfläche erschien.«

»Dein Widersacher …«

»Das wusste er natürlich nicht. Nein, der Deutsche hat uns einander vorgestellt. Wir sollten zusammenarbeiten. Aber es brauchte noch über einen Monat, bis Hakan wirklich Vertrauen zu mir gefasst hatte, es schien lange Zeit, als misstraue er mir tief in seinem Inneren – nun ja, ganz unrecht hatte er damit ja nicht.«

Sofia lief es kalt den Rücken runter, die zynische Kälte seiner Worte schockierte sie.

»Nun, irgendwann zeigte er mir dann doch seine Karte. Das ist jetzt genau zwei Wochen her. Wir haben uns in Astromeritis in einem Kafenion getroffen. Er hat das Papier auf dem Tisch ausgebreitet. Ich war vollkommen fasziniert. Es war eine Schatzkarte, eine richtige Schatzkarte. Die Erinnerungen seines Großvaters. Er hatte die möglichen Schächte durchnummeriert und aufgezeichnet. Jetzt musste ich nur noch schneller sein als Hakan.«

»Und das warst du …«

»Es war verdammt knapp. Aber ich habe die Suche in meiner Mine hinausgezögert, immer wieder habe ich vorgegeben, dass es strenge Sicherheitsmaßnahmen gäbe und wir noch warten müssten.«

»Damit du selber weitersuchen konntest.«

»Ja – dass sie nicht in meiner Mine sind, darüber war ich mir ja schon sicher. Aber dann habe ich genau wie er alle anderen Standorte durchsucht, bin selber mit meiner Ausrüstung in diese furchtbaren Seen getaucht. Dann wusste ich mit Sicherheit: Die Schätze waren nirgendwo. Sie mussten in Nummer fünf sein. Nun war es an der Zeit.«

»Und du hast den jungen Hakan zur Skouriotissa-Mine bestellt.«

»Genau. Ich habe alle meine Leute weggeschickt und war alleine dort in dieser Nacht. Ich hatte ihm gesagt, wir würden erst mal eine oberflächliche Suche machen und ich würde ihn einweisen, er sollte dann in der nächsten Nacht tauchen. So trafen wir uns am Rande des Sees. Die Seen sind ja am Anfang nicht sehr tief, ich sagte ihm, wir würden ein Stück hineinwaten, bis wir auf den ersten Schacht treffen. Ich wusste nicht, wie stark er ist. Er sieht sehr sportlich aus, und er ist nur halb so alt wie ich. Aber dass er so ein Schlaffi sein würde …«

»Du hast ihn einfach ertränkt wie einen Hund.«

»Ich habe ihn von den Beinen geholt und unter Wasser gedrückt. Du hättest sein Gesicht sehen sollen, als er seinen Irrtum erkannte. Sein Erstaunen, als ich ihn kurz noch mal über Wasser ließ. Nein, habe ich ihm gesagt, nein, du solltest niemals deinem Bauchgefühl misstrauen. Ich bin ein fieser Kerl, habe ich geschrien, aber nun bin ich ein reicher fieser Kerl. Er nahm seinen letzten Atemzug – und dann vollendete ich mein Werk.«

Sie hörte Kostas auf den Boden spucken, vielleicht war es auch Giorgios. Nun sah sie das Licht.

»Das sieht dir ganz ähnlich«, hörte sie ihren Kollegen sagen. »Du hattest schon immer einen miesen Ruf.«

»Hüte deine Zunge, Kostas. Immerhin halte ich eine Waffe auf dich gerichtet.«

»Schieß doch, ich habe eh nichts zu verlieren, das hast du doch vorhin gesagt, na los, schieß.«

»Nein, Kostas … nein!«, schrie Sofia entsetzt auf und stürzte los, hinein ins Licht, sie war so geblendet von den wenigen Lampen, dass sie innehalten musste. Die Überraschung auf den Zügen der Männer war jedenfalls beträchtlich.

»Sofia«, sagte Kostas. »Was …«

»Wie bist du denn hier reingekommen?«, fragte Ioannou Stakis, völlig irritiert über ihr Auftauchen.

»Tja, ein Mann hätte durch die Lücke nicht gepasst, aber ich … Ihre Explosion war völlig umsonst.«

»Nun, das finde ich nicht«, sagte der Sicherheitsmann, als er sich wieder gefangen hatte, sie sah das Grinsen auf seinem Gesicht. »Muss ich eben noch eine mehr abknallen. Und wer hat denn dein hübsches Gesicht so zerkratzt?«

Sie sah Kostas' besorgten Blick.

»Nur eine kleine Schürfwunde«, sagte sie und besah die Waffe in ihrer Hand, aber auch die Knarre, die noch immer auf Kostas gerichtet war.

»Legen Sie die Waffe auf den Boden, Stakis.«

»Ganz sicher nicht, Kleine. Du wirst gleich sehen, wie dein Partner auf dem Boden aufschlägt. Oder meinst du, ich gestehe einen Mord und lass euch dann einfach davonspazieren? Niemand wird je rausfinden, wo ihr verschwunden seid, wenn ich nachher aus der Höhle abhaue und dann noch eine Sprengladung detonieren lasse – dann seid ihr für immer von der Erde getilgt und verrottet hier drinnen.

»Lass ihn los, Stakis«, wiederholte Sofia und unterdrückte das Zittern in ihrem Innern.

»Na, ich habe mich getäuscht. Da wartet ja doch jemand auf dich, Kostas. Der Kleinen liegt etwas an dir«, sagte der

Sicherheitsmann und grinste. Doch Kostas' Augen blitzten auf, als habe Stakis einen wunden Punkt getroffen. Missmutig winkte er ab.

»Nun schieß schon, Stakis. Die da, die lädt mich ja nicht mal zu ihrer Hochzeit ein, ich bin doch allen sowieso nur eine Last …«

»Was?«, rief Sofia nun, und ihre Stimme war von Entsetzen in komplette Verwunderung umgeschlagen. »Ist das dein Ernst? Ist das etwa der Grund, warum du immer so krass reagierst auf die Hochzeit? Mann, Kostas«, nun begann sie allen Ernstes zu lachen, die Situation wurde immer abstruser, »im Ernst, ich dachte einfach, du könntest diese ganze Liebesarie nicht ertragen, nach dem, was mit Stefania passiert ist. Deshalb wollte ich dir das ersparen. Aber bitte, ich hätte dich so, so gern dabei. Ich habe es nur nicht geahnt. Das ist doch kein Grund, dich jetzt hier erschießen zu lassen.«

Großvater Giorgios sah zwischen den beiden hin und her, als könne er es nicht fassen, dass dieser Austausch ausgerechnet jetzt stattfand. Und der Sicherheitschef drehte sich mit der Waffe erst zu Sofia und dann wieder zu Kostas um. »Oh, ist das rührend, ihr seid ja wirklich zuckersüß, ihr beiden, vielleicht hättet *ihr* heiraten sollen. Aber andererseits endet ja die ganze Geschi…«

Sein Blick hatte einen Moment auf Kostas geruht, deshalb sah er sie nicht kommen, die blitzschnell losgerannt war und sich nun auf ihn stürzte. Er konnte sich gerade eben noch ducken, da sprang sie ihm schon mit voller Wucht gegen die Brust. Er riss die Waffe herum und schoss, es gab einen furchtbaren Knall, und die Kugel schlug hoch oben im Felsen ein, dann hob er den Arm und schlug zu, traf Sofia am Kopf, die gegen die Felswand fiel, doch sie ließ ihn nicht los, hing an ihm wie eine Klette, zog ihn mit sich zu Boden, mit der Folge, dass er nun auf ihr saß. Er nahm die Pistole wieder in

Anschlag, und Sofia schloss die Augen. In diesem Moment stürmte Giorgios in unerwartetem Tempo los und auf sie zu. Erhob die schwere Ikone, die er aus der Ecke geklaubt hatte, und ließ sie über Stakis niedergehen. Der schrie auf, und Sofia wagte es, die Augen wieder zu öffnen, sie sah Kostas, der den Typen von ihr runterzog, und dann schlug der Mann lang hin. Seine Waffe knallte hart und metallisch scheppernd auf den Boden, und er fiel direkt daneben, Blut rann aus seinem Kopf, und die Lache umfloss die silberne Ikone. Die heilige Mutter Gottes. Matt murmelte Sofia: »Gottesmutter, ich danke dir.« Und dann schwanden ihr die Sinne.

Als sie wieder erwachte, saß Kostas neben ihr und streichelte über ihr Haar. Sofia fühlte sich, als wäre sie von einem Flugzeugträger angefahren worden. Sie fasste sich an den Kopf und spürte die Beule und die offene Wunde auf der anderen Seite. Kostas lächelte sie an.

»Da bist du ja wieder. Den Kerl hätten wir. Tausendschön?«

»Hm?«

»Jetzt hast du mir schon wieder das Leben gerettet.«

Sie schüttelte den Kopf.

»Ach, das ist doch Quatsch«, murmelte sie. »Der hat mich doch niedergestreckt …«

»Nein, im Ernst, Sofia. Ich wäre hier elendig verreckt, in dieser Scheißhöhle. Da hätten auch die Ikonen nicht geholfen.«

»Aber sie haben ja geholfen.«

»Ähm, ich bin auch noch hier«, murmelte Großvater Giorgios. »Mich hast du auch gerettet, Sofia, *efaristo.* So habe ich noch zehn gute Jahre.«

Sofia setzte sich aufrecht und lächelte den alten Mann an, der neben dem immer noch liegenden Stakis saß.

»Wie? Sie wollen nur 108 werden?«, fragte sie.

»Wir werden sehen, was der liebe Gott mit mir vorhat.«

»Mit ihm hier plant er eine lange Zeit des Entspannens in ruhiger Umgebung.«

Der Sicherheitschef stöhnte schwer, als er versuchte, sich aufzurichten, und das Blut an seinem Hinterkopf mit der Hand wegwischte.

»Sie sind verhaftet, wegen des Verdachts auf Mord, wegen schweren Raubes, Schmuggels von Kunstgütern und Beutekunst und wegen Beihilfe zur Hehlerei. Das wird ein hübsches Verfahren. Los, aufstehen!«

Kostas zog den Mann auf die Beine. »Wir werden die Steine wegräumen, und dann fahren wir zur Vernehmung nach Kato Koutrafas.«

Es war eine elende Plackerei, aber wie nicht anders zu erwarten, war es vor allen anderen Giorgios, der seinem Ruf, der rüstigste Fast-Hundertjährige des ganzen Mittelmeerraumes zu sein, alle Ehre machte – und den halben Berg ganz allein wegräumte. Als da endlich wieder die kühle Nachtluft war, atmete Sofia tief und erleichtert ein.

»Kostas?«

Sofia sah ihn fest an.

»Ja?«

»Ich muss los. Die Hochzeit ist schon übermorgen. Ich muss alles vorbereiten.«

»Ja, alles klar, viel Spaß, Tausendschön.«

»Nein, Kostas. Ich wünsche uns allen viel Spaß. Denn du bist natürlich dabei. Ich lade dich ein. Herzlich. Kommst du? Ohne dich möchte ich nicht heiraten.«

»Ach so, natürlich, ich komme gern«, sagte Kostas, und sie sah, wie er sich rasch über die Augen wischte.

Eíkosi októ – 28

Stille. Sie wusste nicht, wann sie es zuletzt so still gehabt hatte. Sofia atmete tief durch und spürte, wie die Kraft zurückkam.

Die Lobby war menschenleer. Sie hielt inne und blickte sich in dem riesigen Raum um, der aussah wie nach einem Unwetter. All die Vorbereitungen, all die Kartons und Kisten, die nun ausgeräumt waren, in der Kirche und auf der Jacht. Die Gäste waren alle längst zum Gotteshaus gefahren, und nun war hier nur noch sie. Sonst niemand. Nicht mal der Rezeptionist, der wahrscheinlich nach dem ganzen Stress erst einmal draußen eine ganze Schachtel auf einmal rauchte.

Sie drehte sich um die eigene Achse und sah an sich herab, sah, wie ihr Kleid sich zu einem Kokon aufblähte und sie sich noch mehr fühlen ließ wie eine Prinzessin.

Sofia, die Prinzessin.

Sie sah auf die Uhr. Viertel vor elf. Gleich würde er vorfahren. Gleich war es so weit.

Die Maskenbildnerin hatte gefragt, ob sie sie begleiten solle, aber Sofia hatte sie gebeten, sie noch einen Moment alleine zu lassen. Nun nahm sie die lange Schleppe ihres Kleides und ging langsam Schrittes auf die Schiebetür zu, die geräuschlos aufglitt, und schon stand sie wieder auf der lauten Promenade, mitten im Leben. Ein Pärchen lief vorbei, die Frau lächelte ihr gerührt zu. Sofia wurde warm ums Herz. Sie war eine Braut.

Nun wurde sie so angesehen, wie sie sonst immer andere Bräute ansah. Mit Rührung, mit Bewunderung.

Noch war die Limousine nicht da.

»Sofia?« Die Stimme hinter ihr. Ihr Herz machte einen Sprung. Eine unter Millionen. Hier und jetzt. Sie drehte sich um.

»Christos. Was willst du denn hier?«

Er stand vor ihr und sah fabelhaft aus. Er trug einen dunkelblauen Anzug, sein weißes Hemd stand am oberen Knopf offen, er roch himmlisch. Aber seine Augen waren unruhig und seine Haare wild, als wäre er beim Zurechtmachen ganz und gar nicht bei der Sache gewesen.

»Ich wollte nur wissen, wie es dir geht. Ich habe dich gestern nicht erreicht. Giorgios hat mir alles erzählt. Wie geht es dem Kopf?«

Unwillkürlich fasste sie sich an die Stelle, die Schwiegermutter Martha angesehen hatte wie eine Kriegsverletzung. »Herrgott, Kind«, hatte sie gesagt, »was hast du dir nur dabei gedacht?« Dann hatte sie die Insel abtelefoniert nach einem Arzt, der die Wunde so versorgen würde, dass das Pflaster zum Kleid passte. Es war wie in einer schlechten Hollywood-Komödie gewesen.

»Ist schon viel besser. Aber es war … ja, ein ziemlicher Schlag.«

»Ich möchte mich bei dir bedanken, Sofia. Du hast meinem Großvater das Leben gerettet. Wir alle werden dir das nie vergessen. Ich wollte nur, dass du das weißt. Ich meine …«, er war so nervös, wie sie ihn noch nie gesehen hatte. »Ich meine, dass du es vorher weißt. Bevor du …«

Sie sah in seine traurigen Augen, und es berührte ihr Herz.

»Du klingst ja, als würde jemand sterben. Christos, ich heirate doch nur.«

»Ich weiß«, sagte er leise, »aber eben nicht mich. Dabei …«

»Dabei was?«

»Dabei hätte ich dich das einfach fragen sollen, damals am Strand, als er dir den Antrag gemacht hat und du ohnmächtig geworden bist. Ich habe dich aufgefangen, sonst wärst du ins Meer gefallen …«

Ihr Herz pochte.

»Was hättest du fragen sollen?«

»Ich hätte dich fragen sollen, ob du mich heiraten willst.«

»Mensch, Christos, was soll *das* denn jetzt heißen?«, brach es aus ihr heraus. »Du kannst doch nicht herkommen und mir das einfach so sagen, und noch dazu gerade jetzt!«

»Ich …«, er sah sie an, »aber ich war eben sprachlos. Jetzt bin ich's auch wieder … du bist einfach wunderschön.«

»Hör auf damit«, sagte sie und nahm ihn in den Arm, sie drückte ihren Mund an seine Wange und sagte leise in sein Ohr: »Hör jetzt auf damit. Es ist zu spät.« Und sie hörte ihr Herz pochen, oder seines, es war nicht zu unterscheiden, und dann hörte sie die Hupe, sie ließ ihn schnell los und strich ihr Kleid glatt und rannte auf die Limousine zu.

»Wir sehen uns in der Kirche!«, rief sie im Weglaufen, und dann riss sie die Tür des Mercedes mit dem Diplomatenkennzeichen auf, und ihr Vater im Fond sagte lächelnd:

»Ich frage jetzt gar nichts, Sofia. Los, fahren wir.«

Eíkosi enéa – 29

Sie hörte die Takte der Musik und konnte es nicht glauben. Es galt wirklich ihr. All das. Doch das Pochen ihres Herzens hatte nicht aufgehört. Es hatte sich nur verändert.

Da-da-dadaa … Da-da-dada … Der Hochzeitsmarsch von Mendelssohn tobte über den Kirchenvorplatz, als Sofia auf das Gotteshaus zuschritt, sie blickte nach rechts in das Gesicht ihres Vaters, der ihr leise und aufmunternd zunickte. In ihren Augen tanzten die Sonnenflecken.

Sie spürte, wie sie immer langsamer wurde, je näher die Treppenstufen kamen. Der verwirrte Blick ihres Vaters von rechts, es war beinahe, als müsste er sie mit sich ziehen.

»Alles okay?«

Sie antwortete nicht, sie schlich immer weiter. In ihrem Kopf wirbelte es, und sie spürte wieder die Schmerzen aus der Höhle. Das Portal war mit Rosen behangen, alles wirkte so überdekoriert, dass sie sich abwenden musste. Die Stufen hinauf, dann durchschritten sie das Portal, und sie hörte, wie die Menschen den Atem anhielten, manche Frauen in den hinteren Reihen begannen zu klatschen, und es ging ein Raunen durch die Menge, ein Raunen aus Bewunderung und Anerkennung, sie hörte die Orgel und schritt den Mittelgang entlang, dort vorne, weit weg und ganz klein noch, da stand er, und sie ging langsam auf ihn zu, ihr Vater stöhnte neben ihr auf, und sie wunderte sich kurz, dann bemerkte sie, dass sie seinen Arm so fest drückte, dass es wirklich ein Schmerzenslaut gewesen sein musste. Sie lockerte ihren Griff und ging weiter durch den Gang, sah all die Gesichter, es waren Hunderte Menschen, sie alle sahen hinreißend aus, und doch war ihr, als würde sie zu einem Tribunal geführt.

Die letzten Takte des Marsches verklangen, und sie hatten nur noch vier Reihen vor sich. Sofia sah in die Gesichter ihrer Familie und der Bekannten, eingeschlossen das halbe Kato Koutrafas, und direkt am Mittelgang neben der strahlenden Lady Gladstone saß er. Sie wurde noch langsamer, ihr Blick, das wurde ihr schlagartig bewusst, war hilfesuchend. Und während sie sein besorgtes Gesicht sah, spürte sie, wie sie sich beruhigte. Alles würde gut werden. Er lächelte ihr beruhigend zu, sie nickte. Kostas war da.

In der vordersten Reihe saß ihre Mutter schon mit einem Taschentuch in der Hand, am anderen Ende der Reihe die Evans. Martha, die sie nicht gerade wohlwollend ansah, sie prüfte, Sofia fühlte es ganz genau. Jetzt streckte sie sich, ein Zeichen: Mach deinen Rücken gerade. Neben ihr Marthas Mann. Im Frack mit Zylinder. Der Arme. Hatte ihm die Schwiegermutter sicher ohne Gegenwehr angezogen.

Und dann ließ ihr Papa sie los, gab ihr einen Kuss auf die Stirn, sie wandte sich nur widerwillig ab und ging nach vorne. Der Altar, vor dem ihr Carl sie erwartete – nun sah sie genauer hin, was sie bisher vermieden hatte, aber ja, es stimmte: Auch er trug einen Frack, das gleiche Modell wie sein Vater. Sie hätte fast laut losgelacht, so heiter sah er aus, so verkleidet, ein Ritter in einem Kostümfilm. Er war aufgeregt, aufgeregter als sie, dachte Sofia. Sie blieb stehen, er griff nach ihrer Hand, sie streckte ihm die falsche entgegen, korrigierte sich, sie musste lachen. Er wollte sie küssen, sie hielt ihm den Kopf hin und wandte sich im letzten Moment ab, sein Mund traf ihre Wange.

»Was ist das für ein schöner, alles verändernder Tag«, sagte der Pfarrer in feierlichem Ton, »denn wir haben uns heute hier versammelt, um diese beiden Menschen dabei zu begleiten, sich einander für immer zu versprechen.«

Es knarrte hinten in der Kirche. Die schon geschlossene Holztür wurde wieder geöffnet, und Christos trat ein, in dem dunkelblauen Anzug und dem weißen Hemd, hoch aufragend, er bemühte sich, leise in die letzte Bankreihe zu gehen, dennoch hörte Sofia das empörte »tss, tss« aus Marthas Mund.

»Bitte nehmen Sie alle Platz«, fuhr der Pfarrer fort, und Stühlerücken erfüllte die Kirche. »Ich habe im Vorfeld viel mit der Familie gesprochen«, fuhr der Pfarrer fort, der genau vor ihnen stand, »mit der bezaubernden Martha, und was mir die Evans erzählt haben über dieses Paar, hat mein Herz berührt.«

Sofia hörte die Worte wie durch einen Schleier. Dass Carl nach ihrer Hand griff, nahm sie noch so gerade eben wahr, doch dann war da wieder dieser Schauer auf ihrem Rücken, als würden die Blicke der Zuschauer sie durchbohren. Hilfesuchend wandte sie sich um, ihr Blick traf direkt auf den von Kostas. Dessen Augen weiteten sich. Der Druck an Sofias Hand verstärkte sich, bis es ihr wehtat, sie wandte sich wieder um, Carl sah sie von der Seite wütend an. Was ist?, fragten seine Augen.

»Nun kommen wir also zur Zeremonie – und bevor wir das Paar nach seinem Treueschwur füreinander fragen, ist es meine Pflicht und Obliegenheit, die hier versammelte Gemeinde zu fragen: Wenn jemand der Anwesenden etwas gegen diese Verbindung einzuwenden hat, Zweifel oder dergleichen, dann möge er jetzt sprechen oder für immer schweigen.«

Sofia schloss die Augen. Sie wusste es, sie war auf zu vielen Hochzeiten gewesen, und auch auf jenen, wo sie vorab wusste, dass es niemals halten würde, weil einer der Partner a) zu untreu, b) zu geizig oder c) zu kompliziert war, hatte niemand jemals das Wort erhoben. Niemals. Diesmal würde es genauso sein, und dann … dann würde sie also gleich JA sagen. Sie begann leise, die Sekunden zu zählen. Eins, zwei, drei, vier, fünf … Sie hielt die Augen fest geschlossen, der Pfarrer räusperte sich, sechs, sieben … »So …«, begann er, aber dann ruckelte ein Stuhl, sie hörte das Kratzen des Holzes auf dem Marmorboden, sie öffnete die Augen, sie sah das Licht der Kerzen, und dann hörte sie seine Stimme:

»Es tut mir leid … Also, es tut mir leid, dass ich nun meine Stimme erheben muss, weil alle, die mich kennen, wissen, dass das gar nicht meine Art ist. Aber Sofia, ich meine, Frau Perikles, sie hat mir nun schon zweimal das Leben gerettet, oder dreimal, wenn man die Warnung vor den Einbrechern in der Villa in Coral Bay mitzählt – eigentlich sogar viermal, wenn man dazurechnet, dass sie mir alleine mit ihrer puren Anwesenheit wieder so viel Lebensfreude geschenkt hat, dass ich nicht mehr einfach nur in Einsamkeit sterben möchte …«

Sie hörte das Raunen im Publikum, aber sie wagte es noch nicht, sich umzudrehen. Sie bemerkte nur, dass nun auch Carl die Augen geschlossen hatte, als wisse er längst, was kommen würde.

»Nun, Sofia hat mir also viermal das Leben gerettet – und nun ist es nicht nur mein Wille, sondern geradezu meine Pflicht, einmal ihr Leben zu retten. Und dabei zuzusehen, wie sie nun einen schwerwiegenden Fehler begeht, einfach um die Konventionen einzuhalten, weil man nicht am Tag der eigenen Hochzeit davonlaufen kann, das bringe ich einfach nicht fertig. Deshalb sage ich es laut: Ich habe Zweifel an der Eheschließung von Frau Perikles und Herrn Evans – ich glaube, dass Sofia aus vollem Herzen einen anderen liebt, und ich bitte Sie alle, dieses Spektakel jetzt zu beenden, bevor es wirklich große Schmerzen zur Folge hat. Ich danke Ihnen für Ihre Aufmerksamkeit.«

»Das ist ja unerhört«, flüsterte Martha Evans mit erstickter Stimme und stand auf. Ihr Mann wollte sie aufhalten, doch dann sah Sofia, die es endlich geschafft hatte, sich umzuwenden, wie die alte Dame immer blasser wurde und schließlich zusammensackte.

Sofort war Sofia auf den Beinen, ebenso wie Carl, und sie hasteten zu Martha, die reglos auf dem Boden lag; der Pfarrer stand am Altar und betrachtete die Gemeinde, als wohne er einem Actionfilm bei, und in den Reihen hatten sich mittlerweile so gut wie alle Menschen erhoben.

»Martha«, flüsterte sie, »Martha, wach doch auf.«

Sofia beugte sich über ihre Fast-Schwiegermutter und streichelte ihr blasses Gesicht, dabei berührte ihre Hand die von Carl, die auf dem Arm seiner Mutter lag. Sie sah ihn an.

»Es tut mir leid«, flüsterte Sofia.

Er betrachtete sie mit den klugen dunkelgrünen Augen, in die sie sich einst verliebt hatte.

»Am besten haust du jetzt einfach ab«, sagte er leise, »und ich ... ich kann für nichts garantieren. Wenn sie aufwacht, wird sie dich umbringen wollen.«

Sofia sah ihn fragend an.

»Na los«, drängte er.

Die Braut, die keine sein würde, richtete sich auf und sah in die Runde. Die letzte Bank war leer.

Sie achtete nicht mehr auf ihr langes Kleid, sondern beschleunigte, rannte zur vorderen Reihe, gab ihrem Vater und ihrer Mutter mit den Worten »Ich komme gleich wieder« einen Kuss und rannte los, hinaus aus der Kirche und auf den kleinen Parkplatz, auf den die Sonne brannte. Sie sah ihn nicht gleich, aber ihr Blick scannte automatisch die Fahrzeuge, dort hinten war sein Motorrad, und da, am Rande unter einer Palme, stand er und sah sie direkt an – sein Blick, ihr Blick, es dauerte nur ein paar Sekunden, dann war sie bei ihm, und weil sie es ganz genau wusste, schloss sie die Augen und kniete sich hin, doch als sie sie wieder öffnete, um das Wort zu erheben, sah sie, wie er auch vor ihr kniete.

»Christos«, rief sie lachend, und er sagte leise: »Sofia«, und lachte mit ihr, und sie entgegnete: »Ja, ich will.«

»Ja, ich will«, antwortete er, und dann half er ihr auf die Beine, und sie fielen sich in die Arme.

Triánta – 30

Die Zikaden in den Bäumen oben am Hang, die Schildkröteneier in den gesicherten Nestern, aus denen in wenigen Tagen die Babys schlüpfen würden, das Rauschen der Wellen.

Und sie: äußerlich vollends zerstört, mit dem verrutschten Pflaster über dem Auge, mit der blauen Beule, die sich bereits grünlich verfärbte. Die Haare, die ihr ins Gesicht fielen, weil die Frisur auf dem Motorrad zerstoben war. Dazu die nackten Füße im weißen Sand, die dunkelbraunen Beine in der abgeschnittenen Jeans.

Nein, sie hatte das Kleid nicht anbehalten können. Niemals.

So wie jetzt, so fühlte es sich richtig an. Es war so anders, als sie es sich ausgemalt hatte.

Ihr war heiß, aber nicht vor Panik wie vorhin. Sondern vor Aufregung, freudiger Aufregung.

Die Sichelbucht lag vor ihr, Lara Beach, der schönste Ort der Welt. Und der Mann, der da vorne stand und von dem sie den Blick weder abwenden wollte noch konnte.

Er hatte sich auch umgezogen, nun stand er da, in der Kluft, in der sie ihn kennengelernt hatte: eine kurze Shorts und ein schwarzes Hemd, kein Chichi, nur er.

Kein Urlauber war hier, kein anderer Einheimischer.

Nur die Versammlung, die dort unten stand – und die ihnen galt. Sie waren alle in die Autos gestiegen und von Limassol direkt hier an den Strand gefahren, nun standen sie in ihren feinen Hochzeitsanzügen und Kleidern wie Außerirdische an diesem Strand:

Lady Gladstone, die Familie Alexandrou, Großvater Giorgios, sein Sohn Adonis und dessen Frau Efigenia, Adonis junior und Constantina. Daneben Kostas, der sich nah bei Botschafter Perikles und dessen Frau hielt. Und sie alle strahlten so aufrichtig, dass Sofia sofort die Tränen in die Augen schossen.

Sie beschleunigte und rannte nunmehr auf Christos zu, umarmte ihn stürmisch, und dann küssten sie sich, und hinter ihnen jubelten die Bürger von Kato Koutrafas, Lady Gladstone naturgemäß am lautesten.

Der griechisch-orthodoxe Pope räusperte sich irgendwann, und dann ließen sie voneinander ab, und er konnte endlich beginnen:

»Wir sind heute hier zusammengekommen …«

»Ich liebe dich«, flüsterte Christos in dessen Worte hinein, und Sofia antwortete strahlend:

»*S'agapo*, ich liebe dich.«

Efaristo

Es geschieht oft, dass mir Leserinnen und Leser schreiben und sich zum Buch äußern, Rechtschreibfehler mitteilen, kleine Unschlüssigkeiten, Freundlichkeiten, Rat.

Aber selten, ganz selten nur, passiert, was hier passiert ist: dass mir die Zypern-Expertin Ulrike Kunert aus Wien eine Mail schickt, in der sie ihre Begeisterung über Sofias ersten Band *Tod am Aphroditefelsen* mitteilt und dann im Anhang eine perfekt ausformulierte Idee für einen zweiten Band mitschickt, eine Geschichte um die Kunstraube in den Wirren nach der türkischen Invasion.

Ich war meinerseits begeistert und dankbar – und schließlich einigten wir uns darauf, dass ich ihre tolle Idee nutzen darf, verändert um ein paar Details, ergänzt um Sofias Seelenleben kurz vor ihrer Hochzeit.

Liebe Ulrike Kunert, ich danke Ihnen. Wer solche Leserinnen hat, der braucht sich um neue Geschichten keine Sorgen zu machen.

Und wenn auch Sie mir schreiben möchten, gerne:

ao@alexander-oetker.de

Mein Dank gilt außerdem Panicos, für alles, was Zypern für mich ist.

Bei HoCa: Katrin Aé und den tollen Teams in Vertrieb, Marketing und Presse, Tim Jung und Thomas Ganske.

Jasmin – *s'agapo.*

Alexander Oetker
Mittwochs am Meer
Roman
176 Seiten, Hardcover
ISBN 978-3-455-01096-1
Atlantik Verlag

Bestsellerautor Alexander Oetker erzählt von der großen Liebe in einer kleinen Pension am Meer.

Jeden Mittwoch fährt Maurice aus Paris in ein verträumtes Hafenstädtchen in der Bretagne, weil er dort einen beruflichen Auftrag hat. Der stille Mann aus der Hauptstadt stößt auf Misstrauen und Ablehnung bei den rauen Einheimischen, den Fischern und Arbeitern. Doch dann lässt die geheimnisvolle Rezeptionistin seines Hotels ihm einen Liebesbrief und einen Gedichtband zukommen. Maurice ist verzaubert von den Worten der Frau. Es ist der Beginn einer leidenschaftlichen Affäre, die jeden Mittwoch neu entflammt, den ganzen Sommer lang. Das Paar fühlt sich wie in einem Traum, der zur Reise wird und schließlich zu einer überraschenden Erkenntnis führt.